Le Passage du Gémeaux

Vincenç Belledame

Le Passage du Gémeaux

ISBN numérique : 9791040537564

EAN papier : 9791040537571

Librinova

Courriel : contact@librinova.com
Internet : www.librinova.com

Du même auteur chez Librinova :
Le Cinquième Sens – 2022

Pour Ma Myriam.
En souvenir de Sandra Dumas.

« L'oscillation entre le désir de vivre et la peur de vivre ne cessait jamais »
Patrice Jean – *La poursuite de l'idéal*

« Il a une intelligence de tox !
Il trouverait un gramme d'héro dans une convention Mormone. »
Virginie Despentes / Luz – *Vernon Subutex* – Version BD

« Priez, priez pour celle qui n'a plus d'amoureux /
Et ne peut pourtant plus être Sainte Vierge »
10 Petits Indiens – Rouge

« Peu importe, l'essentiel c'est que ça défonce »
Vincent Balivet

PROLOGUE

Kagâtar – Mauritanie
- 2008 -

Ses yeux restaient accrochés au cercle éphémère dont la circonférence changeait au gré du mouvement de foule. Ils étaient tous là, réunis au sein de la petite place de Kagâtar dont les murailles de terre peinaient à résister à l'assaut du sable saharien. Bourreaux d'un jour, bourreaux toujours, pensait-il amèrement. Perdu dans ses réflexions sordides, Tomé Bassoua l'a tiré par la main pour l'écarter du spectacle.

— Tu ne dois pas voir ça Nini, ce n'est pas un spectacle ; ni pour toi, ni pour personne.

— Mais pourquoi sont-ils tous là alors Tomé ? Que font-ils ?

Tomé Bassoua réfléchissait. Comment expliquer la situation à ce gosse, à lui, le dernier de la tribu des Bamwolkés ? Comment lui parler de ses ancêtres nomades venus des confins du Sahara, pourchassés depuis la nuit des temps, victimes de leur bon sens, de leur rationalité, de leur humanisme et de leur empathie ?

Ouverts et cultivés, les Bamwolkés avaient toujours été là pour tous. En véritables vulgarisateurs, ils n'hésitaient pas à enseigner à leurs semblables la faune, la flore, la médecine, les techniques de survie et surtout le combat quotidien contre la faim et la soif dans les milieux extrêmes du désert. Ils divulguaient leurs secrets ancestraux sans échange ni contrepartie.

Mais leur indépendance, leur savoir et leur respect allaient à l'encontre du système religieux de plus en plus dur et tyrannique en vigueur en Mauritanie.

Les Bamwolkés dérangeaient et d'une certaine manière intimidaient. Face à eux, les Maures distillaient sans fin un mélange aigre de peur et de haine.

Et autre chose les intriguait.

Les Bamwolkés étaient doués d'un don de vision. Rien de médiumnique ou de paranormal, non ; juste une faculté d'observation hors du commun menant bien souvent à des conclusions étrangement justes dans le futur.

C'est ainsi qu'au cours du temps, les Bamwolkés sont passés pour des sorciers. Désormais ils n'étaient plus chassés mais exterminés.

Ils disparaissaient peu à peu, obligés de se scinder en groupes disparates pour éviter la captivité et une mort certaine.

— Viens Nini, il ne faut pas rester ici. Donne-moi la main. S'ils te trouvent, ils ne te relâcheront pas. Je t'expliquerai quand tu seras en âge de comprendre. Mais maintenant il faut fuir. Je connais des gens qui vont te mettre en sécurité.

— Mais je ne peux pas partir sans maman, je veux ma maman. Elle est là, je le sais, il y avait d'autres hommes avec elle, c'est Mahimba qui leur a montré où on habitait.

Le cercle s'est distendu sous l'effet des cris et des pulsions animales émises par l'assemblée des hommes. Les ordres ont claqué. Les bras armés de pierres se sont dressés comme des obélisques pointant vers le ciel. Au signal d'un chef « Maure-blanc », le lynchage a commencé. La foule s'est libérée du joug de la contenance et du civisme pour incarner une âpre masse meurtrière, laissant ses pulsions ancestrales se déchaîner dans une barbarie proche d'un holocauste.

Nini s'est bouché les oreilles pour ne plus entendre les hurlements. Tomé Bassoua s'est approché pour le prendre dans ses bras musclés. Nini pleurait à chaudes larmes. Hissé dans les bras de Tomé, il a risqué un regard en arrière.

Mouma, sa maman, gisait sur le sol. Ses jambes étaient enterrées et seul son corps frêle dépassait du sable. La lapidation n'avait duré que quelques secondes. Les pierres lui avaient brisé le torse et la tête. Des éclats de son visage d'ange noir maculaient désormais la place dans un mélange de sable, de sang, de chair et d'os.

– MOUMA ! MOUMMMMAAAAA !

Nini hurlait pendant que Tomé courait pour l'éloigner au plus vite de ce massacre abject.

– Est-il muet ?

– Non. Mais il a eu un choc cérébral il y a trois mois. Depuis il ne parle plus. Prenez-le s'il vous plait. Partez avec cet enfant loin de la Mauritanie. C'est le dernier des Bamwolkés. Il faut absolument qu'il survive. En France, il aura toutes les chances de s'en sortir et...

– On fera le maximum mais...

Il s'apprêtait à dresser un portrait peu glorieux de la France en entrant dans un monologue politique sans fin, mais il n'était pas là pour ça. L'enfant était bien là, couvé par le regard bienveillant de son épouse.

Sur le chemin du retour, les parents adoptifs ont pleuré de joie. Ils avaient enfin leur petit, après des mois de galère, de multiples démarches administratives, de sommes d'argent et de pots de vin mirobolants lâchés à cette intention.

Un avenir certain s'ouvrait à ce jeune garçon... Du moins l'espéraient-ils, car si ce Tomé Bassoua disait vrai, leur nouvel enfant avait une espèce de don de voyance...

Et dans leur monde c'était plutôt synonyme de malédiction.

CRÉMATION I

I
Saint-Sauvage
Raphaëlle
- 2018 -
Le jour noir

La mare de sang s'étale sous mes pieds après avoir longuement imprégné ma robe d'été et mes spartiates de cuir noir. Le sang dessine de vastes courbes soulignant la courbe délicate de mes hanches et de mes seins nus. Le ruisseau continue sa lente progression jusqu'à mon sexe encore délicatement épilé, léger renflement sous mon boxer de dentelle crème. Le spectacle en aurait sans doute excité plus d'un, mais j'en suis pourtant le seul public. Le miroir, tout comme mon visage, est constellé d'arabesques dignes de la plus belle des calligraphies moyen-orientale. Mon arbre mort tatoué à la base de mon cou semble couvert de fruits bien mûrs. Ma figure déjà naturellement pâle lentement étirée sous mon chignon désordonné de cheveux noir, contraste avec ce pourpre qui jonche de gouttelettes le piercing de mon nez et l'écarteur de mon oreille gauche. Le spectre évanescent suit ensuite les joints de faïence avant de s'évanouir au travers des lames de bambous sous la porte de la salle de bain.

J'admire dans cette position mon corps parfait, celui qui finalement n'aura contenté que peu d'hommes. Lorant, mon mari et quelques ex, certains de passages, d'autres cadenassés à mes fesses.

Le Black Métal Symphonique des Norvégiens de Dimmu Borgir hurle dans les enceintes de la chaîne stéréo du salon. Du bon métal, du gros son loin de la soupe relevée à la sauce auto-tune, qui me sature les oreilles pendant mes courses au moindre détour d'un rayon de supermarché.

Tant pis pour le voisin, tant pis pour Lorant, tant pis pour les gosses : je les emmerde. La bonne Raphaëlle tire sa révérence. Fini les corvées de linge, de vaisselle, de ménage, de « je trimbale les gamins aux quatre coins du département pour des anniversaires, pour des fêtes, pour des compétitions de cheval ou de natation ».

Fini de servir d'objet à Lorant.

Je les vomis tous, mari, enfants, famille, amis et collègues. Tout le monde y est allé de son commentaire en me voyant au bord de la déprime ; « Mais enfin Raph, ressaisis-toi bon sang », « Tu ne peux pas faire ça à tes enfants, que va dire Lorant ? », « Tu te rends compte ? ».

Me rendre compte de quoi ? L'être humain n'a besoin que de deux choses : manger et dormir, c'est tout. Le reste n'est que superflu.

Et pourtant, là, je suis au bout. Je n'ai besoin de personne, je ne veux pas d'assistance. « Aide-toi toi-même et le ciel t'aidera » comme dirait l'autre.

Ah pour ça, oui, je me suis bien aidée. Une bonne lame de Sabatier aiguisée comme un rasoir. Pour une fois à défaut de couper des légumes – « la taille c'est important bébé, pas de surpoids, on a vite fait de se laisser aller » – le couteau aura tapé sous mes poignets comme dans un cochon, cent pour cent pur porc, tranchant d'un coup, veines et artères, la symphonie des deux sangs, le rouge et le bleu, réunis pour le meilleur et pour le pire sur un miroir payé une fortune chez Brico-merde, sur des faïences de France-carrelage et sur des lattes de bambou Dress at Home.

Ce n'est plus qu'une question de secondes. Il ne reste plus qu'à prier que personne ne se pointe dans la salle de bain pour donner l'alerte. Les pompiers ont sans doute d'autres choses à foutre que de secourir des mégères en manque de tout.

Je m'en vais, je pars loin d'ici pour me reposer enfin. Ne plus avoir à me poser de questions, du pourquoi du comment. Ne plus regarder de montre pour être à telle heure ici ou là-bas. Ne plus avoir les yeux vissés sur mon portable dans l'attente de l'hypothétique SMS : « Viens, on lâche tout, on se casse tous les deux ». Je ne veux plus répondre aux questions. Je ne veux plus prendre sur moi pour tenir le rôle d'épouse/maman/enseignante modèle/collègue estimée/amie au grand cœur. « Pétage de plomb » prohibé par ce self-control que l'on nous a si bien enfoncé dans le crâne, règle de base de la vie en société, en burinant allègrement les parcelles de matière grise générant notre libre arbitre.

Raphaëlle la gentille, Raphaëlle la douce, Raphaëlle l'aimable, la maman chérie, le bébé d'amour tire sa révérence. Au revoir, à votre bon cœur Messieurs Dames, le rideau va tomber définitivement. C'était la dernière séance comme le chantait Mr Eddy.

Je flageole, mes jambes ne me tiennent plus, je suis blanche, peut-être déjà morte ; une espèce d'état second, je vais m'écrouler. Est-ce que quelque chose ou quelqu'un m'attend de l'autre côté ? Je vais le savoir bientôt. Mais une seule et unique chose m'importe maintenant : je veux le silence et surtout la paix.

II
Ondres
- 1990 -

— Entre nous ce sera à la vie à la mort.

Lorant a pressé sa paume contre celle de la jeune fille. Ils avaient dix ans tous les deux. 1990. Le TGV venait de dépasser les 500 km/h sur rail. Zouk machine s'accrochait à la première place Top 50. Trente-quatre tombes juives du cimetière de Carpentras avaient été profanées. Monica Seles avait remporté Roland-Garros, Greg Lemon, le tour de France. L'OM était champion de France et Lev Yachine, le gardien de but légendaire d'URSS, venait d'être emporté par un cancer de l'estomac.

Mais de tout cela ils s'en moquaient. Une seule chose leur importait : être ensemble. Derrière la dune, sous les pins méridionaux, assis sur le tapis d'aiguilles qui jonchait le sol sableux, Lorant s'était muni du couteau de chasse de son père, un Buck, tranchant comme une shavette.

D'un commun accord, ils avaient scarifié leur main gauche d'un coup sec avant d'unir leurs sangs les larmes aux yeux.

— À la vie à la mort.

Leurs bouches s'étaient ensuite touchées pour un baiser chaste. Ils étaient heureux. Ils étaient amoureux.

L'autre n'était pas loin et bien caché, avec une pleine vue sur leur petit cérémonial. C'était pourtant à lui qu'elle avait donné rendez-vous… à lui seul. Il pensait qu'elle l'aimait. Il en rêvait toutes les nuits. Ce n'était jamais un calvaire d'aller se coucher, lorsque ses parents le lui demandaient, car il savait qu'il n'était jamais seul. Il montait au sommet de son lit à étage et plaçait le drap sur les quatre coins du sommier, avant de s'allonger dessus pour profiter d'un peu de fraîcheur drainée par le vent d'Ouest. Un peu comme dans un hamac. Ensuite… il pensait à elle… À eux deux.

Cet après-midi, il partait la rejoindre au point de rendez-vous, mais ce n'était pas le jeu du destin. Il devait ranger le garage avec son père. Ce garage qu'il avait toujours connu comme ça : plein et sans voiture. Son père parlait de Capharnaüm, sa mère de « Syndrome de Diogène ». Son père se disait bordélique, sa mère le disait « malade ». Mais malgré ces altercations bon enfant, il fallait y mettre de l'ordre. Aujourd'hui même.

Il avait travaillé dur pour être dans les temps. Mais une heure plus tard, trempé de sueur d'avoir tant couru, il n'y avait plus personne.

Elle ne l'attendait plus.

Elle avait toujours hésité entre eux deux. Probable qu'elle ait choisi le premier. Il venait de le réaliser : deux hommes, deux lettres, un seul vainqueur.

Il les haïssait. Il le jalousait. Il la voulait pour lui tout seul… Et il l'aurait.

— Juré, s'est-il dit en frappant de son poing l'écorce brune d'un résineux.

III
Hôtel Go d Night
28 ans plus tard
- 2018 -

2018, dissolution de l'ETA, millésime du gouvernement Philippe, année de la mort de Charles Aznavour, de la France championne du monde de foot pour la deuxième fois... Mais ça, elle s'en fichait.

Ils avaient trente-huit ans tous les deux.

Elle le regardait par la fenêtre du deuxième étage. D'un pas pressé, il courait presque sous la pluie fine qui tombait depuis des jours. Elle le trouvait encore très sexy malgré le poids des années. Toujours une ligne délicate résultant d'une hygiène stricte, relevée par un costume de marque italienne taillé sur mesure.

Lorant s'est approché du passage clouté. Elle l'entendait presque râler devant le piéton lumineux qui restait désespérément au rouge, tandis que les voitures continuaient leur ballet incessant. Épaves, SUV, sportives, vieilles occases, un magma de fruits de la société de consommation, de distinctions sociales. Du moins en apparence... Elle en avait vu défiler des bagnoles hors de prix chez des locataires de logements sociaux ; la course au bas de caisse et au chevaux fiscaux. Des gars persuadés que l'habit fait le moine. Seul comptait le paraître aujourd'hui. Se montrer restait l'aspiration du moment, dans la vie et sur le net ; chercher sans cesse la gloire et un semblant de reconnaissance. Et elle ne dérogeait pas à la règle.

Son corps presque quadragénaire restait sec et ferme. Son visage taillé à la serpette mettait en valeur ses grands yeux... Mais à quel prix ?

C'était pour ça que Lorant venait.

Elle l'a regardé courir vers sa voiture avec un journal sur la tête, puis elle s'est retournée vers la salle d'eau. Devant le miroir, elle s'est admirée dans sa tenue d'Ève, laissant traîner devant la fenêtre, ses fesses légèrement tombantes mais encore fermes et diablement attirantes pour qui voulait bien poser un œil dessus.

Ils avaient l'habitude de se retrouver pour leurs rendez-vous secrets dans cet hôtel miteux de la zone commerciale. Il prenait toujours soin de garer sa voiture dans le flot anonyme des clients du Gifi d'en face.

Ça la faisait doucement rigoler. De toute façon cette « usine à sommeil » était depuis toujours un repaire à adultère. Voulant à toutes forces se redorer le blason, les propriétaires avaient trouvé de bon goût de raser la haie de sapinettes cachant la façade. Les passants pouvaient maintenant apprécier le superbe crépi orange décoloré et le nom de l'hôtel briller dans la nuit avec une des lettres « O » du mot « Good » qui ne s'éclairait plus : « Hôtel Go d Night »... Hôtel nuit de Dieu... Même si le lieu ressemblait davantage à une maison close qu'à une église.

Restait aux clients une vue admirable sur la route dégueulasse et sur l'empilage d'enseignes de magasins.

Désormais, les voitures des rois de l'adultère, habituellement cachées par la haie trônaient fièrement aux heures inhabituelles entre un sous-traitant des Télécoms et un camion d'Enedis.

Elle a observé son corps. Qu'elle le veuille ou non, sa peau avait désormais l'élasticité d'un vieux slip usagé. Comme disait une de ses amies en parlant d'une sexagénaire topless à la plage : « Ça pend dans les godasses ».

Mais elle ne devait rien lâcher, elle avait eu ce qu'elle voulait. Depuis le temps qu'elle tournait autour de Lorant...

Il était enfin à elle.

Bon, elle avait un peu forcé le destin en venant dans la région. Lorant, n'était même pas au courant de ses agissements occultes. Sur ce coup-là, internet avait fait des miracles... Et ce couillon, doué d'un égocentrisme hors-norme, passait son temps à raconter sa life à qui voulait l'entendre sur le web.

Elle s'est admirée encore un instant. Ses seins élastiques étaient désormais cristallisés par la couche de sperme froid et sec qu'il avait pris un malin plaisir à lui épandre dessus avant de lui carrer de force son sexe dans la bouche. Si elle était loin d'apprécier ces jeux sordides, elle se plaisait à penser hypocritement qu'elle pourrait le garder encore longtemps en se pliant à ses désirs lubriques bien souvent hors de ses pratiques sexuelles habituelles.

Une fois de plus, tout s'était joué en l'espace d'une demi-heure. Trente misérables minutes pour égayer une journée consistant à attendre des plombes que son mari daigne rentrer de son travail. Son pauvre cornard ne s'était même pas posé une seule fois la question de savoir pourquoi son épouse désirait à ce point qu'il se fasse muter dans ce trou perdu, loin de leurs amis et de leurs proches.

Elle avait argué qu'elle devait prendre une certaine distance avec sa vie quasi monacale et qu'elle n'allait pas tarder à se bourrer d'antidépresseurs pour aspirer à une existence parallèle s'il ne se décidait pas à quitter la région.

Le chantage avait eu du bon.

Un beau jour de juin, il était venu lui annoncer sa mutation dans cette « région de bouseux » comme il se plaisait à l'affirmer.

Elle avait mimé l'enchantement en lui bâclant une pipe sur le palier de la porte. Après quatre bons mois d'abstinence, il avait même osé penser que ce serait monnaie courante désormais dans leur future vie aux antipodes du territoire français.

Le déménagement s'était fait très rapidement. Installés dans leur logement de fonction, ils avaient eu largement le temps de trouver quelque chose à leur goût et dans leurs moyens. Mais une fois les joies de la nouveauté passées, les habitudes et le marasme avaient vite repris cours.

Une seule chose avait changé : cette demi-heure hebdomadaire dans cet hôtel sordide. Et maintenant tant que durerait ce manège, elle en profiterait.

Elle retourne vers la fenêtre. Ça y est, Lorant démarre. Il s'arrête un petit moment au stop avant de s'engager dans la circulation. Il accélère vite. Il a le visage fermé. Elle attend en le fixant de la fenêtre de l'étage. Il sait très bien qu'elle est là, mais il passe sans un regard pour elle. Il a toujours agi ainsi, avec une sorte de dégoût de l'autre et surtout de lui-même.

Elle n'est pas triste, elle s'en moque, elle éprouve presque de la pitié pour lui. Elle le connaît mieux que personne. C'est un véritable Gémeaux. Deux visages : ange et démon.

Il a disparu de sa vue.

Elle va se doucher rapidement avant de se rhabiller et de se refaire la façade. Ensuite, elle rentrera à son domicile feindre l'innocence au retour de son mari.

En regardant les draps froissés, elle repense à ce qu'elle a vu pendant qu'ils baisaient. Il s'est trahi. Elle a une preuve irréfutable. Elle le tient par les couilles. Lorant ne pourra pas partir avant qu'elle s'en lasse... Ou qu'il la largue... Mais à ce moment-là... Il paiera. Son ère sera passée.

Ce sera le passage du Gémeaux.

IV
Saint-Sauvage
Raphaëlle
- 2018 - Prélude au jour noir

Il paraît que l'on doit être un millier. Mille personnes à cette manifestation ? Franchement j'en doute. « La fête de la montgolfière » franchement… Il n'y a pas plus glamour comme nom ? Pourtant l'évènement mériterait qu'on se penche sur son appellation. Plus de cent participants avec des ballons de toutes formes et de toutes les couleurs. Lorant doit être présent – comme sa banque est sponsor – et ça fait des semaines qu'il me tanne pour que je l'accompagne. Les enfants traînent leurs guêtres derrière nous. Pour changer, il a fallu que ce soit moi qui les motive, que je déroule toute une série d'arguments et de fadaises destinés finalement à me convaincre avec eux.

Lorant s'est contenté de brailler que nous allions être en retard en faisant tourner le moteur de son quatre-quatre. Facile quand on voit qu'il n'avait pas bougé son derche du canapé pendant que je m'occupais de ranger la table et de passer un coup de balai après le repas. Il avait bien mieux à faire en s'usant le pouce avec ses « amis » de Facebook ; des facéties de l'un qui passait quelques jours au camping de Ploutajol-Saint-Sulpice avec José, Fred et huit packs de Kro et des clichés d'une collègue de l'agence – qui m'insupporte – affublée de la tenue qu'elle portera en témoin du mariage de Jean-Hugues et Mélusine, avec la petite phrase qui va bien : « Je donnerai tout pour attraper le bouquet de la mariée ».

Lorant me conduit au pied du podium où il espère vivement que je lui servirai de potiche à l'heure de la remise des trophées pour les montgolfières les plus originales. Je crois sincèrement qu'il peut se gratter car je n'ai aucune envie d'aller faire la bise à tous les clampins qui vont se faire remettre un bouquet de fleurs et une coupe aux armoiries de la ville. Ce n'est pas les jolies filles qui manquent dans son travail. C'est son agence qui est partenaire, pas mon collège.

Les enfants ont retrouvé leurs copains. D'un coin de l'œil, je les vois se diriger vers la buvette pour se gaver de Hot-dogs et de frites molles. Qu'ils en profitent avant de se visser chaque jour sur le pèse-personne et de manger des graines dès que le poids varie d'un misérable centième.

Je m'éloigne de la cohue pendant que Lorant fait le paon au milieu de l'assemblée. On dirait un politique en pleine campagne d'élection. Deux de ses adjoints me déshabillent du regard sans aucune gêne.

— Pas souvent que l'on voit la femme du directeur ! lance un des deux larrons plein d'assurance avec des chaussures pointues qui brillent un peu trop et la tête de Flamby qui va avec.

— Pas souvent que Lorant m'amène au zoo !

Il se retourne vexé.

Si ça peut les exciter ces gros lourds, Lorant n'aura qu'à leur montrer une de nos photos de vacances sur les plages du Roussillon, où il m'a photographiée topless le regard perdu dans un vieux Barjavel – Les chemins de Katmandou – que j'avais retrouvé en triant mes affaires dans le grenier.

Je m'écarte de la foule, je veux de l'air, je veux de l'espace. La moitié de la ville est là : parents d'élèves, commerçants, ouvriers, commerciaux et administratifs de l'imprimerie X-large Packaging, qui embauche une bonne partie de la ville, et la moitié du personnel des transports Loubas, l'autre employeur du secteur.

Saint-Sauvage reste une ville à taille humaine. Je connais la plupart des gens. C'est l'un des avantages... Ou des inconvénients de l'enseignement. On croise les élèves à l'école, les anciens pendant les courses, quant aux autres, c'est en réunion ou sur convocation après les frasques de leur chérubin.

Je m'efforce de rester polie, cordiale et souriante bien que je n'aie qu'une envie, c'est de m'éloigner le plus vite possible.

Ce qui me fatigue par-dessus tout, c'est les mères d'élèves qui m'improvisent une petite réunion parents/profs en ce dimanche après-midi au milieu des montgolfières bariolées, des odeurs de frites, de churros et de bière chaude. Non, je n'ai pas envie. Non, je ne suis pas à leur disposition. Non, je ne veux pas être là.

— Je ne veux pas vous déranger, mais je me permets pendant que je vous vois ; Inès a travaillé dur sur son exposé sur la crise de 1929, je ne comprends pas qu'elle n'ait eu que cinq sur vingt.

— Inès est une quiche qui ne sait pas s'exprimer, mais qui a visiblement bien compris comment imprimer tous les articles de Wikipédia sur le sujet. Ça c'est pour les cinq points, le reste n'étant qu'une pâle copie, fautes d'orthographe comprises, du brillant exposé que Clarance Levernois m'a rendu il y a deux ans. Si mes souvenirs sont bons elles jouent dans la même équipe de handball non ?

Je ne recrache pas cette phrase texto bien entendu, mais ma réponse est du même tonneau. La mère reste plantée devant moi, avec sa tête de cabillaud qui suinte l'huile de tournesol. J'ai, bien entendu, passé sous silence qu'Inès, du haut de ses quatorze ans, fumait régulièrement des clopes derrière le local à vélo et traînait à la sortie du collège avec un des dealers d'herbe local, venant presque installer son stand à 16h30 non loin du portail de sortie.

Voilà comment retrouver les parents d'Inès lors de la prochaine réunion d'information au collège avec le panthéon des parents casse-pieds – pour rester polie –, au garde-à-vous sur le premier rang de chaises, pour poser des questions sans queue ni tête ciblées sur le cas personnel de leur petit angelot.

Je continue de m'éloigner, me dirigeant vers un coin plus tranquille au sommet de la petite butte qui domine le grand espace du parc Bonvalleau. Je monte doucement l'escalier de béton qui me mène au sommet sous le piédestal de Pierre Bonvalleau, bienfaiteur de la ville et directeur de la plus grosse usine de textile du coin, qui embauchait au début du XX siècle plus des deux tiers des habitants. De l'usine de textile, il ne reste aujourd'hui que d'énormes bâtiments vétustes aux carreaux explosés par des jets de pierre. J'exagère cependant car un des entrepôts a été transformé en salle de spectacle par la mairie et un autre rénové pour le club de tennis pour y installer des terrains indoor. D'autres ont été rasés pour installer un vaste complexe d'hypermarché/pompe à essence/cafétéria/zone commerciale/Mc Do/Starbucks.

Un monument verdi par les mousses, une statue grisée par les lichens et un parc à son nom, voilà donc l'ultime souvenir de ce bon Pierre Bonvalleau, homme sans qui la ville serait sans doute restée à l'état de bourg rural.

Je sors mes AirPods de mon sac à main pour les placer au creux de mes oreilles. Bien assise à l'ombre de la statue sur un soc de pierre d'Hauteville, j'ai une vue imprenable sur les montgolfières. Je monte le son.

Coroner, Mental Vortex, 1991. La plage deux, « Son of Lilith ». Le gros son du groupe suisse de Techno-Trash envahit mes oreilles et me monte au cerveau. Tommy T. Barron me fait dresser les poils des bras avec son chorus de guitare électrique.

J'ai toujours adoré cet album. Étudiante, je me le passais déjà en boucle à sa sortie. Aujourd'hui, seules ma voiture et mes oreilles en profitent pour ne déranger personne à la maison. Il n'y a que Léonie la fille de Lorant que ça ne gêne pas, même si elle passe du métal encore plus barré que celui que j'écoutais, sans parler de son look de gothique mal dans sa peau.

La première fois où elle est rentrée d'une soirée tout habillée de noir, la robe courte avec une paire de Doc Martens 20 eyes montant jusqu'aux genoux, un collier de chien hérissé de pointes autour du cou, du maquillage noir à outrance, de l'eye-liner au-dessus de la cote d'alerte, l'arcade percée d'une pique à brochette et pour couronner le tout, une lentille blanche ne révélant que la pupille de son œil gauche, j'ai bien cru que son père allait faire une attaque.

Je n'ai rien dit du tout car ça lui allait plutôt bien.

Avec Léonie on a très vite échangé nos goûts musicaux au grand désespoir de son père et de son frère. Je me servais souvent de ce biais là pour désamorcer une situation de crise.

Parfois, changer de sujet c'est la clef afin de discuter plus calmement du point de discorde. Plus tard, lorsque je la regardais dormir au milieu des posters de Béhémoth, Mayhem et Dark Throne avec un pouce dans la bouche, sous ses traits détendus, Léonie redevenait la petite fille câline qu'elle a toujours été au fond d'elle-même avant de se faire renverser par l'ingratitude de l'adolescence.

Les accords défilent les uns après les autres sous les instruments déjantés des trois membres de Coroner. Toutes les montgolfières se sont posées. C'est comme une image surréaliste qui imprime ma rétine de ces baudruches multicolores gonflées à l'hélium. C'est magnifique.

Au loin j'aperçois les badauds qui se pressent au centre du terrain. Si je suis venue aujourd'hui, c'est surtout pour cela. Dans quelques minutes, pour clôturer la fête de la montgolfière, il y aura le plus gros lâcher de ballons de la région.

J'ouvre à nouveau mon sac à main, je retire la petite enveloppe où j'ai glissé le mot, l'adresse et le numéro de téléphone écrit au feutre indélébile. Ce lâcher, c'est l'occasion ou jamais de poster mes quelques lignes pour un inconnu telle une bouteille à la mer.

Un voyage de ballon d'hélium se limite en moyenne à une centaine de kilomètres, même si sept-mille kilomètres ont été parcourus par l'un d'eux entre les Yvelines et la Floride. L'exception qui confirme la règle !

Je ne demande rien, simplement de savoir si le hasard existe ou pas. Je suis désormais droite dans mes pompes, je sais exactement ce qu'il me reste à faire. C'est comme de jouer à un jeu d'argent, on gagne... Ou pas. On dit que l'on peut infléchir le cours de notre vie sur une simple volonté. C'est ce que l'on verra.

V
Saint-Sauvage
Raphaëlle
- 2018 - Avant le jour noir

Je gare la Mini couverte d'une patine non définissable de crasse/pollution dans la cour. Ainsi salie, elle me correspond bien mieux, elle fait tout de suite moins « voiture de pouf' », comme j'ai l'habitude de la surnommer. C'était un cadeau de Lorant. Il avait vraiment des thunes à foutre en l'air ce jour-là.

J'avais un copain qui avait une théorie là-dessus : « Dans une Mini avec un disque A à l'arrière, il y a toujours une salope ». Lorsqu'au volant je croise le regard des hommes, je vois direct à leurs yeux que mon pote avait raison. Ils me dévisagent, me déshabillent. Ils scrutent l'habitacle, prêts à me sauter dessus. Je n'ai qu'un signe à faire pour qu'ils accourent comme des petits toutous.

Mais je ne le fais pas, jamais. Je ne suis pas une salope comme l'imaginait mon copain et puis je n'ai plus de A. Vingt ans de permis. Alors je m'éloigne, la tête droite en regardant ma route quitte à ce que mon indifférence pour ces blaireaux ne fasse l'effet inverse.

Une cour large desserre notre maison au sein du lotissement, de quoi garer deux voitures, les garages étant évidemment pleins d'un bordel innommable que Lorant accumule mais peine à dégager. Le reste de la place est occupé par sa vieille R16 et sa Ducati Panigale dormant sous une housse, qu'il ne sort que pour les grandes occasions. Et lorsque nous voulons manger dehors, les voitures échouent sur le trottoir d'en face, à deux pas du portail du voisin, quand ce n'est pas devant.

Je me serre contre la haie de lauriers roses, pour que Lorant puisse garer son nouveau Humer ; sa super voiture, super vilaine, pour beauf embourgeoisé cherchant à attirer l'attention... Du moins c'est mon avis ! Je devrais y balancer une poignée de clous ou graver un cœur sur la carrosserie avec un couteau rien que pour rigoler.

C'est juste une question d'habitude.

Une élève avait gravé « salope » avec un cutter sur le capot de ma vieille Polo. Bonjour le crissement de la lame sur la ferraille. C'était magnifique... surtout la facture qui a suivi. Maigre consolation cependant : l'élève en question n'avait fait aucune faute malgré son niveau minable en orthographe.

Au collège ce genre de « petite blague » était monnaie courante avant qu'ils clôturent le parking réservé au personnel et aux professeurs. Maintenant on est bien enfermé dans une belle cage... comme au zoo. Déjà que les élèves nous prennent pour des singes...

Je pose ma tête sur le volant en attendant la fin de la messe en Ut mineur de Mozart.

Le timbre cristallin de la mezzo-soprano Jennifer Larmore résonne dans l'habitacle. Heureusement que j'ai encore toute cette musique pour me relaxer et évacuer toutes ces journées de stress qui ne cessent de m'intoxiquer.

Je sors enfin de la voiture, peu encline à revoir les enfants et continuer le rituel du goûter-devoirs-télévision.

Je m'approche doucement de la porte d'entrée. Mon trousseau de clés tombe de mon sac. En me baissant pour le ramasser, un des chiens du voisin m'aboie dessus bien planqué derrière la haie. Je fais un bond en arrière. Il m'a surprise une fois de plus. C'est le gros, Byron, espèce de croisement entre un Rottweiler et un Malinois. Il ne ressemble à rien et gueule pour un rien.

— Mais pourquoi ne portes-tu pas plainte ? Va voir la mairie, les flics je ne sais pas moi.

Toujours de bonnes idées les amis, fais ci, fais ça, y'a qu'à, faut qu'on...

Les conseilleurs ne sont pas les payeurs. J'irai voir directement mon petit voisin. Il n'a pas l'air bien méchant. J'en avais vaguement parlé à Lorant, qui avait simplement haussé les épaules en continuant à regarder les résultats du tiercé.

— Fais comme tu veux bébé, de toute façon, tu fais toujours comme tu veux, il n'y a toujours eu que toi et tes petits malheurs dans cette maison.

Je n'avais pas relevé comme d'habitude. À quoi bon s'engueuler pour des broutilles.

Tiens, il y a l'autre clébard qui s'y met. Celui-ci c'est Kiki, son comparse, parce qu'à avoir un chien et ne jamais le sortir, autant en avoir deux. C'est une espèce de petit roquet tout difforme d'avoir trop mangé de mauvaises croquettes. Il est vraiment trop vilain, et jappe connement à la lune, pendant que le gros aboie plus fort que lui.

Kiki et Byron, tu parles d'une équipe de vainqueurs !

Je les fixe et j'aimerais leur hurler dessus un « La ferme », mais je n'ai visiblement pas le cran. Ils n'aiment pas ça. Byron tourne en rond le poil hérissé en aboyant de plus belle. Je suis tétanisée tout d'un coup. Et s'ils franchissaient la clôture ? Ils me sauteraient à la gorge directement. La porte s'ouvre, c'est le nouveau voisin. Il me fixe lui aussi d'un regard dur. Il me tutoie :

— Tu vas rester bloquée longtemps dans ta cour, tu vois pas que tu emmerdes les chiens... Byron ta gueule !

Le chien s'exécute. Le maître rentre en claquant la porte.

Je m'effondre sur le palier le souffle court. Les larmes me montent aux yeux. Ne pas pleurer ! Ne pas pleurer devant les enfants. Je me relève doucement puis époussette mon pantalon de toile. Je me recompose un sourire de façade puis franchis le seuil de la maison.

– Holà, c'est moi, vous êtes là ?

Aucune réponse naturellement. J'avise le sol. Les chaussures sont jetées au centre de la pièce, ni délacées, ni par paires. Les blousons sont étalés sur le canapé. Je range calmement mes affaires dans un coin avant de récupérer tout ce qui traîne et d'éteindre au passage toutes les lampes. Je passe dans la cuisine pour me servir un verre d'eau. Visiblement la tornade est passée par ici également.

Tout est négligemment posé sur la table... Bol de lait à moitié vide, tartines de confiture à peine mangées et emballage de chocolat. Je m'attèle à la ranger pour qu'elle puisse être fonctionnelle pour le dîner avant de grimper les escaliers qui mènent à la chambre des enfants.

Un chanteur de rap que je connais à peine vomit sa haine à pleins poumons dans la chambre d'Alexandre. À l'autre bout du couloir mon œil avise le crucifix renversé qui décore la porte de la chambre de Léonie. Je souris intérieurement. Au moins, elle peut mettre du métal à fond dans ses enceintes, ce n'est pas moi que ça gênera.

J'ouvre délicatement la porte de la chambre d'Alexandre.

– Ça t'dérangerait de frapper ?

C'est balancé comme ça, crûment, il ne se retourne même pas les yeux vissés sur sa console de jeux pendant que le chanteur crache son monologue.

– Tu en es où de tes devoirs ?

Aucune réponse à nouveau, je ne devrais pas être là, point barre. Avant de sortir je lâche juste :

– À passer du rap écoute au moins les paroles de VII pour faire travailler des artistes dignes de ce nom.... Et ta cervelle avec.

– Qu'est-ce que t'y connais en rap ?

Je suis déjà dans le couloir en murmurant pour moi-même :

— Bien plus que toi blaireau.

Je n'ai même pas franchi la porte de Léonie. Suffisamment de tensions et de mauvaises surprises pour aujourd'hui.

Je n'ai pas d'enfants. Alexandre et Léonie sont ceux de Lorant. Un premier mariage qui avait capoté le jour où il m'avait rencontrée. Lorant avait « gagné » la garde des gosses. La justice en avait décidé ainsi… Et les pots-de-vins aussi… L'avocat d'Elke, la mère, n'avait pas pu rivaliser avec les ténors du barreau qu'avait embauchés et payés grassement Lorant. Elke était une artiste allemande qui vivotait au jour le jour au travers des galeries de Berlin. Sans le soutien financier de Lorant, elle n'allait pas pouvoir assumer la garde partagée des deux enfants à laquelle venait s'ajouter évidemment les trajets coûteux entre l'Allemagne et la France. Lorant m'avait glissé une fois qu'il lui avait laissé un bon pactole pour envisager l'avenir en lui promettant de revoir les enfants de temps à autres. Contre toute attente, Elke avait opté pour l'argent, et Lorant avait de son côté fait un bon travail de sape en sabrant Elke devant ses enfants.

À l'époque, j'avais fait de mon mieux pour que les enfants m'acceptent avant de m'apercevoir que c'était peine perdue. Pas les mêmes intérêts. Ils étaient aussi cupides que leur père.

Je retourne dans la cuisine et commence à m'atteler au repas. Ma soupe de légumes va sans doute en faire râler plus d'un mais je n'ai que ça sous la main pour leur remplir l'estomac.

Mon couteau éplucheur glisse sur la peau des pommes de terre et des carottes. Je tremble légèrement. Ça m'arrive de plus en plus souvent ces derniers temps. Souvent après une émotion forte. Les grandes gueules de Kiki, de Byron et de leur maître me reviennent à l'esprit. De quel droit nous impose-t-il cette putain de dictature du chien qui gueule ? Nous aussi nous avons le droit de vivre, de discuter, de profiter du soleil et de la cour. Au lieu de cela, nous en sommes réduits à nous écraser et à rester terrés chez nous.

Lorant, ne fera rien, j'en suis persuadée. L'homme viril, franc et exemplaire que j'avais rencontré à l'époque n'est en fait qu'un mirage, un leurre, une façade. Une grande gueule tout juste bon à hurler sur ses gosses quand le discours ne va pas dans son sens, à ramper devant ses supérieurs ou à lorgner sur son portable pour ne pas à avoir à soutenir les regards dans le métro ou dans la rue.

Je longe le plan de travail jusqu'à l'évier pour rincer les légumes.

La porte claque. Toujours le même rituel, encore et encore. Il va se plaindre des clients, de la société, du temps pourri qui n'en finit pas avant de me demander ce que l'on mange. Pas un mot pour me demander comment s'est déroulée ma journée.

Il vient derrière moi. Il me comprime les seins de ses deux mains. Il serre. Il me fait mal. Silence, ni bonjour, ni merde. Il me fait juste souffrir.

– Tu me fais mal Lorant !

Il lève ses mains à regret puis s'éloigne.

– C'est comme ça que tu m'accueilles bébé ?

Son ton est dur. Je ne le regarde pas, j'ai peur qu'il ne me tue rien qu'avec ses yeux. Acerbe, il se retourne et avise le tas d'épluchures.

– Encore de la soupe bébé, ta mère ne t'a rien appris à cuisiner d'autre ?

Il prend son smartphone dernier cri et tapote dessus. Moins d'une minute après, Léonie lui saute au cou. Alexandre arrive quelque temps après du pas nonchalant d'un ado en regardant une vidéo sur son portable. Lorsque je compte lui demander sa combine pour faire descendre les enfants à cette vitesse, je saisis l'astuce :

— Ce soir c'est Mc Do, c'est ma tournée !

Ils lui font la fête comme des toutous qui retrouvent leur maître.

La porte a claqué, les chiens se sont tus, le Humer a démarré, je reste sur le talus.

J'ai grignoté, seule : une compote, deux fruits, un yaourt. La soupe cuira plus longtemps et elle n'en sera que meilleure.

Je m'installe sur le canapé. J'ai hâte d'avoir mon petit temps pour moi. Je le tiens de ma mère. J'allume la télévision pour voir mon documentaire quotidien sur une des rares chaînes qui ne me transforme pas en légume. Je prends mon ouvrage et commence le duel d'aiguilles pour terminer un pull Irlandais bien chaud pour l'hiver.

Je me transporte instinctivement à Carrick, à l'extrême ouest de l'Irlande à quelques pas des Slieve league, falaises immenses, balayées et déchiquetées par le vent de l'Atlantique.

J'y étais allée à l'époque, avec Nathan, un ex. Il m'avait fait bourlinguer au travers de toute l'île avec un sac à dos et une tente. Pas un jour sans pluie, nous faisions du stop. Trois semaines là-bas à écumer les sites et villes les plus renommés, de Dublin à Galway et de Cork à Belfast. Jamais je n'oublierai les endroits sauvages de l'ouest de l'Ulster. Cette verdure ensorcelante, les brebis livrées à elles-mêmes, l'océan magistral et dramatique dominé par un vent violent venu du grand ouest. Un soir, épuisés par une longue journée de marche le long de la Wild Atlantic Way sous une pluie battante, nous nous étions arrêtés dans un petit pub de Carrick dans le comté de Donegal. Nous nous étions glissés dans la pénombre du comptoir avec des pintes de Smithwick et deux mugs de thé noir brûlant pour nous réchauffer. Adossés à la banquette et bercés par la confusion dysharmonique du braillement des autochtones accoudés au zinc et de la musique magique des bodhráns, violons et accordéons diatoniques, nous étions bien.

En sortant du pub, nous avons été accostés par Sylvie, une dame française d'un certain âge, échouée à Carrick depuis plusieurs décennies, venue écluser sa pinte quotidienne. Elle a vite compris, que nous pensions poser notre tente dans les environs et essayer de dormir comme nous le pouvions sous le déluge.

« Pas question ». Jamais je n'oublierai son ton vif et charismatique. Nous n'avions pas le droit de réponse. Elle nous a conduit chez elle dans sa vieille Volvo à quelques kilomètres de là, à Teelin dans un vieux cottage avec vue sur la campagne environnante à deux pas de l'océan.

Avec une rigueur quasi militaire, Sylvie nous a demandé de faire sécher tente et affaires dans la buanderie avant de nous apporter des vêtements de rechange et deux gros pulls Irlandais.

Le cottage était noyé dans un océan de cadres photographiques représentant souvent le même homme.

Nathan est rapidement parti au pays des rêves vautré sur mes jambes en tailleur. Inlassablement, Sylvie m'a conté la vie de Connor qu'elle avait suivi jusqu'aux confins de l'Irlande du Nord, à Londonderry puis à Belfast durant les troubles. Elle m'a raconté la sinistre épopée de cet homme, son investissement au sein de l'IRA en tant qu'artificier, sa foi profonde en une Irlande libre et unie. Elle m'a narré son combat face à ses frères Irlandais et pourtant résolument Anglais, qui n'avaient eux, aucune envie de faire partie d'une Irlande unifiée.

Sylvie avait quitté la région parisienne où elle étouffait au sein d'une famille ultra-catholique plus à même de prôner le partage que d'abriter pour la nuit un marginal ou un sans-abri. Sous couvert d'études à Dublin, elle avait déserté le cocon familial pour ne plus jamais y remettre les pieds. Étudiante le jour et barmaid la nuit, sans attaches particulières à la capitale irlandaise, elle avait suivi Connor dans l'Ulster.

Ce n'était pas vraiment une idylle, et la franchise pacifiste de Sylvie agaçait au plus haut point le combattant de l'ombre qu'était Connor. Il passait son temps à lui seriner que ce n'était pas le combat d'une française. Malgré tout, au sein du cercle, elle avait réussi à figer de farouches opposants aux loyalistes dans une opinion plus retenue et diplomate. Grâce à elle, d'anciens combattants de l'IRA avaient intégré la branche politique du Sinn Féin aux côtés de Gerry Adams, afin de trouver une entente à l'amiable.

Le seul qu'elle n'avait pas pu tempérer, c'était Connor. Un soir, en faisant un essai sur un explosif « maison », il y avait laissé sa peau. Il avait été enterré avec tous les honneurs, le drapeau vert, blanc et orange sur son cercueil et sa vieille casquette de cuir.

Sylvie avait continué tout au long de sa vie à prôner la diplomatie, le pardon et le dialogue avant de poser définitivement ses valises à Teelin où on la surnommait désormais en Gaélique : « An idirghabhálaí », l'intermédiaire, le médiateur.

— Tu sais Raphaëlle, a-t-elle conclu, la haine est comme un feu, si tu arrêtes de l'alimenter, elle s'éteint.

*

La porte claque suivit d'un rot à faire trembler les murs sous les regards offusqués et émerveillés d'Alexandre et Léonie. Lorant, fier de lui, arbore son sourire de faux derche affichant sa dentition parfaite. Il me rejoint dans le salon.

– Alors mémère, ça tricote devant Derrick ?

Je ne réponds pas à la provocation tout en me concentrant sur mon point Jersey. Le documentaire sur l'école au Kenya défile devant mes yeux et je reste en admiration devant la classe de ces grandes femmes noires.

Lorant passe et repasse devant l'écran pour attirer mon attention.

– T'aimes bien les noirs hein ? C'est leurs grosses bites légendaires qui te font fantasmer ?

Je hausse les épaules en agitant la tête. Il est vraiment trop con.

Il se replace devant la télévision et commence à changer les chaînes tout en me bouchant l'écran. Il doit vraiment avoir envie de me faire sortir de mes gonds, mais je résiste, je ne lui ferai pas ce plaisir.

Je range mon tricot dans mon sac de nylon, puis je me lève pour rejoindre la salle de bains avant d'aller me coucher avec mon livre, laissant Lorant avec sa téléréalité.

Je m'allonge enfin. Les yeux dans le vague, je me repose une fois de plus la question :

Lorant a-t-il toujours été une raclure ou l'est-il devenu ?

Je sens soudain la présence de Sylvie à mes côtés pour calmer mes pulsions obscures :

– Tu sais Raphaëlle, la haine est comme un feu, si tu arrêtes de l'alimenter, elle s'éteint ».

VI
Bayonne
Lorant
Septembre 1995

Lorant observait la grande cour avec ses yeux de novice. Le lycée ressemblait à une barre d'immeuble d'une homogénéité morne.

C'était la première fois qu'il se retrouvait seul à Bayonne. Il y venait rarement. Parfois avec sa mère quand il y avait besoin de faire deux ou trois courses, mais c'était tout. Ça ne l'intéressait pas plus que ça...

À Ondres il avait tout ce qu'il voulait : la mer, les pins, le sable. Ça lui suffisait largement. Même si le vent était parfois violent, même si la mer était parfois démontée, ça ne l'inquiétait pas. Il était chez lui, donc il partait du principe qu'il ne risquait rien.

L'été était passé une fois de plus à la vitesse grand « V ». Entre la plage, le surf et tous les vacanciers habitués, le soleil et les phases de lune s'étaient enchaînés à l'allure d'une monotonie effrayante.

Ils traînaient tard le soir avec toute la bande de potes éphémères des mois d'été.

La dernière soirée jonglait toujours entre joie et mélancolie, avant de se quitter au bord de la plage et de reprendre chacun le chemin du retour vers sa vie respective, d'Avignon à Paris et de Nantes à Lyon. C'était la dernière fois qu'ils écoutaient de la musique ensemble sur la plage, qu'ils éclusaient quelques packs de Kro tiédasse, et qu'ils se partageaient trois ou quatre pizzas aux parfums différents. Les amoureux de l'été se roulaient leurs dernières pelles sans être allés plus loin que quelques caresses par dessous les habits.

Trois jours plus tard c'était la rentrée.

Il s'était orienté vers son lycée de secteur à Bayonne. Lénaïc, Marie-Agnès, Minie et Clément, le reste de la bande, avaient changé de voie en allant à Bordeaux.

Il ne supportait pas les séparations. Lénaïc avait toujours mieux encaissé tout cela. Lui, c'était un dur, pas du genre à se faire marcher sur les pieds. Mais lui, Lorant, avait beaucoup de mal avec l'inconnu et les changements d'habitudes. Lénaïc l'avait pourtant rassuré :

– Tu verras, ça va aller. C'est le coup de la première matinée, après tu vas te faire des potes. Tu vas peut-être tellement bien t'amuser là-bas que tu vas nous laisser tomber.

– M'étonnerait !

Le lycée était immense et Lorant avait profité de la récréation pour faire le tour du propriétaire lorsqu'il s'était fait coincé derrière le garage à vélo par deux premières bien décidés à lui faire subir une petite séance de bizutage.

– Qu'est-ce que tu fous là le nouveau ?

– Je visite.

Il ne s'est pas démonté. Mais le plus grand des deux est revenu à la charge en lui écrasant sa clope sur la main. D'un bras, il a collé Lorant contre le garage à vélo.

– Si tu veux faire le malin, mon pote, tu t'es trompé de personnes.

Lorant était tétanisé et n'osait pas se rebeller de peur de prendre la dérouillée de sa vie, lorsqu'une voix a résonné sur le bas-côté du garage :

– Con ! C'est la fête ici ! !

C'était un grand gaillard tout en muscle moulé dans le maillot noir et rouge du Stade Toulousain avec un accent du sud à couper au couteau. Il dépassait les deux clampins d'une bonne tête.

Il s'est approché d'eux en souriant comme s'il recroisait des amis de longue date. Sans prévenir, il a frappé l'agresseur en pleine tête, le projetant au sol. Visiblement bien décidé à terminer le travail, il a empoigné le gisant par la tignasse sans s'arrêter de sourire. L'autre élève, jusque-là inactif s'est interposé.

— C'est bon, c'est bon, on a compris, on se barre.

L'agresseur a fini par se relever en fixant Lorant et en le désignant du doigt – c'est toujours plus simple avec les plus faibles.

— Toi, tu ne perds rien pour attendre.

L'ange gardien a simplement rétorqué :

— Je ne te le conseille pas.

Les deux premières sont partis. Le jeune homme s'est retourné vers Lorant avec un grand sourire :

— Toujours frapper en premier, c'est le secret. T'es nouveau ici ?

— Oui, j'habite dans les Landes. Je viens ici en seconde et je suis à l'internat.

— Comme moi, mais je viens de Toulouse pour la spé en rugby.

Il a tendu la main à Lorant.

— Je m'appelle Fab.

VII
Saint Sauvage
Raphaëlle
- 2018 - Avant le jour noir

À nouveau une mauvaise nuit. Tout se bouscule dans ma tête : Kiki, Byron, le Kenya, le Mc Do, Sylvie et enfin Lorant. Un Lorant agressif, égoïste, lunatique et à fleur de peau.

Assise derrière la table de la cuisine, je regarde mon grand bol de café au lait.

— Mais arrête de boire ça bébé, c'est du poison, tu as vraiment envie d'avoir un foie de « Cirrhosé » ?

Combien de fois m'avait-il fait la remarque ? Parce qu'il se croit supérieur à boire son expresso bien serré debout dans la cuisine avec le petit doigt en l'air tous les matins ?

Le café au lait, c'est toute mon enfance, ma matrice, c'est le souvenir de Mémé qui m'apportait tous les matins, un grand bol de café largement mouillé de lait de sa ferme à La Clusaz avant que je chausse mes skis. J'en bois depuis la nuit des temps et aujourd'hui, je suis toujours debout et bien vivante, n'en déplaise à Lorant.

Ça s'active dans la salle de bain. C'est parti pour une demi-heure de tonte de barbe, de crème hydratante et de cheveux ébouriffés au gel ultra-fixant pour se donner un genre d'éternel garnement. Il va ensuite rejoindre directement le dressing pour prendre son déguisement de politique véreux : un costume taillé sur mesure, une chemise sur mesure repassée nickel par bobonne, puis une cravate unie dont il ne sait toujours pas faire le nœud.

À chaque fois que j'aperçois sa cravate, je repense à ce jour pluvieux de janvier où il était rentré radieux d'une réunion… bien plus tard que d'habitude.

Il ne m'avait pas fait de bisou ce soir-là prétextant une grande lassitude et l'envie de sauter dans un bain bien chaud. Il ne s'était pas départi de son sourire niais pendant que je finissais de mettre la table. Il m'avait parlé de sa réunion « de dingue » pour signer un projet de prêt pour une nouvelle start-up lancée par un caïd de l'informatique « qui va tout déchirer dans les deux prochaines années, et bla bla bla bla… »

Je l'avais écouté patiemment sans le quitter des yeux. En bon commercial, il ne cillait pas. Pourtant le bas de ma rétine, restait lui, fixé sur son nœud de cravate. C'est moi qui lui faisais tous les matins. Au début de notre relation, j'en profitais pour tirer dessus afin de l'amener à moi et l'embrasser en lui souhaitant une bonne journée. Il adorait ça et en profitait généralement pour écarter les pans de mon peignoir et de me palper un sein ou poser sa main délicatement sur mon sexe en me disant : « À ce soir beauté ».

Ce soir-là, quelque chose clochait dans la forme de sa cravate. Un détail léger, effacé, mais traître. Le nœud était de travers, moins joli, moins régulier et surtout moins dense… C'était un nœud simple, et certainement pas le nœud double que je lui avais fait le matin même.

— Il faisait chaud à l'agence ?

— Même pas, le chauffage déconnait, je suis resté avec mon chèche autour du cou et mon manteau toute la journée, tu parles d'une classe pour la clientèle ! C'est d'ailleurs pour ça que je vais me jeter dans un bain bien chaud.

Il avait ponctué sa phrase d'un rire bien jaune et coincé.

Mensonge !

Qui était-elle ? À quoi ressemblait-elle ? Cliente, stagiaire, employée ?

Il entre dans la cuisine bien droit et sûr de lui. Il m'embrasse les cheveux du bout des lèvres. Je ne le regarde pas. Je fixe mon bol. Je l'entends trafiquer derrière moi. Il se fait chauffer son jus de citron avec un peu d'eau et va sans doute déposer la casserole dans l'évier, avant de faire pisser son expresso.

Puis comme de coutume, l'inévitable radio se met à cracher son flot de bile. C'est toujours l'heure des infos, de la météo pourrie, des guerres de plus en plus meurtrières aux quatre coins du globe, de la famine au Soudan, des démonstrations d'artillerie militaire en Corée du Nord, de tous ces chefs d'état, ces dictateurs, qui jouent à celui qui a la plus grosse, n'hésitant pas une seule seconde à dézinguer le pays voisin pour lui piller ses richesses naturelles sous couvert de légitime défense, de ces mecs qui tabassent leurs femmes à grand renfort de batte de base-ball, de pelles, de couteaux ou de que sais-je encore avant de les brûler au fond d'un bois, de les couler sous une dalle de béton ou d'autres scénarios dignes des plus grands polars. Avant de se faire coincer, on les voit s'avancer les épaules basses et les visages empreints de larmes le long des marches blanches organisées autour de leur épouse défunte sous l'œil hagard et perfide d'objectifs d'appareils photos et de zooms de caméras. Je n'en peux plus de tout ça, de cette avalanche de médias lyncheurs, d'une poignée de « pseudo-journalistes » peu scrupuleux avides de course au scoop et d'audimat, prêt à raconter n'importe quoi pour faire le buzz avant de se rétracter comme si de rien n'était, pendant que le moindre blaireau muni d'un portable a déjà relayé l'information sur la totalité de ses réseaux sociaux.

Par acquit de conscience je lui demande s'il a bien dormi.

— Pas trop, le duo frites/hamburger a eu raison de mon estomac.

— Et tu...

— Tais-toi voir !

Ça y est, on y est. Monsieur écoute une information qui lui plait, donc tout le monde doit en profiter.

En tendant l'oreille j'entends les cris enragés d'un troupeau de Hooligans, visiblement à deux doigts de faire exploser le stade. Des Ultras de toutes équipes confondues, chômeurs, avocats, ouvriers, toubibs, de tous bords politiques, bien décidés à en découdre par amour du foot, de la bibine et de la baston.

J'ai envie de vomir. Je me lève, récupère la casserole de Lorant pour la placer avec mon bol dans le lave-vaisselle.

« Fait divers maintenant : à Ondres dans le departement des Landes, la gendarmerie... »

Je retourne me préparer, avant de filer sans demander mon reste de cette maison qui pue la médiocrité.

Dans mon dos je ne remarque pas le visage de Lorant qui vient de virer au blème.

La Mini se faufile dans la circulation. Ça roule à peu près. La radio est encore réglée à la même puissance que la veille. Je baisse le son le temps que mes oreilles s'habituent. France Musique. Les premiers accords de la treizième de Dimitri Chostakovitch résonnent dans l'habitacle. C'est magnifique.

On peut parler de coup du sort, de coïncidence, qu'importe, chacun est libre d'interpréter les signes comme il le souhaite. Ce matin je m'apprêtais justement à parler à mes élèves de troisième des massacres nazis dans les camps et derrière la Wehrmacht pendant sa progression vers l'Est. Leur parler de Babi-Yar, thème principal de cette fameuse symphonie N°13 de Chostakovitch.

Je me gare dans le parc à bestiaux grillagé de toutes parts. C'est ma collègue Nadine, qui surnomme ainsi notre nouveau parking. Elle me dit toujours que ça lui rappelle les grilles qu'utilisait son père pour parquer ses charolaises dans son exploitation agricole au fond du Morvan, dans un bled qui répond au doux nom de Beurey-Bauguay. Son père qui comme beaucoup de ses collègues éleveurs, préférait de loin vivre chichement mais profiter de la plénitude qu'offre le travail d'agriculteur.

Je me rapproche du portail d'entrée où l'on peut lire fièrement sur un panneau : Collège Étienne de Vignolles. Le V de Vignolles avait été remplacé par un P à la bombe de peinture laissant un Étienne de Pignolles. Je suppose que l'auteur de ce jeu de mots foireux n'avait aucune espèce d'idée de qui était Étienne de Vignolles. Mais s'il avait été de ce monde, je n'aurais pas donné cher de la peau du tagueur, De Vignolles n'étant autre que le célèbre compagnon de Jeanne d' Arc : La Hire, champion hors catégorie de la masse d'arme.

Lorsque j'ai été mutée ici, ça m'avait paru curieux que l'on ait donné à un collège, le nom d'un chevalier sorti du Moyen-âge loin des Victor Hugo, Roger Vailland, Antoine de Saint-Exupéry et j'en passe. J'ai su par la suite qu'une lointaine parente avait fait un don généreux à la commune au XIXème. C'était comme cela qu'un siècle et des broutilles plus tard, le nouveau collège avait été baptisé du nom d'Étienne De Vignolles bien que l'histoire de France en ait fait un écorcheur... Mais bon, dans le doute...

Je souris toute seule de l'enchaînement d'idées axé sur Jeanne d'Arc qu'un simple graffiti sur un panneau a déclenché. Un simple sourire, ça faisait si longtemps. La morosité me déteignait dessus, la vie avec Lorant devenait difficilement supportable. Je le transpirais.

On venait me parler, m'inviter à boire un café ou un thé après le travail. Invitation que je déclinais d'ailleurs toujours. Mes collègues n'avaient aucun besoin de savoir ce qui se passait dans ma vie privée. Je n'ai jamais eu de confident. Je me suis toujours débrouillée pour me gérer toute seule. De ce fait j'ai toujours été un peu distante et d'une grande réserve vis à vis des autres. Certains prenaient ça pour de la vanité ou du mépris. Qu'importe, j'ai toujours eu ma conscience pour moi, les mécontents n'ont qu'à aller se faire voir.

Je rejoins directement la salle 11, la salle d'histoire-géographie. Quelques reproductions d'affiches de propagande de la seconde guerre mondiale ornent les murs. Encore un vestige de l'exposé commandé par Rodolphe Dumout, l'autre professeur d'histoire-géo aussi intéressant et captivant que son patronyme.

Les élèves m'attendent dans le couloir. Tous du même moule, les garçons trainent leurs baskets usées avec une démarche asthénique. Leur survêt baille au niveau des fesses, et la capuche de leur sweat trois fois trop grand reste rabattue sur le sommet du crâne « en mode Caillera » comme ils disent tous. Les filles sont inversement proportionnelles. Des jeans ou des pantalons taille haute à la mode des années 80' mais sans les pinces. Elles s'étranglent la taille le plus haut possible à l'aide d'une ceinture qui fait accessoirement office de soutien-gorge, laissant ainsi dépasser les chevilles.

Moi je trouve ça moche, mais je tolère. Quand on a vécu la mode coupe mulet/moustache/fluo/années 80' justement, on se doit de tolérer.

Au fond des rangs un peu à l'écart il y a Amani, un jeune noir adopté par une famille modeste de mon quartier. Contrairement aux autres, il est habillé simplement d'une chemise, d'un gilet et d'un pantalon de toile. D'une nature assez réservée, il reste distant et difficilement influençable. Il ne cherche pas à s'intégrer, jamais. Les autres enfants l'ont vite pris en grippe : la différence et la résignation n'ont pas leur place chez les petits caïds de cette ville où le taux d'extrême-droite dépasse largement les moyennes nationales. Il n'était pas encore le souffre-douleur, mais lorsqu'il était en ma présence, j'avais toujours un œil sur ses camarades.

Je traverse le flot grouillant d'élèves pour aller déverrouiller la porte. À mon passage j'entends quelques « Bonjour Madaaaaame », trop faux derche et trop polis pour être honnêtes. Je n'ai qu'une envie : me retourner et lever bien haut mon majeur dans leur direction. Je ne le fais pas... vieux reste d'éducation sans doute.

Les élèves s'installent bruyamment en s'invectivant, tout en balançant leur sac par terre.

— Wesh Armani, tu nous fais le défilé de mode, t'sais ?

Ça c'est Rayan, seize ans, qui se prend pour un cador de la ZUP. Il avait pris pour habitude d'appeler Amani comme le célèbre styliste italien. Les autres rigolent comme des niais, sans savoir qui est vraiment Armani.

Pour enseigner, il faut être doté d'une véritable foi, de beaucoup de sang froid et posséder de grandes notions de psychologie. Mais chaque jour pourtant, je me fissure un peu plus et je perds assurance et maîtrise de soi. Mais il faut tenir. Je ne peux pas exploser, je ne dois pas.

Ludo, le prof de techno, ne s'en sort pas trop mal. Depuis des années, il pratique le théâtre d'improvisation. Tout lui sert de support et ses cours ne sont ni plus ni moins que des représentations théâtrales. Il garde un vague regard sur le suivi des élèves, mais progresse chaque jour un peu plus dans son art.

Je commence mon cours par un peu de discipline pour changer. Je ne suis pas maître en la matière, mais les élèves me craignent tout de même un petit peu. Je ne lâche rien durant tout le premier trimestre. Une façon comme une autre de ne pas se faire déborder.

J'aborde le sujet calmement. Nous avions vu précédemment les premiers temps du nazisme de « *Mein Kampf* » à l'assassinat d'Ernst Röhm.

Puis j'entre dans le vif du sujet : la SS, Himmler, Heydrich, Eicke, les camps, de Dachau à Auschwitz en passant par Belzec et Treblinka.

Je leur passe quelques photos des camps-musées aujourd'hui et un des nombreux documentaires sur la question, avant de leur parler du centre d'extermination de Sobibór, rasé par les nazis où dans les années soixante encore, l'herbe plus haute et plus grasse qu'ailleurs délimitait l'emplacement du site.

Les remarques se font plus rares et à la vue des montagnes de corps poussées au tractopelle, on n'entend plus rien.

Je leur parle enfin de Babi-Yar...

Je commence par une simple photo, celle d'une forêt bucolique où filtrent au travers des branches quelques rayons de soleil. On pourrait s'imaginer à cet endroit en famille, pour faire une halte à l'ombre ou chercher quelques champignons.

– Qu'est-ce ?

– Une photo wesh !

– Ok Rayan, mais quel grammage ? Quelle texture ? Lisse, texturé, couchage résine ? Et les finitions ? Perlé, satin, lustré ?

– J'en sais rien moi ! !

– Alors écrase.

– ...

Mon ton soudain vulgaire n'est pas pris à la légère. Les élèves se recentrent sur le cliché.

– C'est ce qu'on voit de l'autre côté des barrières du camp pour mettre le seum aux prisonniers !

– C'est le parc du château du commandant du camp !

Puis, du fond de la salle j'entends doucement une voix timide :

– Si la photo est en couleur, c'est qu'elle a été prise de nos jours, il devait y avoir quelque chose, mais avant la forêt.

Silence à nouveau, tout le monde se retourne vers l'auteur de cette information pertinente. C'est Amani, qui ne sait plus où se mettre quand tout le monde le regarde.

– Bien Amani, tu es observateur.

Je commence alors mon récit :

– La forêt que vous voyez sur cette photo est le fond du ravin de Babi-Yar en Ukraine. C'était une énorme fosse où 33771 personnes ont été fusillées entre le 29 et le 30 septembre 1941, Juifs, prisonniers de guerre soviétiques, communistes, Tziganes, Ukrainiens et otages civils. Faites le calcul... Environ douze personnes à la minute. Hommes, femmes, enfants, tous étaient exécutés sans procès ni droit de parole. On a témoigné par la suite que la terre avait continué à se soulever et à bouger pendant des mois sous l'effet de la décomposition.

On entend plus rien, même Ryan et sa grande gueule. Je profite de ce silence relatif pour leur expliquer que bien plus proche de notre époque, des génocides de cet ordre-là et du même niveau d'horreur ont existé en Bosnie-Herzégovine et au Rwanda dans les années 90.

La sonnerie retentit. Les élèves se lèvent mollement pour gagner la cour de récréation. Je range mes affaires et débranche le matériel électronique.

Je lève les yeux pour apercevoir Amani encore installé, la tête baissée.

Je m'approche doucement :

– Ça ne va pas Amani ?

Pas de réponse, il n'a pas bougé d'un pouce. Je m'assieds sur la chaise à ses côtés, je lui pose ma main sur le dos en lui disant gentiment :

– C'est mon devoir et mon travail d'expliquer l'histoire et ses dessous.

Il fixe la table.

– Tout le monde est coupable, tout le monde blesse.

– Qu'entends-tu par-là Amani ?

– Les leçons des uns ne servent qu'à donner des idées aux autres. En voulant se souvenir et ne pas oublier, on fait l'apologie du mal sous couvert d'éduquer les générations futures. Les monstres il ne faut pas en parler, il faut les oublier. L'histoire ne fait qu'attiser un peu plus la haine entre les peuples. Elle glorifie les gagnants, écrase les perdants et prend pitié des victimes. Chaque personne a un jugement sur ces actes découlant de son histoire personnelle ; vous aussi même sans vouloir nous faire transparaître quoi que ce soit. Un juif français dont la famille a été complètement exterminée ne peut que rejeter et condamner les actes que vous nous avez exposés. Mais qu'en est-il d'un Palestinien dont le foyer s'est fait bombarder par Israël ; qu'en est-il d'un opposant au régime dans les pays de l'Est dont la famille a été exterminée sous le communisme ? Avez-vous seulement une idée de ce qui se passe ailleurs ? Savez-vous seulement ce qui se passe en dehors de vos livres, de vos reportages et du discours ultra-médiatique ? Avant d'enseigner, commencez par aller vous confronter aux hommes, aux femmes et à leur misère.

Il se lève d'un coup sec et se dirige vers la sortie avant d'ajouter :

– Rappelez-vous... les monstres il faut les oublier.

Il s'avance vers le chambranle de la porte :

Je suis scotchée sur ma chaise. Il avait déjà tourné les talons, le temps que je réalise qu'il venait de me faire la leçon. D'où sortait-il avec son langage choisi et ses idées déjà bien forgées ?

Je connais un peu ses parents adoptifs, nous habitons le même quartier, mais c'est des gens plutôt modestes et plus vissés à TF1 qu'à Steinbeck.

La journée s'est écoulée une fois de plus, longue et maussade. Je m'arrête en revenant au supermarché.

Sur le parking, on se croirait sur un bord de voie ferrée malgré les efforts démesurés du propriétaire pour faire de son magasin un lieu d'accueil. Il n'en reste pas moins aussi glauque qu'une impasse dublinoise.

Le parc à caddy est couvert de graffitis ; des « Je suce au 06 02 86… », « Lyndsay la grosse pute », « Chloé je t'aime », des papiers gras, des emballages, des mégots de clopes à moitié fumées et des tracts pour les restos du cœur, pour JM plomberie emmenés par le vent sont scotchés au grillage de protection.

Je passe les portes coulissantes équipée d'un caddy pourri dégueulasse avec une roue qui déconne. Me voilà dans l'antre.

« Confrontez-vous aux hommes, aux femmes et à leur misère ».

Il ne croyait pas si bien dire. Eh bien nous y voilà, et bien plus vite que prévu. « Welcome to the consumption temple ».

J'ai envie de vomir en voyant tout cela. La hargne pour faire les courses le plus vite possible, les gueules de dix pieds de long, les vieux en manque de compagnie qui viennent aux heures de pointes, la maman trentenaire serrée dans son trench-coat, son maquillage implacable et son chignon à peine défait après une journée passée devant un écran d'ordinateur, à la recherche de légumes bios, généralement emballés sous trois couches de plastique. Il faut bien tout ça, pour quatre oignons bios en provenance directe de Nouvelle-Zélande. Je passe mon chemin pour avancer vers l'épicerie. Les rayons sont blindés de monde.

C'est l'heure de pointe en sortant du travail avant de retourner à la maison. J'y retrouve tous les habitués : l'ouvrier de la boîte de travaux public avec son pantalon de travail bleu et orange maculé de terre et d'argile, le visage buriné par les travaux de plein air. Pas de caddy pour lui, juste un grand sac lesté d'un pack de bière et d'une bouteille de Jaune. Derrière lui, le nez collé contre le frigo, il y a le gars en costard-cravate. Le même genre de pingouin que Lorant, avec un téléphone accroché à l'oreille, ondes en pleine tête, qui parle tout seul de co-dir, de conf-call et de PowerPoint à un pack de douze yaourts nature.

Je poursuis mon périple poussant mon caddy, enchaînant les « pardon excusez-moi ». Le rayon de pâtes est quasiment vide, le beurre hors de prix, sans parler du rayon PQ.

« De barils de lessive, de monceaux de bidoche en cas d'guerre, en cas d'crise, de victoire de la gauche » comme le chantait Renaud dans « Banlieue Rouge ».

À la moindre alerte sur CNews ou BFMTV, ça y est c'est la débâcle. Surtout chacun pour sa pomme, quitte à marcher sur le voisin, pour récupérer le dernier paquet de jambon, généralement à moitié écorné et tout sale à force d'être tripoté.

Les odeurs de détergents viennent se mêler aux relents de vinaigre d'une bouteille explosée à même le sol et aux parfums de cuisson de pain, vaste fumisterie destinée à faire croire au consommateur que le pain est fabriqué et cuit sur place.

Je bâcle mes courses en quatrième vitesse pour déguerpir au plus vite de cette fourmilière malodorante, sans avoir oublié les revues et les jeux de Lorant. Je jette un rapide coup d'œil au rayon librairie où s'entassent les best-sellers du moment et leurs prédécesseurs en format poche. Impossible de dégotter quelque chose d'un peu original. La littérature ne doit visiblement pas être la priorité du boss du magasin et vu les livres en vente, il doit penser pareil de ses clients.

« VSD, Paris-Match et puis Télé 7 jours. Puis bien sûr chaque année, y s'offre le prix Goncourt... » Renaud encore, « Mon beauf » cette fois.

En me dirigeant vers les caisses, je croise deux hommes, l'un grand et souriant, parlant fort avec un autre beaucoup plus menu habillé à la dernière mode du joggeur averti. Appuyés chacun les coudes sur leur caddy ils refont le monde à grand renfort de plaisanteries et d'éclats de rire. Je passe devant sans ciller, regardant droit devant moi, même si du coin de l'œil, j'ai vu le regard pesant du sportif sur mes courbes.

— J'espère juste qu'il n'y aura pas de pénurie d'eau pour tous ceux qui ont rempli leurs placards de macaronis !

Le dos tourné, je souris également. Au moins il y en a qui gardent le moral.

Les caisses sont surchargées. Entre les hôtesses qui passent les articles en quatrième vitesse pour avoir la paix et les clients qui n'abondent pas à ranger leurs courses, c'est un joyeux bordel.

« Achetez, barrez-vous, consommez, revenez vite », c'est plutôt ce slogan qui devrait être affiché plutôt que « Je positive » ou « Producteur et commerçant », mais quand même plus commerçant que producteur car ça gagne plus et c'est moins chiant.

Je balance toutes mes courses sur le tapis. Deux jeunes, casquette des Raiders de Las Vegas vissée sur la tête, arrivent derrière moi, un pack de bière, un saucisson premier prix et une baguette de pain qui ressemble à du plastoc. Je les laisse passer devant moi. Grand sourire franc :

– Pas de problème madame, on est tous à la même enseigne, on a tout notre temps !

Je les remercie. Facile de dégommer les jeunes à boulets rouges encore faut-il prendre la peine de leur ouvrir le dialogue.

Je charge la malle de la Mini avant de fuir en direction de mes placards.

Lorant n'est pas là pour changer. Je m'occupe de ranger toutes les courses avant d'aller me délasser sous la douche. Je me suis débrouillée toute seule, comme d'habitude. À quoi bon demander aux enfants de venir me donner la main ? Le temps qu'ils descendent et les courses auraient été toutes rangées.

Je mets la soupe à réchauffer. Pas besoin de cuisiner ce soir pour ces seigneuries. C'est une maigre consolation mais il faut se satisfaire de ce que l'on a.

Mon portable bipe sur le coin de la table. SMS de Lorant.

« Rentrerai pas ce soir, pot de départ de Marilyne. Allons certainement terminer la soirée avec toute l'équipe au Caribou. T'embrasse L. »

Marilyne + Caribou, deux noms qui feraient frémir n'importe quelle femme au foyer. Pas moi… Plus le temps passe, plus je m'en fous. Pendant qu'il s'amuse avec les minettes il ne me touche pas. J'ai la paix.

Marilyne était une ancienne stagiaire de sa banque. Elle a écumé toutes les agences du département grimpant invariablement les échelons. Plus d'argent en jeu, plus de responsabilités et la même immuable paperasse à fournir pour prêter quatre sous.

Marilyne avait évolué dans ce marasme avant d'échouer à nouveau dans l'agence de Lorant.

Leur supérieur hiérarchique, galvanisé par ses résultats exceptionnels et émoustillé par son incroyable poitrine, avait décidé de la muter au siège, sous son emprise directe.

Marilyne n'était pas dupe mais avait accepté cette mutation la rapprochant de son domicile. Elle arrosait donc son départ à grand coup de pains surprises encore à moitié congelés et de mauvais champagne.

Lors de ces brunchs, la sauterie se poursuivait souvent au « Caribou », une espèce de bar-restaurant-dancing, ouvert assez tard même en semaine. Le propriétaire, un Québecois sans accent, aussi Canadien que j'étais Vénusienne, avait donné à son bar un côté « Amérique du Nord », en le décorant d'une peau de grizzli en patchwork d'ours en peluche, d'une paire de vieux skis en frêne et d'une collection de chapeaux de cow-boy Pour parfaire le côté « oncle Sam » de son rad, il proposait une gamme démesurée de bières pressions américaines toutes plus insipides les unes que les autres.

Lorant y échouait souvent avec des « Amis », avant de revenir empestant les effluves de parfums âcres, de tabac, d'alcool et de transpiration.

Je suis allée me coucher, avant de sombrer dans un sommeil profond après avoir terminé les dernières lignes merveilleuses, poétiques et addictives d'un livre de Pierre Bordage.

*

Parquet qui grince, réveil en sursaut. J'ouvre un œil, 3h33, une heure miroir comme on dit en Allemagne.

Lorant.

Il renifle la picole à plein nez. Il se glisse sous les couvertures. Il est nu, il n'a pas pris de douche et ne sent que moyennement les senteurs fleuries ou vanillées des parfums féminins. J'ai au moins cette consolation, il n'a pas fini avec une poule dans sa voiture. J'ai beau m'en moquer, je dois reconnaître que ça me pèse.

Il me colle, je fais semblant de dormir. Je sens son sexe contre mes fesses, énorme. Il me presse. Avant que j'ai pu réagir il a déjà glissé un doigt dans mon fondement. Comme ça, rapidement et crûment, sans demander quoi que ce soit. Je hurle, il me blesse, retire son doigt rapidement avant de vouloir s'introduire en force. Je me retourne et le repousse d'un coup sec. Il ne dit rien, se contente de râler dans sa barbe dans un premier temps avant de se masturber, de m'éjaculer dessus et de s'endormir en ronflant dans la foulée.

Je me lève et je me rends dans la salle de bain adjacente à notre chambre, pour laver son sperme froid et gluant.

Je verrouille la porte. J'ai le courage de lever les yeux et de me regarder dans la glace. Mon visage est terne et fatigué. Un seul mot me tourne dans la tête. Un mot auquel je n'ose pas penser tant il me paraît incongru dans un couple de longue date, un mot auquel je viens d'échapper de peu : Viol.

« Confrontez-vous aux hommes, aux femmes et à leur misère ». « Les monstres il faut les oublier ».

VIII
Ondres
Lorant
Été 1998

— Quand y' en a plus, y' en a encore !

Lorant venait de débarquer en hurlant avec un énorme jéroboam de Leffe. Trois litres de la célèbre bière Belge dans un seul contenant.

Des hurlements ont salué son apparition. Fab a monté le son des enceintes à fond. Un peu plus loin sur la plage, le groupe électrogène tournait à plein régime pour alimenter le son et les guirlandes pendues dans la pinède pour tous les éclairer. La fête battait son plein. Tout le monde y était : les vacanciers habituels débarqués de leurs villes respectives qui pourraient en fin de soirée rentrer au camping en rampant ; Lorant, Lénaïc, Marie-Agnès, Minie et Clément : les locaux et Fab qui était venu par le train avec sa sœur Chouchou.

Ça dansait de tous les côtés au son des CD que passait Fab, mélangeant habilement de la vieille funk, du gros rock, passant des Jackson five à Alanis Morissette, mixant de la pop pour faire plaisir aux filles et tout une variété d'électro, de trip-hop, techno, transe, hard-core, acid house, hard tech et techno minimal.

Il n'y avait que l'embarras du choix pour danser, pour boire… Ou pour s'enlacer.

Lorant naviguait au milieu de cette faune saisissant des bribes de conversation sur le tour de France de la honte, l'EPO, Festina, « un max de cols hors catégories, ils sont cinglés », « tu m'étonnes qu'ils avaient besoin d'un remontant, c'est le cas de le dire, ha, ha ». Un peu plus loin c'étaient les buts miracles de Zidane et de Petit contre le Brésil, « et un et deux et trois-zé-ro », « mais on ne parle jamais assez des passes décisives de Petit, Djorkaeff, Vieira et du bon boulot de Barthez »...

Lorant portait l'obus – comme on appelait le jéroboam – sur l'épaule et avec une agilité déconcertante, remplissait les verres et les distribuait avec un plaisir non dissimulé tout en trinquant avec Fab à leur amitié indéfectible et avec Chouchou, sa chérie sortie tout droit d'un livre de conte de fée, belle, discrète et bon public, toujours à rire des conneries que son frère enchaînait les unes après les autres.

L'été précédent, les parents de Fab avaient loué pour trois semaines, une grande maison avec piscine à Ondres non loin de la plage. C'était devenu le QG. De mémoire de locaux, tous les habitants d'Ondres ont dû venir prendre l'apéro dans cette maison, accueillis à bras ouverts par les parents de Fab.

Lorant y avait alors croisé Chouchou pour la deux ou troisième fois. Ça avait toujours matché entre eux deux. Fab s'il ne disait rien, se contentait de se réjouir d'avoir son meilleur pote comme futur beau-frère !

Ils étaient sortis ensemble un soir après avoir mangé en terrasse à « La pinède », le restaurant-bar à la sortie de la plage. Ils avaient longé les rues d'Ondres avant de s'enlacer dans les bois de pins que Lorant appelait : « Sa forêt de Brocéliande » Malheureusement il avait fallu reprendre les études sans les décourager pour autant. Lettres et coups de téléphone se succédaient. Ils se voyaient au moins une fois par mois à mi-chemin entre Toulouse et Bayonne. Et le temps avait galopé à la vitesse d'une antilope. Ils avaient tenu.

Cet été 1998 était un peu exceptionnel pour Fab et Lorant. Ils allaient quitter le sud-ouest. Ils voulaient voir du pays et continuer leurs études à Dijon, en Bourgogne. Leurs amis avaient cru comprendre qu'il y avait une histoire de pinard là-dessous.

Les deux compères restaient discrets. Ce qui leur importait le plus c'était d'être ensemble. Le reste ils s'en foutaient. Lorant et Chouchou continuaient de se voir et Fab avait une fille dans chaque port.

Comme l'exprime si bien le magicien Gandalf dans le Seigneur des Anneaux : « Même les sages ne connaissent pas toutes les fins. »

L'avenir nous réserve souvent son lot de surprises… bonnes… ou mauvaises.

IX
Saint Sauvage
Raphaëlle
- 2018 - Avant le jour noir

Viol : Nom masculin – Rapport sexuel imposé à quelqu'un sans son consentement.

C'est ce que racontait le Larousse. Le mot m'a tourné sans cesse dans la tête dès que je me suis recouchée cette nuit-là.

Viol, viol, viol.

Une espèce de litanie dont je me serais bien passée. Les minutes ont tourné puis les heures. Heureusement, je ne travaillais pas ce matin. J'ai pu m'assoupir un peu lorsque Lorant s'est levé pour aller au travail. Les enfants se sont débrouillés tous seuls également. Une fois n'est pas coutume après tout.

J'ai fini par émerger en milieu de matinée, plutôt bien reposée malgré tout. Thé noir et carrés de chocolat m'ont servi de petit déjeuner. Le temps, fade et déprimant, déchirait le ciel en teintes anthracites, mais il fallait que je m'oxygène.

Je suis partie en courant au travers des chemins longeant la maison avant de m'éloigner dans les bois entourant notre modeste ville. J'ai calé ma respiration sur mes pas. Impossible pour moi de courir avec de la musique dans les oreilles. Trop de tempos différents et aucune envie de m'infliger de la boîte à rythme dans le seul but de me faire courir comme un métronome.

Après quelques kilomètres dans la forêt, j'ai été prise d'un angoisse sourde qui remontait lentement de mes intestins et qui faisait un étrange écho à mon cerveau.

Viol, viol, viol.

Le vertige m'a prise lorsque je commençais à faire demi-tour. J'étais seule au milieu de ce bois où se mélangeaient essences de châtaigniers, d'acacias, de frênes et de chênes. J'ai chuté lourdement entraînée par la vitesse de mes pas, étourdie par mes pensées et incapable de me rattraper. Mon épaule a été meurtrie, déchirant légèrement mon maillot.

Chancelante, je me suis appuyée contre un énorme chêne sans doute centenaire, pour rendre les pauvres restes de mon petit déjeuner.

Viol, viol, viol.

Perdue au milieu de cette forêt, seule et vulnérable je sentais pointer la crise d'angoisse. Un jeune couple est passé en courant, avant de faire demi-tour.

— Ça va madame ?

Non ça n'allait pas.

— Oui, oui, pas de problème, une petite baisse de régime, c'est tout.

Ils me détaillaient de haut en bas, de mon tee shirt déchiré à la flaque de vomi étalée devant mes pieds.

— Vous êtes sûre ?

J'ai hoché la tête pour les rassurer, mais d'une blancheur cadavérique je ne devais pas être très convaincante. Ils ont commencé à faire demi-tour pour reprendre leur jogging.

— S'il vous plait !

Regards à nouveau.

— Est-ce que ça vous dérange si je vous accompagne jusqu'à la sortie du bois ?

Une dizaine de minutes plus tard, j'ai lâché mes compagnons de route, non sans les avoir chaleureusement remerciés pour leur bienveillance.

En entrant dans la maison j'ai pris directement le vieux Larousse rafistolé que je tenais de mes parents, celui sur lequel mon père s'était usé les yeux pour ses mots croisés et ma mère pour ses Scrabble.

*

Viol. La définition est là, sous mes yeux. Peut être considéré comme viol toute pénétration, pas seulement l'acte sexuel... Sans oublier la notion de viol conjugal, tabou dans beaucoup de pays et puni par loi.

Je file sous la douche encore moite de ma course. Je commence à me refroidir tout doucement. Je désinfecte ma plaie à l'épaule. Rien de bien grave. J'amène mon enceinte portative dans la salle de bain avant de la connecter sur un site de musique en ligne. Thomas Newman, The Shawshank Redemption. Une nouvelle : Rita Hayworth et la rédemption de Shawshank » de Stephen King. Un film de Frank Darabont « Les évadés » et la musique de génie de ce compositeur. L'entente parfaite. L'histoire de cet avocat condamné à la prison à perpétuité pour le meurtre de sa femme et de son amant a d'étranges répercussions sur moi. Je me sens moi aussi enfermée et incapable de m'éloigner de ma « prison », incapable de briser les chaînes qui m'attachent à Lorant, incapable de lui dire « Stop ».

Je me glisse sous la douche. L'eau est bouillante et me relaxe. Elle me lave du sport, elle me lave de Lorant. Les cordes graves de la musique commencent doucement. La contrebasse doublée octavia par le violoncelle s'impose, avant d'être rejoint par les violons qui posent leur mélodie triste et lancinante. C'est magnifique.

Délassée et saine, je quitte le confort lumineux et satiné de la salle d'eau.

On sonne à la porte d'entrée. Glacée par l'effroi, j'avale doucement ma salive.

Viol, viol, viol.

Il me faut quelques instants pour reprendre mes esprits et rejoindre la porte d'entrée.

L'image difforme reflétée au travers du judas me donne le courage d'ouvrir.

Un homme très fin, dont on ne distingue que les bras et les jambes, porte devant sa tête un énorme bouquet de fleurs blanches. Roses, œillets, arums, lys, toutes mes fleurs préférées se côtoient. Elles sont magnifiques.

Rien à craindre de ce livreur qui m'avait fait si peur, non parce qu'il est plus petit que moi – la taille n'ôte pas la vaillance – mais plutôt parce qu'il est très efféminé et maniéré. C'est même lui qui a l'air craintif devant mes tatouages et mes piercings.

Il y a un mot d'accompagnement que je ne décachète pas, préférant proposer à ce curieux livreur une tasse de café.

Tout d'abord d'une timidité maladive, il se décide à me suivre.

Je me sens tout de suite en confiance avec ce jeune homme aux allures de femme.

J'admire ses traits fins et sa longue mèche de cheveux qu'il passe son temps à coller derrière l'oreille afin de lui dégager les yeux. Il croise ses jambes de manière très classe, tout en gardant la tête légèrement baissée sur le côté, laissant tomber ainsi sa mèche à nouveau.

Il approche doucement sa chaise de la table sans la faire racler par terre comme tous ceux de ma famille. Cette délicate attention et ce savoir vivre me touchent instantanément.

Le café chaud fume par-dessus sa tasse. Il me regarde, interrogateur et curieux. Il n'ose pas parler. J'ouvre le dialogue sur un ton sympathique :

— J'espère que je ne vous mets pas en retard dans votre planning de livraisons avec ce café ?

— Non, non, j'ai bientôt terminé. Le bouquet vous plait ?

demande-t-il gauchement. Nous avons une confiance réciproque. On voit clairement qu'il n'a aucune envie de se marginaliser. Ce n'est pas un excentrique. On devine tout de suite son côté féminin, malgré ses habits somme toute très quelconques et unisexes.

Nous nous dévisageons, longuement. Je ne l'attire pas, il ne m'attire pas, mais pourtant une certaine osmose s'immisce entre nous.

Il boit son café d'une traite élégamment.

Mes mains ouvrent délicatement le pli qui accompagne le bouquet de fleurs.

Je m'attendais à tout sauf à ça...

J'ai toujours eu des admirateurs sans les chercher, que ce soit des collègues, d'anciens élèves, des personnes que l'on côtoie suffisamment pour échanger les coordonnées ou parfois même des sportifs de tout horizon rencontrés au hasard d'un cours de cardio.

Certains m'avaient fait du « rentre dedans » sans prendre la moindre paire de gants :

— Tu fais quoi après le cours, ça t'dirait de boire un coup à l'appart' ?

— Non, ça ne me dit rien du tout, je n'aime pas boire et je n'aime pas les coups, alors les deux à la fois encore moins.

J'étais passée direct pour la frigide de service en ayant renoncé de boire un coup avec le playboy du 19/20h, le Camille Lacour du cuisses/abdos/fessiers.

Un autre beaucoup plus introverti avait deviné en moi un scout de France fan de jeux de rôles. J'avais reçu de sa part dans mon casier un message codé complètement hermétique sans queue ni tête. N'ayant pas répondu à l'adresse mail ultra-naze – Romantique12@ugabull.fr – stipulée au bas de la page, l'énigmatique personnage avait cru bon de poster dans un autre mail le lendemain, le système de décodage. J'avais dû déjà nettement baisser dans son estime… Le surlendemain j'avais la solution complète du message codé.

Comme il n'avait visiblement pas compris mon indifférence, je m'étais contentée de répondre à l'adresse donnée par un message laconique.

« Je n'aime pas les codes, je n'aime pas les mystères et par-dessus tout je n'aime pas les intellos. »

Les deux semaines suivantes Christian, le prof de physique, un binoclard à col roulé et veste de tweed s'était fait porter manquant. Lorsqu'il était revenu, il se transformait en extincteur dès qu'il me croisait. Je ne tarderais pas à savoir malheureusement qui se cachait derrière le Casanova « Romantique 12 », mais mais mon opinion était bien fondée.

En décachetant le pli, j'ai la surprise de voir non pas le mot d'un admirateur secret, mais un message écrit de la propre main de Lorant. Impossible d'ignorer sa calligraphie où les lettres et les mots sont pilonnés comme celle d'une ordonnance médicale.

« Des fleurs blanches de la couleur de ton âme, pour te prouver que toi seule compte. On s'éloigne et je ne peux vivre sans toi. Accepte je t'en prie, mes plus plates excuses.

Je t'aime,

L. »

Viol, viol, viol.

Les larmes me ruissellent le long des joues, auxquelles s'ajoutent des sanglots de plus en plus violents et incontrôlables.

Sans réfléchir une seconde, le livreur et me saisit la main entre les deux siennes. Je me laisse faire. Il me parle lentement, gentiment avec une étrange bienveillance alternant paroles réconfortantes et délassantes proches d'un langage hypnotique avant de conclure sur ces paroles énigmatiques :

— Placez-vous dans un endroit que vous aimez, où personne ne viendra vous déranger. Vous êtes bien. Profitez de cet endroit tranquillement. Vous y êtes en sûreté. C'est votre cocon.

Nous restons comme ceci un long moment, jusqu'à ce que je me calme complètement. Les sanglots s'estompent, et les larmes se tarissent.

Je lève soudain la tête complètement déstabilisée. Il me toise en m'adressant un sourire rassurant. J'étire légèrement mes lèvres en guise d'assentiment. Cet homme a un vrai pouvoir.

— Vous vous sentez-mieux ?

— Qui êtes-vous ? Comment avez-vous fait ?

— Qu'ai-je fait exactement ?

En quelques mots, je lui explique le calme et la plénitude dans lequel je me trouve alors que quelques minutes plus tôt je pleurais devant lui à chaudes larmes.

Il me fixe toujours en souriant. Après un court instant il prend la parole, en m'appelant à ma grande surprise, par mon prénom.

— Raphaëlle, vous portez votre détresse comme un habit trop voyant. Depuis que j'ai mis les pieds dans cette maison, j'ai l'impression que vous n'êtes qu'un simple hologramme au milieu d'un décor qui ne vous représente pas. Ne me prenez pas pour un dingue, pour un médium ou je ne sais quoi. Vous m'avez regardé Raphaëlle, je n'ai rien à faire dans un corps d'homme et pourtant je suis né comme ceci et il a fallu que je vive avec. Oh, je vous fais grâce des coups bas de la vie d'autant plus traîtres quand on fait tout pour ne pas se faire remarquer. C'était mon quotidien. Les vacheries, les insultes à l'école, les coups de pieds, les crocs en jambe, sans parler des amis qui vous tournent le dos tels des Judas dès que le vent tourne mal. J'en ai bavé vous savez, jusqu'au jour où je me suis dit que ça devait cesser. Je n'ai fait qu'une chose, m'accepter tel que je suis, me réfugier dans ma bulle et dans mes pensées que nul ne peuvent violer. Je ne suis pas plus bête que les autres ni même différent. Si l'on va par là tout le monde est différent, les gros, les maigres, les petits, les grands, les cons, les intellos, les méchants, les gentils. Mais ce qu'il ne faut pas oublier c'est que certains gros se trouvent maigres et inversement ; Certains intellos prennent les autres pour des cons et certains cons prennent tous les autres également pour des cons, sauf eux qui même s'ils se retrouvent tout seuls à force de faire les misanthropes, ne se remettent jamais en question. Je ne sais pas si vous connaissez les livres de Patrice Jean. Une pure merveille, bien souvent une satire de ces gens à la fois énormément instruits et parfois aussi niais que leur voisin humain comme eux. Je me suis rendu compte que lorsque je dormais bien, tous mes soucis étaient minimisés. Alors j'ai commencé à faire de l'autohypnose. Rien de bien compliqué, simplement en me couchant, penser à un endroit que j'aime, réel ou fictif, mais où je me sens bien. Dans cet état de quiétude, je finis par m'endormir serein. C'est un peu ce que j'ai pratiqué avec vous tout à l'heure, et vous vous êtes calmée assez rapidement.

Il se relève pour prendre congé. Je le raccompagne à la porte.

— Merci.

Il ne répond rien, seul subsiste encore son sourire confiant. Il y a parfois plus de lien entre deux inconnus qu'entre deux frères de sang. Je le regarde, se déhancher de sa démarche légère, rejoindre sa camionnette garée sur le trottoir devant chez le voisin. Kiki et Byron ont braillé leur verve suivis de près par leur maître toujours aussi fin.

— Eh gros PD c'est la dernière fois d'ta vie qu'tu t'gares là !

Le fleuriste se retourne dévoilant un sourire éclatant d'espièglerie, levant les yeux au ciel et nous explosons de rire tous les deux. Comme disait Beaumarchais : « Je me presse de rire de tout, de peur d'être obligé d'en pleurer ».

Le voisin se tourne vers moi.

— Ça t'fait marrer connasse ?

Galvanisé par les paroles et la séance d'hypnose improvisée du livreur, je plante mes yeux dans ceux du voisin avant de lever bien haut mon majeur. C'est la première fois que je sors du politiquement correct. L'autre pète une durite en sortant tout le recueil d'insultes qu'il a appris en primaire, sans me toucher le moins du monde. Mais là où j'exulte c'est lorsqu'il lâche :

— T'as d'la chance d'être une meuf, mais tu perds rien pour attendre, tu vas voir ton mec ! Suivi du désormais traditionnel : ta gueule Byron/claquage de porte.

Ça fait longtemps que je n'avais pas ri comme ça et rien que de penser à ce pauvre Lorant à qui le voisin veut faire manger la poussière…

Une chose est sûre, cette rencontre m'a fait du bien. Galvanisée, j'irais bien ajouter sur le parc à caddy du supermarché : « Mort aux cons… Et à leurs chiens ! »

Cet après-midi au collège, je me sens légère comme l'air. L'impression que rien ne peut m'arrêter. J'ai un peu d'avance pour une fois. Je m'installe avant que les élèves arrivent, calée sur la chaise, les jambes tendues sur mon bureau. J'ai mes lunettes sur le bout du nez avec un chignon fait rapidement piqué d'un crayon à papier. Je suis dos à la porte et j'en profite pour lire quelques lignes de « *Le cœur du pélican* » de Cécile Coulon.

J'entends les premiers élèves qui montent l'escalier. Ce ne sont généralement pas les plus bruyants. Ils sont dans le couloir, je ne me retourne pas pour autant. Les autres arrivent un peu après. Rayan beugle comme un sanglier blessé dans le bas des escaliers. Le silence se fait soudain. Certains ont dû intimer aux autres de la boucler.

— Est-ce que l'on peut entrer madame ?

C'est Julia, une des élèves les plus douces de cette classe. Je ne réponds rien, me contentant de refermer mon livre d'un coup sec avant de m'asseoir correctement. Ils entrent tous dans le silence le plus total. Ça ne m'était jamais arrivé depuis que j'enseigne en collège.

Avant j'étais professeur des écoles dans un établissement classé en REP+. Impossible de travailler comme il faut. Beaucoup de primo-arrivants, de pauvres gamins qui ne connaissaient pas un seul mot de notre langue, propulsés dans un système scolaire à mille lieux de ce qu'ils avaient toujours connu, dans une classe où le nombre de cas sociaux connaissait une croissance exponentielle. Entre les troubles du comportement, les proches de l'autisme sans auxiliaire de vie scolaire pour les seconder, ceux qui étaient tout bonnement absents, incapables de se concentrer quelques minutes la tête en l'air ou qui me regardaient l'œil vitreux, comme si on leur avait débranché le cerveau, je devais tout gérer, les cours, mon programme, la discipline et la psychologie.

Le nombre d'élèves augmentait sans cesse et aucun nouveau professeur n'était muté à l'école. L'inspection faisait la sourde oreille, incapable de venir sur le terrain voir de quoi ça relevait, se contentant de dispatcher les postes alloués aux situations les plus urgentes.

Au bout de quelques années, j'en ai eu marre. J'ai passé mon Capes d'histoire-géographie afin d'enseigner, du moins le pensais-je naïvement, à des élèves un peu plus attentifs pour ne pas dire « vivants ».

Je remercie les élèves de leur silence.

— Wesh, M'dame on croyait qu'vous aviez fait un infractus !

— Un infarctus Rayan, mais non, je suis bien vivante.

Le cours se passe. Anormalement calme. La précédente leçon violente sur Babi-Yar et mon air détendu aujourd'hui… Ça ne devait pas coller dans leurs esprits.

Depuis le début de l'année, mes élèves m'ont toujours trouvée morne et triste. Peut-être que ce changement d'humeur soudain les inquiète, les déstabilise ?

Au moment de sortir, personne ne s'est pressé. Amani m'a adressé un sourire timide en passant devant mon bureau.

En bouclant mon cartable, mes yeux avisent Rayan encore à sa place. Je lui lance les clés de la salle qu'il saisit d'une main au vol.

— Tu dors ici Rayan ?

On dit qu'il ne faut jamais désespérer. Rayan s'approche de moi, avec sa démarche chaloupée, sa paire de Nike modèle limité flambant neuve et son sweat-shirt de « Public Enemy ». Il me dépasse de quinze bons centimètres. Devant mon air décontracté et mon sourire scotché au visage, il devient curieusement gauche et empoté. Il pose finalement les clés de la salle sur mon bureau avant de se diriger vers la porte.

— Merci Rayan… Tu écoutes vraiment Public Enemy ou c'est pour leur logo ?

Il se retourne stupéfait :

— D'où vous connaissez Public Enemy ?

Je lui fais rapidement un cours sur le choc des cultures, sur ce groupe de Rap-Hardcore New-yorkais, dont l'existence remonte à 1982, bien avant toute la vague de Rap Européen. Ils avaient à l'époque défrayé la chronique en faisant une tournée avec Anthrax, un des quatre grands groupes phares des débuts du Trash Métal. Les antithèses !

— Moi aussi j'ai eu quinze ans Rayan !

Il est parti galvanisé lui aussi, persuadé que l'on allait parler de Rap à tous les cours désormais.

Je rentre à la maison toujours dans une espèce d'état second. Lorant est déjà là. Il est mal à l'aise, il le transpire.

Le bouquet qu'il m'avait fait livrer trône au milieu de la table. Je l'avais mis dans un grand vase. Il est beau avec toutes mes fleurs blanches préférées.

Lorant ne dit rien. Pour une fois il cuisine. On va encore manger trop épicé, mais bon je ne vais pas la ramener pour une fois qu'il prépare le repas.

— Elles te plaisent ?

Il n'a pas levé le nez du plan de travail. Lorsqu'il me regarde, pour avoir une réponse, je hoche distraitement la tête, perdue dans mes pensées.

Il ouvre le frigo et sort une bouteille de vin blanc avant de servir deux verres. Je pose le nez sur le mien et les arômes floraux du chardonnay relevés aux notes de vanille et de cacahuètes grillées typiques des fûts neufs au brûlage un peu trop prononcé aguichent mes narines. Instinctivement je retourne la bouteille. Mâcon-Bray domaine de Chrisflo.

Je n'ai toujours pas décroché la mâchoire. Le vin épouse mon corps comme une hydre gigantesque, imprégnant tous les pores de ma peau ; un peu comme la vision des landes d'Ecosse, mélange complexe d'herbes sèches et de rochers anthracite battus par les vents lorsque l'on met le nez sur un verre de scotch de la Speyside.

Pour accompagner, il a préparé quelques petites tranches de pain grillé tartinées avec un pesto maison d'ail des ours, de noix et de Comté.

Nous nous mettons à table, Alexandre et Léonie râlent que ce soit Lorant qui ait préparé le repas.

— Je crois que je préfère encore la soupe aux menus de papa !

Je prends ça pour un compliment. Le repas n'est pas trop mauvais, pas transcendant ni à vomir, mais il n'a rien de magique. La seule raison à cela, celle qui manque à Lorant, c'est que lorsqu'on cuisine pour les autres, l'ingrédient principal, c'est l'amour. Et le repas de Lorant en manque cruellement.

Les enfants retournent à leurs occupations, non sans nous laisser la table pleine.

– En quel honneur tout cela ?

Il consent à m'expliquer qu'il a dépassé les bornes hier soir et que oui, il sait, l'alcool n'est pas une excuse.

Mais il a aussi une autre nouvelle à m'annoncer et celle qui tombe me laisse une drôle de sensation entre vertige et montée de chaleur.

– C'est Fab qui doit assurer le remplacement du prof de sport dans ton collège.

Il a juste lâché ça avant de se lever et de partir se vautrer devant la télévision, me laissant le soin de tout ranger et de faire la vaisselle. Il ne faut pas déconner non plus !

Je m'allonge sur le lit avec une angoisse sourde, même si Lorant s'est excusé.

Il me rejoint peu après et se couche à mes côtés. Après avoir trafiqué quelques minutes sur son smartphone il éteint sa lampe de chevet. Je fais de même en constatant que je m'endors sur mon roman.

Dans le calme de la nuit j'entends :

– Tu peux m'expliquer pourquoi ton sourire n'a pas déserté ton visage depuis que tu es rentrée, toi qui fais la gueule depuis des lustres ? C'est peut-être parce que tu reçois des hommes quand je suis au travail ? »

Ah, nous y voilà. La jalousie émerge enfin, brute et sournoise. Ça ne pouvait pas aller. Impossible de passer une soirée à peu près « normale ». Il faut toujours qu'il y ait une inconnue dans l'équation déjà insoluble.

— Parce que tu crois que les bouquets de fleurs poussent tout seuls dans les jardins, qu'ils s'empaquètent et qu'ils terminent en prenant un bain dans le plus beau vase de la maison ? Alors pour ta gouverne, oui j'ai reçu un homme à la maison, pour le café, le genre de profil que tu démontes régulièrement. Un homme charmant, maniéré, fin psychologue et excellent artiste auquel tu dois le magnifique bouquet posé au milieu de la table… Je suppose que tu as croisé le voisin ?

Effectivement. Il m'explique que le nouveau voisin est un petit jeune bien sympathique qui m'a simplement raconté ce qu'il avait vu.

— À moi il m'a juste dit qu'il voulait te faire la peau… Encore un faux-cul qui se dégonfle dès que ça se complique pour lui. Le genre de fourbe à muter une verve maronnasse en poésie bleue-ciel !

Il me regarde de biais. Probable que mes derniers mots lui font l'effet d'un texte écrit en Serbe. Il se retourne sans m'embrasser, blessé dans son amour propre. Tant mieux !

Et franchement en y repensant, venant du voisin j'opte plutôt pour : « Ta meuf elle se tape des PD ! Ta gueule Byron ! »

Je m'allonge confortablement sur le dos.

Je m'assoupis doucement sur les conseils de mon fleuriste-hypnotiseur sans avoir décollé le sourire de mon visage bien à l'ombre de mes pensées, en sécurité dans ma pinède surplombant la mer.

À cet instant, une personne s'est invitée dans ma bulle, venant accaparer mon esprit pour me laisser dans une douce béatitude : Fab.

« Placez-vous dans un endroit que vous aimez, où personne ne viendra vous déranger. Vous êtes bien. Profitez de cet endroit tranquillement. Vous y êtes en sûreté. C'est votre cocon. »

X
Saint Sauvage
Raphaëlle
- 2018 - Avant le jour noir

Ce matin-là, je profite d'un peu de temps libre pour corriger mes copies en salle des profs. Dehors le temps est exécrable. La pluie ne cesse de tomber à verses. Chaque fois qu'un nouveau collègue entre j'ai droit au « Quel temps de chien ! ».

À croire que les chiens aiment la pluie.

Je regarde une fois de plus par la fenêtre, avant que mes yeux fassent le tour de notre sinistre environnement professoral.

La salle est complètement décrépie. Des lambeaux d'une espèce de moquette murale marronnasse à mi-chemin entre de la fibre de jute et de la toile cirée se détachent du mur du fond. Sur le côté, il y a le grand meuble avec les casiers de tous les professeurs, fabriqués par un ancien factotum en retraite depuis ; plein de loges en contreplaqué badigeonnées avec une peinture verte vieillotte. On dirait la couleur de la 403 de mon grand-père avant qu'elle finisse au fond du jardin un peu comme « La tire à Dédé » qui manquait tant à Renaud.

Mes copies sont étalées sur des tables massives en formica disposées au centre de la pièce une bonne fois pour toutes. J'ai pris soin au passage de sortir de mon casier, un mug où j'alterne entre café à la pisse d'âne de l'antique cafetière et poussière de thé en sachet.

« *Le mont Ararat, c'est là où Jésus a posé son bateau* »

« *Il n'y a plus d'eau dans la mer d'Aral car on a fait évaporer l'eau pour récupérer du pétrole, car l'Aralie est un pays où il y a beaucoup de pétrole.* »

Des perles de ce genre, je pourrais en remplir des pleins tiroirs. Si les auteurs ne gagnaient pas une once de points sur leur copie, ces répliques avaient le mérite de bien nous faire marrer avec mes collègues.

Nadine parle discrètement dans un coin de la salle avec Murielle, la documentaliste. Sous mes allures de « Jemenfoutiste », j'ai malgré moi eu une oreille qui traîne, attrapant au vol quelques mots du style « Inquiété, accusé, attouchement ».

Je ne me mêle pas à la conversation. Pour quoi faire ? Brasser de l'air, sans preuve de quoi que ce soit ? C'est juste le moyen de mettre un homme à terre un peu plus qu'il ne l'est déjà. Ce n'est pas nous que ça concerne. Notre place est simplement de témoigner de son attitude envers nous, pas d'exposer nos suspicions.

J'en profite pour placer mes Airpods dans mes oreilles et m'isoler ainsi de radio potins/salle des profs.

Hometown, de French 79. Mon stylo rouge, glisse sur les copies plus ou moins laborieuses de mes élèves au rythme de l'artiste électro. J'étais tombée un peu par hasard sur le clip de cette chanson. Je rédigeais sur mon logiciel, un cours sur le Maccarthysme – la chasse aux sorcières comme on l'appelait aux États-Unis -. En page cachée sur mon ordinateur, un site de musique en ligne diffusait « Hometown ». Dès les premiers sons, j'ai quitté mon traitement de texte pour afficher la page du site.

Je n'ai pas réussi à décrocher de la vidéo, hypnotisée comme les protagonistes par des couleurs changeantes, étranges et par la dimension « extra-terrestre » du clip couronnée par une musique à la fois apaisante et envoûtante.

Isolée du reste de la salle des profs, le nez dans mes copies et les oreilles noyées dans la musique, je ne vois pas la porte s'ouvrir discrètement. Ils se retournent tous ; Nadine et Murielle les premières.

J'avance laborieusement sur mes corrections, C'est en regardant l'heure sur la pendule « Elf » qu'avait apportée Ludo, le prof de technologie, que je tombe sur lui.

Il a les yeux braqués sur moi. Il n'a pas changé d'un poil. Peut-être un peu plus musclé qu'il ne l'était. Il garde pourtant des traits fins et délicats et une musculature développée que l'on ne peut qu'admirer au travers de son tee-shirt moulant. Les cheveux châtains en bataille et de fines pattes qui descendent jusqu'à la base de son menton anguleux. Il me détaille de ses yeux verts en amande.

Quel plaisir de le revoir, ça faisait si longtemps. Je vois clairement une certaine hésitation dans son regard, une angoisse plutôt... L'attente d'un verdict. Il poireaute comme un couillon, la porte entrouverte, en attendant que quelqu'un vienne lui donner la main. Je le reconnais bien là. Il me fait rire. Oh, pas grand-chose, juste un sourire un peu franc avec un léger son qui sort de ma gorge.

— Entre Fabien, personne ne va te bouffer !

Les regards se tournent vers moi, Nadine, Murielle, Gérard, un des profs de math, Nathalie la prof de musique et Guillaume le prof d'arts plastiques, tous les deux amants d'un jour... Mais amants toujours...

Tout le monde s'en doute, sauf moi qui en ai la certitude depuis que je les ai surpris en train de se rouler des pelles dehors, un soir d'hiver à l'ombre des réverbères dans « le parc à bestiaux ».

J'étais restée en salle des profs à la fin des cours pour m'avancer dans mon travail. Aucune envie une fois de plus ce soir-là de retourner à la maison m'occuper de Lorant et de ses deux lardons. Je m'avançais sur mon boulot et j'avais la paix. Je préparais mes cours sur le nazisme et j'avais apporté un livre de Guido Knopp – un journaliste allemand –, retraçant l'histoire de la SS, malheureusement resté dans le froid de ma voiture le matin même. Il me manquait certains noms de gradés nazis.

Je suis donc partie braver le froid à la recherche de mon livre qui patientait sur le siège passager entre ma liste de courses de la semaine précédente et le boîtier de CD de l'album mythique de Magma « Mëkanïk Dëstruktïw Kömmandöh ».

En m'approchant du parking, j'ai surpris la voix de Nathalie qui gloussait de plaisir, pendant que Guillaume l'embrassait dans le cou sous l'éternel chèche qu'elle se mettait autour pour protéger ses cordes vocales des assauts du froid. Il la pressait contre son torse pour sentir ses petits seins. Enfin plutôt contre ses épaules car elle le dépassait d'une bonne tête. Il y avait quelque chose de mignon et d'adolescent dans leur démarche. On devinait chez eux de la grâce. La grâce des deux seuls vrais artistes du collège… Car c'en étaient.

Lorsque l'on observe le coffre et la poitrine démesurée de certaines cantatrices on pourrait se dire que Nathalie n'aurait jamais pu rivaliser avec. C'était pourtant son quotidien à une époque. Je l'avais entendu chanter « Giulio Cesare » de GF Haendel à l'opéra de Lyon. J'en étais ressortie bouleversée après l'interprétation de cette œuvre. Nathalie m'avait touchée, ébranlée même.

Deux années plus tard, elle entrait au collège en tant que professeur de musique. C'était bien elle. Je n'arrivais pas à faire le lien entre la cantatrice que j'avais écoutée dans un opéra bondé et la fille menue et complètement perchée qui venait embaucher dans le collège de notre petite ville. On écrit Diva avec un D majuscule. La Diva flotte sur la masse, elle la survole, elle ne se mélange pas aux autres. C'est pourtant ce qu'a fait Nathalie.

J'ai hésité longtemps avant de lui demander pourquoi

elle enseignait désormais, heureusement, bien avant que je la retrouve enlacée contre un mur de béton à rouler des galoches au premier venu !

Elle est restée évasive jugeant sans doute ma question indiscrète. Mais j'ai compris pourquoi. Mon histoire se rapprocherait de la sienne dans un futur très proche. Mais ça je ne le savais pas encore, bien avant mes tests sur le hasard confiés à un simple ballon d'hélium.

Guillaume quant à lui, est un peintre de génie qui donne des cours dans ce collège dans un but strictement alimentaire. Bien qu'il soit injuste de réduire son implication dans ses leçons à une simple équation financière. Il enseigne correctement, avec la même minutie voir maniaquerie que ses tableaux. Il prend du temps avec ses élèves et n'en laisse jamais un de côté.

Je l'aime bien, je l'appelle Michelangelo. Il m'avait invitée un soir à boire un verre chez lui ; une bière chaude qu'il avait achetée en rentrant du boulot le jour de son invitation après s'être rappelé subitement que son frigo était vide. Du grand Guillaume ! Il l'avait servie dans deux verres à moutarde à l'effigie des anciens footballeurs Bixente Lizarazu et Laurent Blanc. Entre la température de la bière et le service identique à un canon de pinard, la mousse vomissait par-dessus le verre et le niveau ne dépassait même pas le premier quart. Ça n'a pas eu l'air de l'inquiéter outre mesure, et c'est en trinquant avec nos verres de mousse que nous avons rejoint son atelier.

Si Guillaume était un piètre barman, il avait incontestablement le sens de la représentation. Son atelier était gigantesque, similaire à la galerie d'un Louvre, d'une National Galery ou d'un MET. Tous les tableaux étaient exposés sous une lumière mettant en valeur leurs détails. Van Eyke, Bosch, Bruegel, Le Caravage, Vermeer, David et Dali. Tous y trônaient. Guillaume était non seulement un excellent peintre, mais également un excellent faussaire. C'était, m'avait-il expliqué, un spécialiste du glacis, technique utilisée chez les peintres flamands du XVIIème siècle, consistant à superposer les couches de peinture par endroits et par petites touches afin de donner une sorte de relief, de profondeur et de vie au tableau. Lorsque je lui avais demandé où il trouvait le temps de peindre tout cela, il m'a simplement répondu : « Le temps ça ne se trouve pas, ça se prend ».

Guillaume n'avait simplement ni femme, ni enfant, dormait entre trois et quatre heures par nuit, ne regardait pas la télévision, n'était sur aucun réseau social et n'avait pas de téléphone portable. Un choix. Le choix de la solitude, le choix de l'art.

– Tu sais, quand je vous regarde tous vous envoyer des messages à longueur de journée, mater des tas de choses, sur la vie, sur les autres et sur la vie des autres, je me dis que je passe à côté de quelque chose. Je me fais violence pour ne pas céder à la tentation alléchante de l'écran tactile, et pourtant, je suis certain d'être sur la bonne voie, celle du bon sens, loin du voyeurisme, de la célébrité facile et surtout de la crise d'angoisse. Parce qu'au fond, qu'est-ce qu'on en a à foutre de savoir, que Pierre, Paul ou Jennifer ont acheté une nouvelle bagnole ; qu'ils ont dépassé les mille mètres de dénivelé positif en courant ou en vtt ; qu'ils ont mangé des insectes à l'apéro au Mexique, au Cambodge ou en Tasmanie ; qu'ils ont serré la main de Gérard Depardieu, joué à la pétanque avec Patrice Laffont, au ping-pong avec le pape ou bu vingt-cinq pots de rosé avec Marcel Poulageol au comptoir d'un bar de campagne ? On pense que regarder ce qui se passe ailleurs nous conforte dans nos vieilles habitudes. On en est là, sur les choix de vie. Parce qu'au bout du compte, l'herbe n'est pas plus verte ailleurs. Chacun décide de sa destinée et de ce qu'il a envie de faire. Le temps qui passe ne fait pas de second tour, mais le temps que je passe sur mes tableaux, lui, n'est jamais perdu. Même si je les vends mal, je progresse, je m'améliore, et me corrige. Pendant ce temps, je ne pense pas à la misère, aux mauvaises nouvelles d'autant plus insupportables qu'elles nous font complexer d'être impuissants. C'est une thérapie, comme d'autres prennent des antidépresseurs à force de regarder les chaînes d'information en boucle. Virginie Despentes écrivait dans son génial Vernon Subutex : « la morsure dégueulasse de l'angoisse ». Elle touche tout le monde et ce n'est pas une question d'argent. Même des gens célèbres ou pleins aux as se suicident. Ce n'est pas le niveau de vie qui définit le personnage, c'est l'âme. »

Guillaume m'avait touchée ce soir-là. Il m'avait fait comprendre avec ses tableaux que rien n'était figé et qu'il ne faut pas hésiter à sortir d'une route bien droite pour prendre des sentiers sinueux. Si le chemin est bien plus long et difficile, le retour sur une ligne droite et plane, nous fait apprécier la facilité. On ne voit plus la monotonie de la même manière, un peu comme lorsque l'on regarde la lumière au travers d'un prisme. La plate lumière blanche se transforme en un spectre de plusieurs couleurs nous laissant en les mélangeant, une infinité de choix possibles.

Oui, de vrais artistes, Nathalie comme Guillaume, avec leur égo, leurs imperfections et leur sensibilité. J'étais émue de les voir se retrouver ce soir-là sur le parking. Hors de question donc, de les surprendre ou de simuler l'ignorance. J'ai rebroussé chemin, laissant Guido Knopp et ses SS, en compagnie de Magma et de ma liste de courses. J'ai rebroussé chemin surtout en me jurant de ne jamais parler de ce que je venais de voir, de ces deux corps enlacés qui distribuaient plus de lumière à eux deux que les réverbères blafards qui les dominaient.

Fab se décide enfin à franchir la porte et traverse la salle pour venir m'embrasser directement soulagé par ma réaction sous le regard ébahi de mes collègues qui ne savaient pas que nous nous connaissions.

Il s'assoit en face de moi sur une chaise bancale en s'appuyant sur la table en formica.

– Tu vas encore nous faire ton Pierre Richard ?

Il sourit. Dans la série des gens qui n'ont pas de chance, Fabien en fait partie.

La chaise qui casse entraînant nappes et verres en cristal, chez les parents de sa première copine chez qui il est invité pour la première fois, la chute de neige aux vacances de Pâques quand il a prévu de camper, la billetterie pour avoir des places au concert des Corrs qui ferme ses portes devant lui après trois heures de queue, la caisse de vin mal calée dans le coffre de sa voiture qui écrase l'emballage en carton de la forêt noire où est inscrit en belle cursives, « Noces d'Or de Pierrot et Lucette », ses grands-parents... Soixante-dix invités et une espèce de mélasse où l'on pouvait lire désormais « No... P... ucette ».

Le plus beau coup restait sans doute celui du mariage d'un ami breton originaire de Prat dans les Côtes d'Armor. Fabien en témoin qui se respecte avait la lourde charge d'apporter les alliances. Ils travaillaient tous à Paris à l'époque. L'ami en question, comme tout breton hors de ses terres était fier de ses origines et il ne fallait pas plus de cinq minutes pour savoir que l'on avait affaire à un « Breizhad ». En revanche, difficile de savoir que sa future femme était Ariégeoise tant elle masquait son accent. Ironie du sort elle était originaire de Prat-Bonrepaux dans les Pyrénées Ariégeoises, non loin de Saint-Girons, fief de la croustade, cette pâte feuilletée étalée très finement et fourrée aux pommes ou aux myrtilles sauvages. Ils s'étaient rencontrés dans un apéro de réseaux sociaux réunissant les expatriés de tous les Prat de France dans la capitale.

Fab devait rester à Paris le vendredi et prendre la route dans la nuit pour être à l'heure aux noces. Agacé de ne pas voir arriver son témoin, le breton l'avait incendié au téléphone pour lui demander ce qu'il fabriquait. Fab sûr de lui avait rétorqué que ça faisait une demi-heure qu'il les attendait devant l'église de Prat... En Côtes d'Armor, à 935 km de là !

Fab est un bon gars, un peu macho et prétentieux, mais respectueux des élèves et de leur capacité à faire du sport. Ça me fait plaisir qu'il soit en poste dans ce collège.

– T'es là pour longtemps ?

– Quelque mois, tu es au courant je suppose ?

Nous y revoilà, comment ne pas être au courant quand Murielle et Nadine parlaient de ce problème épineux de plainte pour attouchement par une élève dans les vestiaires du gymnase.

Le problème c'est que l'élève en question n'est pas un modèle de réussite morale et sociale ; échec scolaire, racket, deal, avortement et grande habituée de la mystification. Nous ne naissons malheureusement pas tous du bon côté de la barrière. C'est donc sa parole contre celle du prof de sport.

On se regarde avec Fab, longuement, en silence. Ça fait combien de temps ? Un bail. Ni l'un ni l'autre ne prend la parole, comme si nous discutions par télépathie pour éviter de servir de boîte à ragots, sous les regards consternés des autres profs. Muriel n'y tenant plus ouvre le bal.

– Mais ? Vous vous connaissez ?

– Nous étions ensemble en cours de mécanique agricole, plaisante Fabien fier de lui.

J'éclate de rire. Du grand Fabien ! Muriel ne comprend plus rien et n'arrive visiblement pas à faire le lien entre l'Histoire-Géographie, l'EPS, les tracteurs et les moiss'batt'.

Mais bien décidée à en savoir plus, elle creuse :

– C'est vrai ?

– Non.

Nouveau fou rire. Muriel plus habituée à se conduire en rat de bibliothèque qu'en handballeuse laisse tomber. Ce n'est pas encore aujourd'hui qu'elle aura une idylle avec un prof de sport.

Fabien prend ses quartiers. Je le présente à tout le personnel présent dans la salle des profs et lui montre son casier. Il y en a toujours quelques-uns qui ne servent pas pour les éventuels remplaçants.

Nous nous quittons pour rejoindre nos salles de cours.

– Passe à la maison à l'occase, je te donnerai l'adresse.

Fab marque un temps d'arrêt éberlué.

– L'autre y sera ?

J'acquiesce.

– Oui, Lorant sera là et c'est même lui qui m'a dit que tu assurais le remplacement.

Fab tourne les talons et commence à marcher dans le couloir en marmonnant. J'aurais juré avoir entendu : « Alors, n'y compte pas. »

La journée s'achève enfin. Lorant revient une fois de plus de réunion… une fois de plus avec un nœud de cravate simple… une fois de plus désagréable à souhait.

– Alors Bébé, tu as vu Fab ?

La question avait dû le tarauder toute la journée. Ça devait le démanger de me la poser.

– Oui j'ai vu Fab, et je vais l'inviter un de ces soirs à l'apéro

Lorant ne dit rien, mais son visage affiche très clairement sa désapprobation.

– Comment tu as su que Fab était de retour ?

– J'ai croisé Marie-Agnès à la boulangerie.

Marie-Agnès et Lorant se connaissaient depuis l'enfance ; maternelle, primaire à Ondres, collège à Tarnos avant qu'il ne parte étudier dans un lycée de Bayonne. Ils avaient grandi ensemble à deux pas de l'océan. Ils s'étaient recroisés par pur hasard à la banque de Lorant, lorsque Marie-Agnès et son mari – récemment muté principal du collège Étienne de Vignolles – étaient venus signer les monceaux de papiers nécessaires au déblocage de leur prêt immobilier.

Ils s'étaient tout d'abord à peine reconnus. Marie-Agnès « avait pris cher ». En voulant rester une éternelle jeune fille elle s'était abîmée, les liftings à répétition avaient eu raison son visage jovial. Lorant avait eu en face de lui une espèce de momie égyptienne. Il m'avait d'ailleurs glissé d'un trait d'humour lourdingue « qu'elle avait la peau tellement tirée que quand elle clignait des yeux ça devait lui écarter les fesses ! » Ses explications me faisaient plutôt penser à un vieux dessin paru dans « Psikopat » où la femme se baladait avec un nœud derrière la tête avec le rab de peau.

De fil en aiguille, ils ont gardé contact, n'hésitant pas à se présenter à la maison pour prendre l'apéro. Leur compagnie n'était pas désagréable, mais pour Alexandre et Léonie, voir leur principal dans le salon leur posait toujours un problème. Ils priaient intérieurement pour qu'aucun de leurs copains ne se pointe ces jours-là.

Autour de toasts et de verres d'alcool, Marie-Agnès et Lorant parlaient d'Ondres, de toute leur clique de copains et du temps passé. De fil en aiguille, Fab et les souvenirs de vacances venaient sur le tapis, irrémédiablement et Lorant devenait soudain quasi-mutique.

Pendant l'été, Fab venait souvent passer quelques jours à Ondres pour profiter de l'océan. Ils allaient le chercher à la gare. Ils faisaient la fête autour du feu en bordure de l'étang d'Yrieux ou sur des plages aménagées. Fab impressionnait par sa stature, son optimisme de gars du Sud, son sens de la fête, son lever de coude et le simple fait qu'il ne soit pas d'ici. Ils étaient sortis ensemble avec Marie-Agnès. Leur idylle n'avait duré que quelques jours. Marie-Agnès avait attendu patiemment son retour pour les vacances suivantes, mais en une année, le Fab joueur et rigolard avait pris de l'assurance et une certaine estime de lui-même en « gars de la ville » qu'il était. Devant une Marie-Agnès dépitée sur laquelle il laissait par moment traîner un regard satisfait de merdeux prétentieux, il embrassait à pleine bouche une bimbo/tongs/nichons/crop top/vernis orange tout juste débarquée pour les vacances. C'était la fille de l'été pour Fab, un peu comme la Lambada, la Macarena ou toutes ces « summer danse ». Marie-Agnès, blessée par cette relation éphémère, n'avait jamais reparlé à Fab depuis cet été là.

*

Lorant s'est renfermé, il fait la gueule comme souvent quand le sujet ne lui convient pas. Il ne parle plus. Il ne digère sans doute pas que je discute avec Fab au collège. Il va falloir qu'il s'y fasse pourtant.

Ce soir il est monté avant moi. Ça faisait une éternité. Après avoir lu quelques lignes, je me couche sur le côté en chien de fusil, dos à dos. J'entends un léger son très lointain. J'en mettrais ma main à couper : le grand, le magnifique, l'imperturbable Lorant sanglote tout doucement.

Je lui pose la main sur la jambe. Il la prend délicatement dans la sienne. Pour être dans cet état-là, il repense à toute sa jeunesse et surtout à Chouchou, c'est sûr.

Je profite de ce moment de tendresse pour lui glisser :

– J'ai vraiment envie de discuter avec Fab… Et avec toi… J'aimerais bien l'inviter.

Lorant reprend d'un coup sa dignité, sa main broie mes doigts et les écrase à me faire gémir. Les sanglots laissent la place à une voix glaçante, cynique et posée. Ce n'est visiblement pas ce qu'il attendait de moi.

— *Essaye seulement !*

XI
Dijon
Lorant
– 2002 -
Raphaëlle
- 2018 -

Ça avait déjà mal commencé. Chouchou et Lorant voulaient en profiter pour faire la grasse matinée.

La veille au soir ils avaient trainé au Mac Owen. Leur vieux repaire d'étudiant n'avait plus la magie d'antan, mais les pressions y étaient toujours aussi bonnes et variées. Dédé, le patron, n'était plus que l'ombre de lui-même et restait prostré sur une banquette individuelle au coin du pub. Le plafond bas et les fenêtres à petits carreaux jaunes suffisamment opaques pour que l'on ne remarque pas ce qui se tramait d'un côté ou de l'autre, donnaient une impression de cocooning. On s'y sentait bien. Un jeu de fléchettes antique surplombait la cheminée noyée au milieu d'un bazar abondant digne d'un entrepôt de brocanteur. Les affiches de Guinness jouxtaient les cartes postales du monde entier envoyées au Dédé depuis des décennies, sans parler d'une collection morbide de têtes de mort allant du ballon de baudruche en forme de « skull » au vrai crâne dérobé certainement au sein d'une quelconque catacombe.

Derrière le bar, deux jeunes serveuses avaient remplacé leur copine Fred partie vers d'autres cieux des suites d'une saloperie de tumeur au cerveau.

Ce vendredi soir était un peu particulier : « Rendez-vous dans notre QG de Dijon, rue des forges au Mac Owen, Pub and Wine bar ».

C'était Fab qui avait insisté pour qu'ils se fassent un grand week-end dans cette ville qu'ils avaient écumé de long en large depuis leurs études. Une petite dizaine d'amis qui finiraient certainement leur soirée à la fermeture du pub avant de s'écrouler dans un gîte que Fabien avait loué dans la proche banlieue.

Tous les convives avaient payé leur tournée. Les pintes s'enchaînaient. Rico en avait trois de retard qui attendaient sur le coin du billard, pendant qu'il mettait raclée sur raclée à un clampin qui n'avait visiblement pas compris qu'il ne gagnerait pas, ne serait-ce qu'une manche ce soir-là. Fab, Lorant, Chouchou et Minie se disputaient une partie de fléchettes à grand renfort de bière et d'Irish Whiskey.

Elke était restée quant à elle assise sur la banquette, manifestement dépassée par les évènements. C'était une blonde magnifique coiffée d'un carré plongeant et dotée d'une paire de seins digne d'une BD d'Édika. Ses yeux d'un bleu abyssal faisait d'Elke l'archétype de l'Allemande des livres scolaires. C'était une amie de Chouchou avec qui elle avait fait ses études de graphisme à la Berlin School of Design and Communication. Elles étaient devenues inséparables et colocataires.

Chouchou l'avait choisie comme témoin de mariage, car c'était officiel maintenant : elle et Lorant se diraient « Oui » le 3 juillet, dans moins de deux mois.

Les pintes de « Stout » avaient défilé toute la soirée accompagnées de planches de charcuteries et de fromages régionaux bien en peine de colmater leurs estomacs déjà bien imbibés.

En reprenant le chemin du gîte, Fab, Rico et Lorant avaient chanté des chansons paillardes à tue-tête en pleine ville comme au bon vieux temps, pendant que les filles les sermonnaient avec des « Ccchhhuuuutttttt » encore plus bruyants.

Chacun s'était ensuite enfermé dans sa chambre en couple, sauf Rico en bon vieux célibataire qui s'était écroulé sur le canapé, la main droite ventousée au goulot d'une bouteille de Jack Daniels.

Fab se réjouissait de l'union de sa petite sœur et de Lorant. Après un rapide bisou, Chouchou avait regardé son frère rejoindre mollement son lit.

Fab restait pour beaucoup un mystère de la science ; sombre amalgame de bringue et de sport à haut niveau, étudiant en Staps le jour et pilier de comptoir la nuit. Il était capable de rentrer chez lui à quatre pattes, blindé au planteur à cinq heures du matin et de grimper à la corde à l'équerre quatre heures plus tard.

Chouchou et Lorant en étaient donc là, bien résolus à vouloir faire la grasse matinée. La seule chose qu'ils n'avaient pas prévu, c'est que ce rassemblement des meilleurs amis du monde n'était qu'un sombre mobile destiné à piéger les deux tourtereaux pour leurs enterrements de vie de garçon et de jeune fille.

Encore à ronfler lourdement, Chouchou et Lorant n'avaient pas entendu leur porte s'ouvrir tout doucement et une main y glisser une enceinte de 80 Watts branchée directement sur l'iPod de Fab.

Mötley Crüe – Kickstart My Heart – : le groupe de Glam métal le plus célèbre de L.A. tant par sa musique que par ses frasques. Le gros son de la guitare de Mick Mars accordée en Ré a envahi en moins de temps qu'il ne faut pour le dire les douze mètres carrés de la chambre. La caméra fixée sur eux et le rire goguenard de tous les invités n'ont pas pu empêcher Chouchou de hurler aux côtés d'un Lorant aussi paumé que les frères du Petit Poucet. Et malgré le son à outrance, ni l'un ni l'autre n'ont pensé à se boucher les oreilles.

L'enceinte continuait à cracher la musique lorsqu'ils sont tous entrés dans la chambre pour s'entasser les uns et les autres sur le lit des amoureux, avant que ce dernier ne cède sous le poids des corps inertes.

Partagé entre colère et fou rire, Chouchou et Lorant se sont pris au jeu en donnant de grandes fessées sur les convives bien en peine de s'extirper de cet amas de chair.

Bien en peine... Un euphémisme... Car ce n'était que le début.

À leur arrivée dans la cuisine commune, Fab, Minie et Rico leur avaient prévu un solide petit déjeuner. Tout était prêt. Encore une fois le duel pain au chocolat comme on disait dans le nord / chocolatine comme on disait dans le sud-ouest avait alimenté bien des débats au sein de leur petite communauté. Les « pro-chocolatines » faisaient bien une différence entre une pâte beurrée fourrée au chocolat et un simple morceau de pain accompagné d'une barre de chocolat. Encore une fois, le débat n'avait pas loupé entre la bande et Chouchou – déjà passablement énervée – qui à grand renfort de « bouducon » martelait ses arguments avec la fierté d'une régionaliste délocalisée. À noter que Fab bien que « prochocolatinien » se foutait royalement de la conversation trop occupé à presser deux oranges avec application dans un verre à sirop.

Un soleil chaud et revigorant illuminait la baie vitrée de la salle à manger où tous étaient attablés. Comme un bond en arrière au temps de leurs études, les franches rigolades étaient de retour : Rico essayant péniblement de se presser un verre de jus d'orange et qui se le faisait boire d'un trait par Fab le temps qu'il aille mettre les peaux à la poubelle ou Minie qui explosait ses biscottes en appuyant trop fort le couteau du beurre. L'heure tournait et Fab a frappé son verre avec sa petite cuillère pour demander l'attention de tous. Il s'est adressé directement à sa sœur et à Lorant de son accent prononcé du Sud-Ouest :

— Chouchou, Lorant, je suppose que vous avez compris l'intérêt de cette petite mise en scène ?

— Ton histoire elle pue l'enterrement de vie de garçon à plein nez ! a maugréé Lorant.

— Et de vie de jeune fille, c'est toujours mieux quand c'est mixte… Pas vrai Rico ?

La bouche et les lèvres encore pleines d'un croissant bien beurré, leur célibataire endurci s'était contenté de lever le pouce pour montrer son assentiment.

— Nous avons un programme chargé. Hors de question de vous déguiser en bébé, en poupée Barbie ou en lunette de WC et de vous balader dans la rue pour aller accoster n'importe quel quidam. Nous avons concocté un programme bien plus sympa et sans ridicule. Habillez-vous comme vous le souhaitez et en route.

*

La route n'avait pas été longue, mais Chouchou et Lorant l'avaient parcouru les yeux bandés. Ils avaient loué un minibus et Minie s'était proposée pour les conduire tout au long de la journée. Lorant, avec son bandana sur les yeux, la tête légèrement relevée à la Stevie Wonder a demandé :

— Est-ce qu'il y a un rapport avec les questions que vous m'avez posées dernièrement pour faire une surprise à Chouchou ?

— Oui, et on a posé les même à Chouchou. Vous savez tous les deux ce qui est prévu pour votre conjoint, mais pas pour vous et bien sûr… vous serez également tenu de participer au cadeau de votre conjoint.

— What ? ? ? Pourquoi tu ne me l'as pas dit avant ? J'aurais proposé autre chose ou je me serais coupé la langue !

— Je suis d'accord, répond Fab avec un étrange sourire, mais maintenant tu ne peux plus reculer.

Chouchou ne comprenait plus rien.

— Quant à toi ma petite sœur, lorsque tu connaitras ta surprise, tu vas te marrer en voyant la tête de Lorant.

Le minibus s'est arrêté peu après. Chouchou et Lorant - toujours « aveugles éphémères » - ont entendu leurs acolytes brasser dans le coffre du fourgon. Leurs amis ont guidé ensuite leur pas du bitume sur le bas-côté enherbée de la route. Lorant a entendu le son distinctif d'un bouchon de bouteille qui saute, de plusieurs verres qui se remplissent et a senti le contact familier d'un ballon de dégustation.

— Tu n'enlèves pas ton bandeau et tu me dis ce que tu sens dans ce verre.

Lorant a placé le ballon sous son nez. Une explosion aromatique s'est diffusée jusqu'au fond de son cortex. Tout se mélangeait, fruits secs, fruits blancs, fleurs, mais aussi de la minéralité, du silex, avant d'évoluer vers des notes plus confites de l'acacia et du miel.

— Fabuleux... qu'est-ce que c'est ?

— Si tu trouves le cépage, on vous ôte le bandeau.

Lorant a reposé son nez sur le verre.

S'il est d'une facilité déconcertante de faire la différence entre un vin blanc et un vin rouge, l'exercice se révèle beaucoup plus difficile lorsque la couleur est masquée.

— J'opterais pour du Chardonnay.

— Gagné, mais pas n'importe lequel...

D'un geste grandiose Fab a enlevé les bandeaux de Chouchou et de Lorant.

Le soleil plein Est les éblouissait. Le temps que leurs yeux s'acclimatent à la lumière, Lorant ne comprenait pas trop ce qui lui arrivait. Puis les contours des murs sont apparus, le tracé de la route également. Cette route de Bourgogne presque aussi mythique que la route 66 aux USA. Cette route qui traverse un des vignobles le plus prestigieux de France : la Route des Grands Crus. Pour l'avoir utilisée des dizaines de fois, Lorant se situait très bien. Chassagne-Montrachet à sa droite et Puligny-Montrachet à sa gauche. Un des endroits les plus magiques de la côte de Beaune.

Lorant et Chouchou en amateurs ont porté leur verre à leurs lèvres et goûté avec délice le vin blanc qui leur était offert. Une corne d'abondance débordant de fruits frais, c'est l'image qui s'est imprimée dans la tête de Lorant. Chouchou n'était pas en reste. Fab a récité :

— Bienvenues-Bâtard-Montrachet, délicat non ?

Lorant n'en revenait toujours pas. Les appellations de Bourgogne ne manquaient pas, en Côte d'Or comme son nom l'indique. C'est un patchwork de villages et de parcelles morcelées avec un nom propre identifiant une structure de sol et un vin particulier, gravitant autour de deux villes : Beaune et Nuits-Saint-Georges. Bien entendu plus on grimpait dans les crus d'appellation plus le prix des bouteilles croissait. Ainsi la bouteille de grand cru qu'ils étaient en train d'écluser dépassait certainement la centaine d'euros, voire bien plus suivant le nom du grand cru et du vigneron. Lorant a regardé ses amis puis a lâché :

— Mais si on attaque directement par des grands crus on va terminer sur quoi ? ?

— Ça tu verras bien. Laisse-toi guider. En suivant l'idée de Chouchou, on a trouvé original de goûter un vin au bord d'une des parcelles qui le produit.

Rico a fait circuler une boîte avec des espèces de gâteaux en forme de choux à la crème.

— Qu'est-ce ? a fait remarquer Elke avec un fort accent allemand.

– C'est des gougères, de la pâte à choux cuite avec un peu de fromage fondu, généralement du Comté. Elles n'ont pas leur pareil pour éponger les vins et assainir la bouche pendant les dégustations et vu tout ce que l'on va déguster, tu ferais bien d'en manger un peu, a répondu Rico.

Minie a klaxonné et tous sont remontés dans le bus à destination du prochain point de dégustation. Ils ont laissé la route d'Auxey-Duresses et de Monthélie sur leur gauche, pour s'arrêter à nouveau au bord d'une autre parcelle de vigne et recommencer le même rituel cette fois-ci sans le bandeau sur les yeux.

– Qu'est-ce que l'on boit maintenant mon capitaine ?

– Meursault Charmes, premier cru, à la bonne vôtre !

La lente remontée vers Dijon le long de cette route magique était égayée par la bonne humeur de la bande d'amis. Le bus a traversé des villages de conte de fée et les vins dégustés, tous plus merveilleux les uns que les autres : Volnay Taille-pieds, Pommard Rugiens, Beaune et un Corton Charlemagne pour clore la matinée.

Fab a récité la leçon qu'il avait reçue d'un des vignerons locaux :

– La légende dit que l'épouse de l'empereur Charlemagne, le sermonnait régulièrement lorsqu'il traînait trop dans les caves des environs : « Tu es encore allé traîner dans les caves, il n'y a qu'à regarder les taches de vin rouge sur ta belle barbe blanche ». Et Charlemagne, penaud, allait se coucher. Il a donc eu cette idée de faire planter une partie de la montagne de Corton en Chardonnay, mettant ainsi fin – avec le vin blanc – à ses taches de rouge sur barbe blanche. Ni vu ni connu !

Ils avaient un peu mélangé les blancs et les rouges en dépit du bon sens aux yeux de Lorant. Mais à sa remarque sur le sujet, Fab s'était contenté d'un :

– Pourvu que ça défonce !

Commentaire qui avait bien fait rigoler tout le monde malgré son manque notoire de poésie.

Après un bon casse-croûte à la bourguignonne sur les hauteurs de Pernand-Vergelesses, le bus est reparti pour arpenter cette fois-ci la côte de Nuits, Fortunate Son de Creedence Clearwater Revival à plein tube dans les enceintes de la camionnette.

Nuits-Saint-Georges, Vosne-Romanée... Avec un arrêt marqué sous une croix de pierre le long d'un muret. Sur une petite plaque était inscrit distinctement : Romanée-Conti. Une simple parcelle en forme de L produisant le vin le plus cher du monde.

Lorant ironique, se permit de glisser :

— Alors qu'est-ce qu'on boit maintenant ? Une petite quille de Romanée-Conti ?

— Euh, vu le prix c'est mort !

Fab a contemplé ce lopin de terre magique avant de continuer :

— Mais hors de question de passer à Vosne sans trinquer !

Les verres ont tinté une fois de plus, les fesses posées sur le mur cernant la parcelle mythique.

Ils ont repris la direction de Dijon les yeux rêveurs devant les Clos-De-Vougeot, Musigny, Bonnes-Mares, Clos-saint-Denis, Clos de la roche, Clos de Tart, Clos des Lambrays, et les huit grands crus de Gevrey-Chambertin. Autant de noms enchanteurs avant la dernière ligne droite jouxtant Fixin et Marsannay.

L'heure tournait maintenant.

Le festival de couleurs, du clairet au pourpre, d'arômes, de vanille de Madagascar au sous-bois et de la civette au ventre de sanglier les avaient ravis ! Chacun y était allé de son interprétation, déclenchant fou rire sur fou rire.

Lorant en amateur de vin était aux anges et Chouchou satisfaite de son idée qu'elle avait eu pour son futur mari. Entre deux éclats de rire, elle appuyait sa tête sur l'épaule de son frère avec une tendresse non dissimulée pendant que Rico collait ses fesses au pare-brise arrière après avoir noté « À vendre » dessus avec un rouge à lèvre trouvé dans le sac de Minie ; cette dernière hurlant son mécontentement derrière son volant.

Lorant, tout en observant ses amis, les laissait rigoler de leur côté. Il souriait vaguement mais n'était pas vraiment là. Il les chérissait, tous ses bons potes toujours présents pour lui. Il ne restait plus qu'eux et la famille de Chouchou pour pallier au manque de ses parents. Il aurait voulu avoir pour lui un souvenir de tous en train de se tordre le ventre des conneries débitées par Fab, au rythme d'une chaîne d'abattage de cochons.

*

Un photographe aurait pu immortaliser cette scène où la joie masquait les soucis de chacun ; le genre de cliché de jeunesse que chacun aimerait avoir accroché au mur pour surmonter les grands moments de déprime que nous connaissons tous.

Ma grand-mère me disait que dans la vie il y avait cinq jours de bonheur intense et cinq jours de grand malheur, le reste n'étant qu'une pâle déclinaison de ces dix jours.

Je ne les connaissais pas encore, mais ce week-end qu'avaient passé Fab, Lorant, Chouchou, Rico, Minie, Elke et les autres resterait gravé en eux comme un ambitus. En musique, il désigne l'étalage de toutes les notes d'un instrument de la note la plus grave à la note la plus aigüe. C'est Nathalie qui me l'avait expliqué un jour où nous buvions le jus de chaussettes quotidien de la salle des profs. Un ambitus avec ses deux extrêmes... Comme ces deux journées : du bonheur immodéré au malheur le plus effroyable.

XII
Berlin
Lorant
- 2015 -

— Bien sûr que si j'irai ! Et ce n'est ni toi, ni les enfants, ni personne d'autre qui m'empêchera d'y aller. Tu ne sais pas toi ce que c'est que d'être délocalisé. Tu as toujours mené ta petite vie tranquille de petite bourgeoise à côté de chez tes parents. De toute façon, tu n'as jamais aimé la France. Pour toi c'est une population de rustres et de glandeurs. Mais oui ma grande, c'est ça qui vous manque à vous les Allemands, une petite touche d'anarchie. Pour vous, même les révolutions se font dans l'ordre et le respect de l'autre. Comment veux-tu que ça marche ? Oui le français, avec la moitié de ses origines latines, a pour habitude de garder le costard cravate en haut et le bermuda et les tongs sous le bureau. Ça tu n'as jamais pu le souffrir ; trop malsain, trop sale, pas assez militaire. De la rigueur, c'est uniquement ce qui fait jouir ta petite chatte de gretchen. Alors je vais me barrer d'ici que tu le veuilles ou non, et ce n'est pas une petite merdeuse de fille de nazi qui va m'en empêcher.

Il s'est approché en la fixant de son regard glacé en hurlant :

— Et rappelle-toi surtout que sans moi tu n'es rien, tu m'entends ? Rien !

Elke n'a pas répondu une fois de plus à ce déballage de mauvaise foi et de surplus de testostérone. Elle s'est dégagée, taraudée par la peur, sans soutenir son regard haineux puis s'est dirigée vers son ampli pour mettre un vieux CD de Nina Hagen pendant que Lorant soliloquait. L'allemand complètement déluré de la chanteuse à mi-chemin entre punk et opéra a empli la pièce. Un peu comme si Janis Joplin braillait dans la langue de Gœth. Elle aimait ça et surtout elle savait que Nina Hagen sortait par les trous de nez de Lorant. Elle s'est dirigée ensuite vers la fenêtre pour contempler Hasenheide, la grande artère qui passait devant chez eux.

Depuis ses études elle était restée dans le même endroit. Kreuzberg. Quartier branché et amusant où se côtoient art de rue et vie nocturne. Elle s'y était toujours plu. L'école qu'elle fréquentait avec Chouchou n'était qu'à une vingtaine de minutes à pied. Elle était également à deux pas de U südstern, la station de transport en commun bien pratique les jours de pluie facilement repérable avec son U majuscule sur fond bleu. Le soir, elles arpentaient les nombreux bars de nuit du coin. Elles aimaient notamment le Bohnengold avec son intérieur de tables rondes et ses vieux murs de briques où les meilleurs DJ de la place berlinoise venaient se produire pendant qu'elles goûtaient une à une toutes les bières pression du comptoir, avant de rentrer chez elles dans un équilibre précaire.

Elle repensait à toutes ces années folles où elle vivait en parfaite osmose avec Chouchou en coloc'. Elles ne se posaient jamais de questions ; aucune perte de temps entre elles pour profiter au maximum de la vie berlinoise. De la vie artistique berlinoise. La capitale allemande était devenue le siège de l'art graphique européen. Des centaines d'artistes venaient de toute l'Europe s'installer ici et tenter leur chance. Les acheteurs n'étaient pas en reste non plus. Ils investissaient dans des tableaux – souvent au petit bonheur la chance pour ceux qui connaissaient le moins le marché – en vue d'une spéculation bien plus rentable à long terme qu'une bourse précaire et bientôt archaïque.

Expos, vernissages, galeries, elles arpentaient tout avec un appétit féroce de découverte et de curiosité. Elles essayaient de traîner Lorant avec elles, mais en vain. Il préférait de loin les attendre ou les rejoindre pour le coup à boire. La peinture non plus n'était pas sa tasse de thé.

Chouchou était déjà douée en allemand et ce, dès le collège. Elle avait opté au lycée pour une double spécialisation d'Euro-allemand et d'arts plastiques, dans le but de venir étudier en Allemagne. Curieusement, elle avait une fascination pour ce pays. Dans son Sud-Ouest natal, l'influence de la péninsule ibérique se faisait sentir jusque dans le vocabulaire. Personne dans son entourage n'avait jamais vraiment compris cette attirance et surtout cette facilité pour cette langue à la grammaire si compliquée.

Chouchou et Elke s'étaient rencontrées sur un forum spécialisé sur la peinture, traitant du célèbre tableau du pape Innocent X de Vélasquez et surtout d'une des quarante-cinq variantes de cette toile par Francis Bacon. La dimension cataclysmique de ce tableau aux couleurs vives les transcendait l'une et l'autre. Elles avaient commencé par s'écrire en allemand sur ce forum technique, avant de se parler de vive voix. C'était en entendant sa prononciation qu'Elke avait compris que Chouchou était française.

De l'entente cordiale, Chouchou et Elke étaient devenues inséparables. Toutes deux en classe terminale – l'une à Munich et l'autre à Toulouse – avaient projeté de poursuivre leurs études à la Berlin school of design and communication. Leur colocation de rêve avait ainsi débuté dans la capitale allemande… Une cohabitation où naturellement, Lorant s'était immiscé…

Elke continuait à regarder les files de voiture sur Hasenheide à cette heure où le trafic est dense. Lorant s'était tu, manifestement vaincu par les assauts vocaux de Nina Hagen.

Elle s'est retournée d'un coup sec sans un regard pour lui avant d'aller éteindre la musique. Il faisait la gueule appuyé contre la table. Il voulait de toute force retourner en France pour assister à une énième fête organisée par Fab. Depuis qu'il était père, il était subitement retombé dans l'adolescence et soldait tous ses désirs avortés à l'époque par manque de moyens, par peur du jugement de ses proches, et tout simplement par flemme.

La naissance d'Alexandre et Léonie avait bousculé les habitudes d'Elke sans endiguer pour autant sa frénésie créatrice.

Lorant avait insisté pour qu'elle s'occupe pleinement des enfants et qu'elle développe ses talents d'artiste dans leur appartement sans obligation de revenus, son travail à lui, dans la Deutsche Bank pouvant combler allègrement leur budget.

Une cage dorée...

Au début tout était rose, Elke vivait au rythme des bambins, les baladait, les nourrissait et se reposait avec eux. Lorant rentrait plus tôt pour l'assister un peu le soir. Puis, plus les jours passaient, plus il pleuvait, plus Lorant se renfermait.

Il rentrait plus tard, mais gardait le sourire, en voyant les deux petits. Et doucement, il s'était enfermé dans son bureau pour travailler à domicile. Les coups de gueule avaient commencé dès ce moment-là. Il était capable de s'emporter pour tout et n'importe quoi, rapidement, en ravageant tout sur son passage. Et c'est naturellement et en douceur qu'Elke est devenue l'autre, le bouc-émissaire... Le souffre-douleur.

Il ne l'a jamais touchée mais il lui hurlait parfois si près du visage qu'elle pouvait sentir son haleine.

Tout s'était dégradé très vite, comme si elle avait vécu avec un étranger depuis toutes ces années. C'était gratuit et sans excuses... Ni alcool, ni drogue.

Des hommes saouls, des dingues, Elke en avait un aperçu assez précis. Combien de fois était-elle allée donner un coup de main à ses cousines à Augsburg, dans le sud en Bavière pour l'Augsburger Plärrer ? Sous l'immense chapiteau, tout se déroulait pour le mieux, chacun venait vider sa chope d'un litre de « Spaten », de « Franziskaner » ou de « Kaiserdom », en Dunkel ou Helles beer – bière sombre ou claire –. Certains l'agrémentaient de bretzels, de Weißwurtz ou d'une simple barquette de frites. Tout était souvent bon enfant. Mais sur la fin de soirée, restait souvent la lie. Ceux qui étaient là pour se défoncer coûte que coûte. Ils apportaient du Coca et du Schnaps qu'ils mélangeaient à leur litre de bière, le transformant ainsi en un cocktail détonant et abrutissant.

Ça commençait tout doucement, par une main au cul par-ci, par là ou un regard lubrique sur sa poitrine mise en valeur par sa tenue folklorique avant de finir par un pelotage en règle. Facile pour eux ; chaque serveuse portait cinq chopes par main voir six pour les plus robustes ; difficile de se défendre !

Elle voyait certains d'entre eux se transformer lentement sous l'effet des molécules d'éthanol, avant qu'ils ne mutent carrément. Certains riaient pour un rien, d'autres parlaient beaucoup sans pouvoir s'arrêter, certains devenaient pénibles avec leurs mains baladeuses, et les derniers, ceux qu'elle craignait le plus, devenaient méchants.

Un ami à elle ancien alcoolique, lui avait dit une fois :

— Tu sais Elke, finalement l'alcool est un formidable révélateur de personnalité. L'agneau cache parfois un loup.

Ceux que l'alcool rendait fou ne connaissaient plus personne. Ils changeaient du tout au tout, devenaient incontrôlables, cherchaient la bagarre en permanence et en arrivaient à frapper même leurs amis proches.

Lorant n'avait rien de tout ça. Il n'avait pas l'alcool mauvais. Il avait plutôt tendance à se murer dans le silence. Mais depuis le départ de Chouchou, il n'était plus le même. Il avait changé, tombé un masque qu'elle ne lui avait jamais vu auparavant.

Au début, elle avait essayé de discuter, de trouver le fond du problème, mais Lorant se montrait distant et de plus en plus fermé, un peu comme si un fusible avait sauté dans son cerveau et que ses capacités de réflexion n'étaient plus les mêmes.

Elke avait regardé Lorant. Comment l'avait-elle fixé ? Combien de temps l'avait-elle dévisagé ? Suffisamment en tout cas pour qu'il décolle ses fesses de la table pour venir la saisir au cou à l'aide de sa main droite, puis de la plaquer contre le mur en lui susurrant d'une voix d'outre-tombe les yeux révulsés comme un possédé :

– Écoute-moi, écoute-moi bien ma grande, je te conseille de faire attention, très attention à la manière dont tu te comportes avec moi. Tu ne sais pas de quoi je suis capable. Alors pour ton bien, je pense qu'il vaut mieux que tu te tiennes à carreaux tu m'as bien compris ?

– …

Il a repris en hurlant :

– Est-ce que tu m'as bien compris ?

– … Oui…

Il était parti en claquant la porte. Elke était restée tétanisée encore appuyée contre le mur de la cuisine, les bras ballants, tremblant de tout son corps, en pleurant en silence. Les mots de Lorant lui tournaient dans la tête. Elle était coincée. Il l'avait coincée. Elle avait peur, peur d'assumer, peur de dénoncer, peur de fuir. Elle se trouvait toujours de bons arguments pour rester. Dans une prise d'otage on nommait ceci « le syndrome de Stockholm ».

Elle avait toujours aimé Lorant en secret, jusqu'au jour où son souhait s'était réalisé. Impossible pour elle de trahir Chouchou et pourtant…

C'était un Noël. Elke était restée dans l'appartement pour réviser encore et encore, pendant que Chouchou était repartie en France pour les fêtes. N'ayant plus de famille, Lorant n'avait pas souhaité profiter des réjouissances de fin d'année avec Fab et Chouchou. Il devait partir skier avec des potes de promo, célibataires endurcis plus adeptes de glisse et de filles dans chaque port que de fidélité et de bûche au chocolat.

Elle était donc restée à potasser dans son canapé le soir de Noël dans un Berlin exempt de circulation pendant les quelques heures du réveillon.

La sonnette lui avait déclenché un semblant d'arrêt cardiaque ce soir-là. Pensant naïvement que ses parents et son frère lui portaient un verre de champagne – bien qu'ils habitent six-cents bornes plus bas à Munich – elle s'était sortie avec peine du canapé pour découvrir non pas sa famille, mais un Lorant en costume très classe se tenant dans l'encadrement de la porte avec une bouteille de vin et deux verres tulipe.

La soirée avait été magique. Après quelques verres de vin, ils n'avaient pas tardé à se dévêtir puis à faire l'amour encore et encore sur le lit d'Elke, l'interdit de l'adultère rendant encore plus excitant leur union. Ils avaient vécu trois jours nus comme des vers, ne s'habillant que pour sortir faire le plein d'alcool et de nourriture, vivant sauvagement bien à l'abri dans le petit appartement.

Les jours s'étaient écoulés. Chouchou était revenue et la vie avait repris son cours, comme si de rien n'était. Elke masquait tant bien que mal le poids de sa culpabilité qu'elle portait comme un fardeau, en pensant lâchement que si la situation se représentait, elle n'hésiterait pas une seconde à franchir à nouveau les limites de l'interdit.

Lorant était revenu voir Chouchou le temps d'un week-end avant de repartir en France pour ses études. Elke avait vainement essayé d'accrocher son regard, mais rien ne s'était passé. Lorant lui souriait bêtement, limite surpris par les regards et les avances insistantes d'Elke.

Devant tant d'incohérence, Elke avait fini par retourner dans ses retranchements. Lorant était fidèle à lui-même, sympathique, cordial, bon vivant... Mais visiblement amnésique.

Tout cela jusqu'au jour macabre et d'une tristesse sans nom de la mort de Chouchou.

XIII
La ligne obscure – La Soudanière – Jura
Lorant
- 2002 -

La route s'était faite sans encombre. Cette fois c'est Fab qui avait conduit à la place de Minie, conductrice émérite de la journée précédente, ne buvant qu'un seul petit verre parmi les nombreuses bouteilles qu'ils avaient éclusées.

Pas de réveil foireux ce matin-là. Chouchou et Lorant avaient pu dormir comme deux tourtereaux dans la chambre qui leur était dévolue. La veille, ils n'avaient pas traîné. Entre la fête au Mc Owen le vendredi soir et la dégustation à rallonge du samedi, leur foie demandait une petite pause.

Fab les avait amenés à bon port à bord du minibus où un vieux live de Deep Purple avait succédé au son puissant d'Hendrix.

Chouchou ne savait toujours pas ce qui l'attendait et Lorant se décomposait à chaque tour de roue sur l'asphalte. Les autres parlaient tranquillement et Rico roupillait au fond du bus bercé par la voix de Ian Gillan et l'orgue Hammond de Jon Lord.

La route avait été un peu plus longue et sinueuse que la veille. Ils avaient traversé les plaines de Côte d'Or avant de rejoindre une hypothétique frontière entre le Jura et la Haute-Saône. Le chemin s'évanouissait au milieu d'une forêt de conifères fendue d'une somme de courbes à forte déclivité avant d'aboutir subitement sur un parking aménagé.

Avec la discrétion qui la caractérisait, Chouchou ne posait pas de questions. Elle restait en admiration devant les bois qui l'encerclaient, paysage si différent de son sud-ouest natal. Un simple panneau de lieu-dit stipulait : « La Soudanière ». À la vue de l'écriteau, Lorant s'était ratatiné encore un peu plus. Il s'était adressé à Fab avec le plus grand sérieux :

– Fab, déconne pas, je ne vais jamais y arriver !

– Mais si, tu verras, moi je l'ai déjà fait c'est top. Je te garantis que tu voudras recommencer.

– Mais moi je n'ai pas tes couilles. Je ne suis qu'un pauvre petit banquier qui...

– Un petit banquier... Pauvre ? ? ?... Con ! Tu commences à déconner sévère l'ami ! Tu n'as rien à craindre je te dis. Les gens que nous allons voir sont des pros. Toi par exemple, tu aimes bien que les clients te fassent confiance, eh bien là, c'est pareil.

Ils ont emprunté un chemin de terre empierré les amenant vers le lieu de rendez-vous. Fab a sorti de son étui un vieux caméscope Sony fabriqué sous Louis XVI. Après une rapide mise au point il s'est adressé à Chouchou :

– Bon tu es prête ?

– Toujours !

– As-tu la moindre idée d'où nous sommes ?

– Si je te dis sur un chemin caillouteux en pleine forêt, je suppose que ça ne compte pas ?

– Regarde comme il est droit ce chemin justement. Ça ne te fait penser à rien ?

– Si, à une voie de chemin de fer.

Fab est resté bouche bée. Sa sœur lui avait coupé le sifflet.

– Perspicace ! C'est effectivement une voie de chemin de fer, qui relayait à l'époque deux obscures villes du coin et faute de rentabilité, voici ce qu'il en reste. On l'appelle d'ailleurs la ligne obscure. Bientôt elle sera goudronnée pour en faire une voie verte. C'est encore en projet, mais peut-être qu'un jour nous nous ferons doubler au même endroit par des vélos et des rollers.

— Toi peut-être, mais certainement pas moi. Je n'ai aucune envie de croupir dans ce trou ! a ajouté Lorant.

Fab a rigolé se contentant d'éteindre le caméscope.

— Nous approchons.

Le paysage s'est dégagé soudain sur un gigantesque ravin. Le chemin continuait sur un ancien viaduc bâti d'une multitude d'arches. Le groupe s'est encore avancé sur une cinquantaine de mètres, au plus haut du pont. Deux jeunes attendaient la petite troupe. Lunettes de soleil, casquette à la mode qui va bien, bermuda, tee-shirt de couleurs vives et l'éternelle paire de Salomon aux pieds, ils portaient toute la panoplie des gens dévolue à ce genre de profession. Leur look ressemblait étrangement aux monos de parachute, parapente, ULM, mais ceux-ci étaient dévoués à une discipline plus extrême aussi barrée que le Basejump et le Wingsuit : le saut à l'élastique.

Si Lorant, initiateur de cette sinistre idée traînait les pieds à l'idée de faire un tour gratuit, Chouchou n'a au contraire pas caché sa joie devant le saut qui se profilait.

Lorant a secoué la tête dépité, avant de s'avancer vers le parapet. Il a osé un regard sur le vide abyssal. Le viaduc traversait la vallée de part en part accentuant ainsi sa hauteur. Le vertige lui faisait flageoler les jambes et lui déclenchait des haut-le-cœur. L'impression de vide profond s'accentuait au regard de la rampe de lancement et des vastes prés qui s'étendaient tout en bas.

— Faut juste être marteau pour se balancer d'ici.

Il s'est tourné vers un des deux gars occupé à dérouler les élastiques.

— Il mesure combien le viaduc ?

— Environ quatre-vingt-dix mètres de haut.

Lorant fixait le vide. Fab avait de nouveau son caméscope en main.

— Allez Lorant, c'est l'heure !

— J'ai pas envie.

Chouchou s'est approchée de lui et l'a serré contre elle avant de lui dire à l'oreille.

— Tu sais que j'en rêvais et grâce à ton idée, ce rêve va devenir réalité... Comme notre mariage.

Chouchou était transportée par l'idée de se marier. Ça représentait pour elle le ciment du couple, celui qui amenait sans cesse chacun à réfléchir sur ses actes et ses conséquences sur le devenir du couple.

Lorant en revanche, se serait bien passé de ce genre de simagrées. Sa vie actuelle lui convenait très bien. Il ne comprenait pas ce qu'un engagement devant une tierce personne allait changer dans leur vie hormis d'avoir une bague de plus à ses mains.

Il a fixé les grands yeux de Chouchou. Comment lui refuser quelque chose ?

Les moniteurs se sont approchés pour les équiper. En professionnels aguerris, ils ont aidé le couple à enfiler les baudriers bariolés de jaune et rose fluo.

Chouchou voulait faire le saut en tandem, chacun ayant son propre élastique relié tel une tresse à l'autre.

Fab filmait tout avec la minutie d'un James Cameron. Les autres faisaient bien entendu les guignols au bord du pont sous le regard amusé d'Elke, non sans faire monter la pression déjà dans la zone rouge du manomètre de Lorant.

— Ça fait haut quand même non ?

— Je ne sais pas à quoi on ressemble lorsqu'on s'écrase en bas ?

Les remarques fusaient, Lorant se décomposait. Puis Fab a éclaté de rire en filmant Rico en train d'uriner un peu plus loin par-dessus le parapet. En se retournant Minie a lâché :

— Mais c'est pas vrai, il est insortable celui-là !

Pendant ce temps, les moniteurs avaient fini d'harnacher Chouchou et Lorant. Ils étaient prêts pour le grand frisson.

Fab a réuni tout le monde pour filmer le groupe avant le saut.

— Allez les amis, tout le monde devant la caméra et souriez s'il vous plait… Même toi Lorant.

Au premier plan on voyait Chouchou radieuse, Lorant, nettement moins souriant, Jérôme et Fizzy – comme son pote le surnommait –, les deux moniteurs, puis tous les copains entassés autour. Il manquait seulement Rico.

— Mais il est où encore, Rico tu te bouges ?

— J'arrive, je finis mon lacet !

Il était derrière le groupe, de dos, un genou à terre en train de trafiquer ses chaussures. Il a fini par arriver sous les huées des autres qui poireautaient avec un sourire fictif de circonstance. Fab a bloqué le caméscope sur le trépied avant de rejoindre le reste du groupe, pour un cliché d'anthologie.

Chouchou et Lorant ont monté doucement les quelques marches d'accès au parapet. Chouchou était déjà en position prête pour le saut de l'ange. Lorant lui écrasait les doigts tétanisé par la peur.

— Je n'y arriverai pas, je n'y arriverai pas, je ne veux pas !

Les jambes de Lorant tremblaient à tel point qu'il allait finir par tomber en entraînant Chouchou sans se lancer dans le vide.

Avec grâce, Chouchou a enlacé Lorant contre elle, appuyant ses lèvres contre les siennes tout en poussant sur ses jambes pour les précipiter tous les deux dans une chute sans fin.

« Pour le meilleur et pour le pire », a pensé Lorant au moment où ses pieds ont cessé tout contact avec le sol.

La chute vertigineuse a mis fin aux commentaires. Ils regardaient tous bouche-bée sans plus aucune blague foireuse. Fab filmait. Chouchou venait de leur donner une leçon d'audace.

L'élastique a atteint son point de rupture a pensé furtivement Fab. Tendu à l'extrême le flexible allait ramener les couples contre le pont. D'après les sauteurs ça reste une des étapes les plus impressionnantes.

Ils diront à l'unanimité que l'action suivante s'était déroulée au ralenti malgré l'extrême vitesse de la réalité. Tous ont entendu le hurlement qui déchirait le silence pesant de la « vallée de la Soudanière ». L'élastique commençait à se détendre, mais seul Lorant était attiré vers le haut. Chouchou s'éloignait inexorablement vers le bas reliée à la vie par l'unique main de Lorant et par un regard où s'affrontaient sans ménagement, espoir et reddition. Les mains se sont séparées. Chouchou est restée suspendue en l'air un infime instant avec son élastique qui pendait anormalement dessous comme un cordon ombilicale. Son corps a flotté avant de finir sa chute d'une trentaine de mètres supplémentaires conjuguée par le hurlement de Lorant.

Il criait, rageusement impuissant en se rapprochant dangereusement du pont, toujours tributaire de l'élastique. Fab était d'une pâleur cadavérique, le caméscope serré dans sa main. Il refusait de croire à ce qui était en train de se dérouler sous ses yeux. Il a hurlé le prénom de Chouchou ; un cri de détresse empli de toute la douleur causée par la perte d'un être cher ; un écho sans fin dans toute la vallée.

Lorant faisait encore le ressort lorsque Fab possédé soudain par un double méphitique s'est approché dangereusement du dénommé Fizzy. Rico, Minie et les autres présents à cet instant ont compris d'emblée ce qui était en train de se tramer. En l'espace d'une seconde, ils se sont jetés sur Fab avant qu'il ne balance par-dessus le pont, le moniteur de saut à l'élastique devenu le parfait bouc-émissaire.

– Qu'est-ce que t'as fait ? Qu'est-ce que t'as fait espèce d'enculé ? Je vais te butter ! Tu vas payer !

Fab hurlait sa rage contre un Fizzy désemparé et acculé devant l'évidence. Fab était devenu fou à lier. Ils le tenaient tous fermement tout en le maîtrisant jusqu'à ce qu'il se calme subitement en s'écroulant à genoux, abattu, les mains sur le visage et pleurant de toutes ses larmes.

Jérôme, l'autre moniteur actionna le treuil pour descendre Lorant qui pendait toujours au bout de l'élastique.

Le troisième acolyte qui réceptionnait les candidats au fond de la vallée a libéré Lorant de son harnais.

Désormais sans entrave, il s'est précipité sur le corps inanimé de Chouchou. Il l'a pris dans ses bras et pleurait les yeux levés vers le ciel. Cette image a évoqué au réceptionniste une image du film « Jésus de Nazareth », qu'il avait vu enfant où Marie tenant son Jésus tout juste dépendu de la croix, hurle le regard dirigé vers une nuit chargée de trombes d'eau.

Le visage inerte de Chouchou était baigné d'un rayon de soleil qui se réverbérait dans ses yeux morts et dans le filet d'un sang pourpre et brillant qui s'écoulait du coin de sa bouche. Pour couronner ce tableau dramatique d'une noirceur magnifique, Lorant a hurlé :

– POURQUOI ? POURQUOOOOIIIII ?

*

Un ambitus. C'est Nathalie qui avait raison. À cet instant-là résonnait la note la plus basse et certainement la plus sombre, comme tirée d'une symphonie en Ut dièse ou Mi Majeur.

Fab, Lorant, Rico, Minie, Elke et les autres avaient sans doute vécu les quelques secondes les plus effroyables de leur vie ce dimanche-là. La mort fait partie de notre quotidien. Il suffit d'ouvrir une simple page web d'actualité, de regarder un film noir à la télévision ou de jouer à un jeu vidéo pour majeur.

Mais voir quelqu'un mourir de ses propres yeux en simple témoin, n'est pas monnaie courante. Certains oublient l'image instantanément quand d'autres la gardent au sein de leur inconscient suscitant parfois chez eux, lorsque ce souvenir refait surface, une réaction incompréhensible.

Lorant était de cette catégorie de personnes.

Pour tous ceux qui le connaissent et qui l'ont connu : quelque chose s'était cassé en lui. L'homme avait changé.

XIV
Crémation I – Sud-Ouest
Lorant
- 2002 -

La famille s'est installée sur les grandes banquettes de bois prévues à cet usage. La salle était spacieuse, très lumineuse, circulaire avec un ensemble de fenêtres dispatchées sur le sommet de la coupole qui diffusait la lumière du soleil à l'endroit précis où se tenait le cercueil, comme pour rendre à l'âme du défunt toute sa dignité.

Des cascades de faux lierre et de plantes grimpantes venaient se mêler à des lattes de sapin disposées horizontalement contre les murs, séparées chacune par un léger espace.

Fab a traversé le premier cette magnifique salle. Le cercueil de Chouchou était déjà présent au centre de la pièce, sous la coupole avec une myriade de fleurs de tous les côtés.

Il avait fait faire un tirage en noir et blanc d'une photo de sa sœur. Chouchou y était magnifique. Elle éclatait de rire en regardant non pas l'objectif, mais quelque chose sur le côté. Son éternel anneau d'argent éclairait son nez sous le soleil qui filtrait au travers de la fenêtre. Sa coupe de cheveux noirs très courts et ébouriffés qu'aimait tant Fab lui donnait un air d'éternelle adolescente.

Leurs parents suivaient. Le père d'habitude montagne de muscles, disparaissait dans un costume sombre et triste. Il n'était plus que l'ombre de lui-même. Sa mère quant à elle était ensorcelante. Grande, le port de tête altier que venait relever un chignon très simple mais redoutablement efficace. Elle portait une longue robe noire à bretelles, une paire de talons hauts et un fin gilet écru sur ses épaules. Lorant est enfin apparu derrière eux trois. On ne le reconnaissait plus avec sa chemise noire et son pantalon taupe, il paraissait décharné et avait le visage plus fermé qu'à l'ordinaire. Tout le monde a bien sûr mis ça sur le compte du décès de Chouchou.

Il errait hagard en avançant d'un pas lourd, sans se soucier des personnes présentes dans la salle hormis un coup d'œil en biais à Elke qui avait fait le déplacement depuis Berlin pour les obsèques jusque dans le Sud-Ouest.

De toute la bande, seul Rico n'était pas venu. Il avait simplement envoyé une carte, transmettant les traditionnelles condoléances à la famille et quelques mots justifiant son absence. Une vague excuse de réunion de famille le retenant dans le Nord, aux antipodes de la crémation de Chouchou « Mais que son cœur était parmi eux ».

La salle était pleine à craquer. De la famille, des collègues, des amis, des connaissances… Même les couloirs et la cour étaient bondés.

Une dizaine de jours s'était écoulée depuis l'accident. Toute la petite troupe avait rejoint le minibus pour descendre sous le viaduc récupérer Lorant. C'était Minie qui avait pris le volant car Fab n'était plus en état de rien. Les responsables du saut à l'élastique avaient prévenu les autorités et les pompiers. Le médecin avait constaté le décès de Chouchou. Les mousquetons qui liaient l'élastique de Chouchou à la grue avaient lâché. Chose théoriquement impossible, surtout les deux en même temps. L'enquête a été bâclée et la société de saut a rendu l'âme. Il n'y a pas eu de procès et les parents de Chouchou ont renoncé à poursuivre les méandres de la justice se retranchant derrière la malchance, l'accident, la fatalité et la résilience. Ils voulaient seulement la paix.

*

Lorant ne voulait pas la lâcher. Il avait fallu l'intervention de ses amis pour laisser les pompiers faire leur travail. Fab ne parlait plus.

Chouchou avait été évacuée au CHU de Dijon. Les autres étaient rentrés en silence. Minie, sans doute la plus solide mentalement avait repris naturellement le volant pour suivre le camion des pompiers. Elle s'était également chargée de rendre le gîte et le bus de location.

Fab était resté au CHU pour veiller sur la dépouille de sa sœur, même si son corps n'était pas accessible. Restait simplement pour lui la lourde tâche d'annoncer la nouvelle à ses parents.

*

Une des employées est venue faire un petit discours de présentation derrière un simulacre d'autel doté de deux micros. Très professionnelle, elle a appelé un par un les gens qui souhaitaient dire quelques mots en intercalant quelques morceaux de musique que Fab avait judicieusement choisis dans la discothèque de Chouchou, pour palier les versions fadasses de Yesterday ou de l'Adagio d'Albinoni jouées et enregistrées avec un orgue de gosse.

Derrière le petit mot d'accueil, l'employée a lancé le premier morceau de musique. La voix limpide de Daniel Balavoine a empli la salle des paroles limpides de « Tous les cris les SOS », donnant un ton plus tragique encore à la cérémonie sous les accords envoûtants de la chanson magnifique.

Le père de Chouchou s'est approché du micro pour lire les quelques mots qu'il avait maladroitement écrits de manière anarchique sur plusieurs bouts de papier, un peu comme une ébauche de chanson d'Eminem. Il a levé la tête pour s'adresser à l'auditoire puis s'est ravisé. Il s'est approché du cercueil, a posé ses deux mains sur le côté de la boîte en inclinant la tête entre ses deux bras, un peu comme s'il se reposait après un cent mètres. Il a juste crié :

– Tu me manques Chouchou ! Puis d'une voix pâle qui filtrait au travers de ses sanglots :

– Tu me manques tant...

Il est retourné s'asseoir difficilement le visage ravagé par les larmes.

Fab s'est levé à son tour pour se diriger vers les micros. Habillé de blanc et baigné par la lumière du soleil, il a sorti de la poche de son pantalon, une feuille de papier A4 ou il avait tapé son texte. Sa carrure de sportif imposait le respect. On aurait dit un ange.

– Chouchou, ma sœur, ma chérie, ma petite protégée. La liste de tout ce qu'il y a à raconter sur toi serait bien trop longue pour cette cérémonie tant ta courte vie a été dense et bien remplie. Née à Toulouse tu as toujours défendu les couleurs de ton Sud que tu aimais tant jusqu'en Allemagne, bien que là-bas « chocolatine » se nomme simplement Schokoladenbrot, mais passons. Aucun risque donc de fâcher les Teutons pour une petite viennoiserie.

Quelques rires ont fusé dans l'assistance.

– Tu étais une sœur comme on en rêve tous : gentille, câline, sympa, toujours partante... Bon, un peu chiante aussi, casse-pied, rapporteuse, bref tu avais la panoplie complète. Je tenais à te remercier d'être allée dire à Virginie la bombasse, le soir d'un bal de campagne un 14 juillet à Saint-Léon, qu'elle me plaisait. Moi je n'aurais jamais osé. En même temps je pense que tu n'aurais pas aimé te prendre le poing de son « petit copain » d'1m98 et d'un quintal, pilier de l'équipe de rugby du coin, en pleine gueule comme j'y ai eu droit, me laissant sur le carreau pendant une bonne heure. Ceci dit, ta stratégie a fonctionné lorsque le rugbyman également pilier de bar s'est écroulé après avoir ingurgité un flot de bières, ignorant ainsi que sa fameuse Virginie après être venue m'éponger le sang de l'arcade m'a embrassé longuement pour excuser « Brutus ». Tu as dansé jusqu'à t'éteindre dans la douceur de cette nuit-là. Je t'ai observé de l'œil qu'il me restait de valide, bouger et chanter à tue-tête « Sweet home Alabama » de Lynyrd Skynyrd que l'orchestre avait eu la bonne idée de jouer à la place du traditionnel « Connemara » de Michel Sardou. Comment ne pas oublier les garçons que tu rendais dingues en leur faisant miroiter la lune et qui repartaient bredouille ? Je ne te remercierai jamais assez d'avoir choisi comme futur mari mon meilleur pote Lorant. Également touché par ce drame. Il n'a pas souhaité s'exprimer aujourd'hui préférant me laisser cette lourde tâche.

Fab a flanché un instant avant de se ressaisir.

— Je crois que Papa t'a pardonné la fois où tu avais tendu de la cellophane sur la cuvette des toilettes finissant ainsi de le réveiller lors du petit pipi nocturne. Je ne pense pas me tromper en affirmant que Maman t'a pardonné elle aussi le jour où tu as joué à la maîtresse dans la cour te servant de la portière noire de sa nouvelle Clio comme d'un tableau.

Les parents de Fab et Chouchou ont souri tristement à cette dernière réplique.

— Je voudrais dire un petit mot sur le choix de la photo que j'ai déposée sur ton cercueil. Tout le monde a pu apercevoir ton visage sur ce merveilleux cliché immortalisé par Minie. Il revêt une importance énorme pour moi car il a été pris le matin même de ton départ pour le pays des anges. Tu venais de te lever et tu étais déjà radieuse à rire sans doute d'une connerie de Rico, quand le commun des mortels doit se mettre un fer à repasser sur le visage pour lisser toutes les marques laissées par l'oreiller.

Après un court silence il a repris plus solennellement :

– Ma Chouchou, je vais te laisser partir maintenant. On se reverra un jour, j'en suis certain. J'espère de tout cœur que de l'autre côté, s'il y en a un, tu te trouveras des bons potes pour faire la fête, pour rigoler et boire de bons verres, comme tu le faisais avec nous.

Sa voix s'est mise à trembler. Il a voulu lâcher dans un dernier souffle le fiel qu'il avait coincé au fond de la gorge depuis l'accident. Mais ses mots sont restés bloqués par un sanglot.

Le célèbre morceau « Porcelain » de Moby a résonné dans toute la pièce comme pour tourner une page sur cet épilogue amer.

*

Je n'étais pas là ce jour-là puisque je ne connaissais encore personne : ni Lorant, ni Fab, ni tout le reste de l'équipe. C'était Lorant qui m'avait raconté cette histoire. Il avait réussi avec le temps et la confiance à me parler de tout cela. Fab de son côté était toujours resté très évasif sur ce moment tragique.

J'ai toujours eu l'impression que Lorant n'avait jamais pu remplacer Chouchou. Même avec moi, le fossé n'a jamais pu être comblé… et le temps n'a rien arrangé.

Mais maintenant je sais pourquoi il restait distant… Et je m'étais malheureusement largement trompée sur son compte.

CRÉMATION II

XV
Ondres
Lénaïc
- 2001 -

La 1100 GSXR déchirait l'espace et le temps. Lorant enclenchait les vitesses avec une rapidité et une habitude digne d'un Rossi ou d'un Marques sur un circuit de GP. Il avait toujours aimé la vitesse. Les pointes à 200 km/h sur ces grandes artères des Landes n'étaient pas rares. C'était grisant. Peu de contrôles, plus de risques. Un pari qu'il prenait bien souvent au détriment de sa vie et de celle des autres. La GSXR avait d'ailleurs le triste surnom de « suppositoire à camion ». Mais c'était sa nature et il refusait de se remettre en question.

Lénaïc et Élodie l'avaient invité à venir manger... Du moins ingurgiter des litres de pastis, de vin et de bière en épongeant tout cela avec l'accord parfait de quelques cacahuètes/chips/petites tomates/saucisson. Lorant profitait de quelques jours pour faire le tour de la maison où il avait grandi à Ondres.

Quand il revenait aux sources, il prenait toujours grand soin d'avertir toute la bande. Marie-Agnès devait venir les rejoindre le soir même. Ça faisait trop longtemps qu'elle n'avait pas vu Lorant, mais Minie et Clément, les deux autres compères avaient décliné l'invitation pour raison professionnelle.

Au guidon de son bolide, il souriait déjà. Il ne laisserait pas le temps de trois phrases à Marie-Agnès avant qu'elle ne lui reparle de Fab.

Élodie, quant à elle, se faisait toujours une joie de recevoir Lorant les rares fois où il revenait dans le coin.

Joli brin de femme, belle blonde un peu trop exubérante aux yeux de Lorant, elle restait pour Lénaïc l'idéal féminin.

Douée pour le dessin, elle avait arrêté ses études assez tôt pour essayer de vivre de son coup de crayon. Elle avait trouvé un emploi d'hôtesse de caisse dans le supermarché d'Ondres. Elle faisait ses horaires la tête dans le guidon, sans chercher à trouver un quelconque intérêt à son travail comme lui demandaient souvent ses cadres. Elle s'en moquait. Ça restait de l'alimentaire. La saison estivale était bien entendu la plus chargée avec l'afflux de tous les touristes en manque de soleil, de vagues, de pins, de rosé, de chips et pour certains de sexe facile dans les recoins des dunes.

Le reste du temps elle le consacrait à réaliser sa propre bande dessinée : la sombre histoire d'une fillette orpheline capable de lire dans les mémoires des politiciens les plus fourbes mais impuissante à lutter seule contre ces intrus et ne trouvant aucun réconfort dans les adultes prisonniers de leur carcan d'habitudes et de peurs.

Élodie avait grandi avec les dessins des grands maîtres tels que Moébius, Hulet, Gibrat, Schuiten, Adamov, Loisel et bien sûr le regretté Comès, maître du noir et blanc.

Elle travaillait dur et se heurtait comme tant d'autres aux difficultés à se faire éditer. Elle perdait souvent espoir, mais seule la création lui faisait oublier son quotidien de boulot merdique... et les crises de plus en plus fréquentes de Lénaïc.

Lorant a baissé la béquille latérale de la moto, le moteur encore bouillant d'avoir fait fonctionner vilebrequin, arbres à cames et soupapes à plein régime.

Lénaïc et Élodie habitaient un petit bungalow non loin de l'océan aux abords d'une forêt de pins et de chênes verts. Marie-Agnès l'attendait déjà sur le perron avec une joie non feinte. Il l'a embrassée et l'a serrée fort dans ses bras.

Il a répété la même scène avec Élodie. Il a ensuite tendu la main à Lénaïc en la lui serrant d'une poignée ferme. Avec Fab, Rico et les autres, ils étaient passés à la bise, mais Lénaïc avait une certaine répulsion pour la bise entre hommes.

— Il n'est pas trop showbiz ! déclamait souvent Lorant.

Ça faisait plusieurs mois qu'il n'était pas redescendu. À peine installé avec un verre d'apéro coincé dans la main gauche et une poignée de chips dans l'autre, Lorant a été bombardé de questions.

— Comment va Chouchou ? Toujours en Allemagne ? Et Elke ?...

Et bien sûr Lorant a éclaté de rire en entendant la voix de Marie-Agnès comme convenu et l'air complètement désintéressé :

— Tu vois toujours Fabien ?

Élodie n'était pas en reste et citait également quelques anecdotes qui se déroulaient régulièrement au supermarché.

— Dit-donc la caissière, au lieu d'abrutir nos invités avec tes petites histoires, va donc chercher la suite... T'inquiète pas on a la carte du magasin !

Les rires jaunes et forcés de Lorant et Marie-Agnès ont ponctué la phrase de Lénaïc. Mais Élodie ne bougeait pas, avant que Lénaïc ajoute d'une manière nettement moins sympathique un :

— Allez !

Élodie s'est levée.

Lénaïc, à son habitude restait en retrait des conversations, laissant à ses hôtes le loisir de faire l'animation. Peu lui importait ce qui se racontait, il se contentait de remplir les verres... Et de ponctuer parfois les paroles d'Élodie de remarques à mi-chemin entre l'ironie et la blessure. Si ça choquait Marie-Agnès et Lorant, ils se gardaient bien d'intervenir, mus par une espèce de peur du moi profond de Lénaïc. Ils se contentaient simplement de prendre à la rigolade ce que disait Lénaïc en en rajoutant une couche à l'attention d'Élodie et en rigolant un bon coup derrière pour faire passer la pilule. Élodie répliquait sur le même ton en souriant mais se retranchait ensuite dans un silence pouvant durer plusieurs minutes. Ce jour-là, après une remarque acerbe de Lénaïc, Élodie s'est figée d'un sourire énigmatique, en acquiesçant mollement au monologue de Marie-Agnès sur le cancer généralisé de sa maman et ce qui devait arriver se produit.

– Ça te fait rire Élodie ?

Soudain consciente qu'elle n'était plus là depuis un moment, Élodie est passée à l'écarlate sous le ton courroucé de Marie-Agnès :

– C'est quoi qui est marrant ? Le cancer ou ma tête quand je parle ?

– Mais...rien... Je... Je suis désolée Marie, je pensais à autre chose.

Marie-Agnès n'en a pas fait de cas, se contentant de reprendre la conversation avec une gueule de dix pieds de long. Mais Lorant s'est aperçu qu'Élodie était absente longtemps avant cette incartade, depuis les remises en place intempestives de Lénaïc plus exactement... L'évasion par la pensée, le privilège des artistes a-t-il songé.

La soirée s'est déroulée mollement avec une brise fraîche venant de l'océan. Élodie a repris peu à peu la parole :

– Tu m'emmènerais faire un tour de moto ?

– À cette heure-ci ?

– Ben oui, qu'est-ce que ça change ?

Lénaïc est intervenu :

– Après les canons, je ne sais pas si c'est une bonne idée...

– On ne va pas faire le tour de France, on....

— Vous pouvez vous tuer dans les cinquante mètres qui cernent cette maison.

— Ce que tu peux être rabat-joie parfois...

Lorant et Marie-Agnès ont préféré ne pas relever vu la tête de Lénaïc qui avait viré soudain au rouge.

Encore une fois pour apaiser, Lorant a pris la parole :

— Tu sais Elodie, je suis encore là demain, on pourra faire un tour si tu le souhaites.

— Très bien.

Élodie a répondu d'une moue vexée et s'est levée pour fumer une clope sur le perron. La fin de soirée venait de sonner. Marie-Agnès est venue embrasser Lorant sachant très bien qu'elle ne le reverrait pas car elle partait en déplacement dès le lendemain pour le travail.

Lénaïc, toujours muet, s'est contenté de débarrasser la table, de serrer la main à Lorant avant de lui lâcher un laconique « À demain ».

Il est allé se coucher lui aussi.

Lorant est sorti sur le pas de porte. Élodie fumait appuyée contre un poteau de bois soutenant l'avant toit. Elle ne le regardait pas, mais Lorant voyait très bien les larmes qui coulaient le long de ses joues. Il s'est approché lentement puis l'a prise par le cou.

— Ça ne va pas Élodie ?

Elle s'est contentée de secouer la tête pour signifier la négative tout en recrachant la fumée de sa cigarette.

— Tu veux passer un moment à la maison pour que l'on discute ?

Même réponse muette. Lorant a pris son casque, commençant à se retourner.

— Écoute, je suis crevé, la route m'a épuisé. Je vais te laisser. On se voit demain ?

— Attends Lorant... Il faut que je te parle. C'est à propos de Lénaïc...

— Oui… pas de souci, que se passe-t-il ?

Élodie s'est retournée vers la maison, puis vers Lorant en chuchotant :

— Pas ici. Démarre ta moto, je te rejoins sur la route avec mon casque et mes affaires.

— Ça ne peut pas attendre demain t'es sûre ?

— Non, tout de suite.

À la voir dans cet état, Lorant a accepté, démarré la GSXR, puis l'a attendue un peu plus loin au bord de la route.

— Où va-t-on ?

— Vers l'étang. Vas-y, mets du gaz.

Lorant qui n'attendait que ça a tourné la poignée d'un coup sec obligeant Élodie à se cramponner à lui. La hauteur du siège passager de la sportive la faisait dépasser Lorant d'une bonne tête.

Une fois sur la route Lorant a repris sa conduite sportive oubliant presque sa passagère. Il enchaînait les lignes droites et les virages en habitué des routes du coin.

Le chemin de l'étang avait été goudronné à nouveau et sécurisé dans les virages par un ensemble de barrières en métal quelque temps avant les vacances de manière à rendre plus aisé l'accès du lac aux touristes.

La GSXR filait à grande allure. Lorant savait ses réflexes diminués par la nuit et par l'alcool qu'il avait bu, mais la griserie de la vitesse et le corps d'Élodie contre le sien le poussaient à faire le malin, accentuant vitesse et courbes.

Seule une caméra de circuit aurait pu saisir ce qu'il s'est passé par la suite. Le dernier virage avant l'étang s'est profilé un peu plus loin dans la nuit. Lorant l'a amorcé sur l'extérieur afin de tracer sa ligne de corde pour en sortir à droite et non pas en pleine gauche de l'autre côté.

Il est arrivé vite… trop vite. Il a mal anticipé le virage. Il était trop tard pour faire quoique ce soit. Avec les nombreux gravillons, un simple coup de frein risquait de les planter dans le décor en redressant brusquement la moto.

Lorant a penché la 1100 plus que de coutume pour la forcer à passer, n'hésitant pas à sortir la fesse pour faire contrepoids et pousser sur le guidon. Sauf qu'il n'était pas tout seul et le corps d'Élodie l'a gêné dans sa démarche annulant tout effet. La moto était presque couchée lorsque le pneu avant a décroché les propulsant tout droit sur les barrières.

Si Lorant a glissé sous la moto, sa combinaison de cuir l'a protégé efficacement des brûlures et sa dorsale a paré sa colonne vertébrale. Le deux-roues est venu s'encastrer sur la barrière prenant le choc à sa place.

Tout d'abord étourdi il s'est levé avant de constater que malgré quelques douleurs bénignes, il était entier. Il a ôté son casque avant d'apostropher Élodie :

— Vu le choc on l'a échappé belle.

Mais Élodie avait disparu. Il s'est approché en courant du fossé derrière la barrière avant de vomir tout l'alcool et les cacahuètes ingurgités dans la soirée.

Élodie ne dessinerait plus et emportait loin du monde terrestre ce qu'elle avait de si important à lui dire à propos de Lénaïc. Sa tête, décapitée par un des barreaux de la rambarde en métal, trônait au fond du fossé à quelques mètres de son corps désarticulé.

XVI
Saint Sauvage
Raphaëlle
- 2018 - Avant le jour noir

— *Essaye seulement !*

Les derniers mots que m'avait lâché Lorant la veille au soir suintaient le salpêtre.

Je m'étais renfermée soudain. Lorant m'impressionnait de plus en plus. Ses gestes devenaient brusques et ses éclats de voix virulents. Ces deux derniers mots sonnaient comme une menace, comme un orage, le ciel souvent noir à l'horizon.

J'ai pourtant toujours adoré l'orage, surtout quand il éclate la nuit et que je suis bien au chaud sous les couvertures. Un peu comme dans ce film avec Harisson Ford : Witness, dans une communauté Amish de Pennsylvanie. Un orage éclate un soir aux abords de la ferme. La simplicité des gens qui y habitent, vivant chichement dans la pénombre générée par une lampe à pétrole, loin des vicissitudes et de nos problèmes stupides d'occidentaux, offrait une certaine sécurité. J'avais l'impression en regardant ces images que rien ne pourrait arriver à ces gens humbles et qu'en me réfugiant dans leurs bras par la pensée dans cette ferme reculée de Pennsylvanie, je n'aurais plus jamais de soucis.

L'orage qui couvait en Lorant, semblait beaucoup plus dangereux, plutôt de l'ordre de l'ouragan, du cyclone ou de la tornade. Et ce « Essaye seulement » résonnait en moi comme un avertissement qu'il ne serait pas bon de prendre à la légère.

Je me lève lourdement. Je ne dors plus comme d'habitude. Je dors mal d'un sommeil non réparateur... la peur sans doute. J'essaye d'appliquer régulièrement la recette d'autohypnose du fleuriste. Ça m'apaise un moment. Je parviens à m'endormir mais très vite cauchemars et rêves délirants reviennent en force.

Après ma douche, je tente de faire le point et de me préparer pour une nouvelle journée au collège devant mon café au lait... Mon seul petit déjeuner. Plus rien ne passe d'autre. Le manque de sommeil accroît mon stress et mes angoisses. Tout prend une dimension astronomique : le moindre coup de téléphone, le moindre mail à répondre, le moindre SMS, le moindre courrier à envoyer, toutes ces petites choses anodines, toutes ces tracasseries administratives qui vous pourrissent le quotidien.

Je n'ai le courage de rien, je ne veux voir personne, je veux que l'on me foute la paix. Je recommence à trembler légèrement, ça m'inquiète. C'est de plus en plus régulier surtout quand je ne vais pas bien.

J'entends bouger, sans doute Lorant qui va recommencer son rituel, douche/jus de citron/expresso/actualités. Je ne pense pas pouvoir supporter cela ce matin. Je m'enferme dans les toilettes avant qu'il ne descende.

À ma grande surprise il arrive en sifflant. Mon oreille se tend. Pas de radio. Je me décide enfin sortir. Il faut tout de même penser à aller travailler.

Mes yeux croisent les siens. Il est impeccable ; seule sa cravate reste dénouée ce qui lui donne un charme supplémentaire. Il me sourit, son regard pétille :

— Bien dormi bébé ?

Je hausse les épaules bien en peine de répondre.

Il s'approche de moi et m'embrasse dans le cou. Je sens les effluves de son parfum « 1881 ». Lorant n'a jamais eu la main lourde sur l'eau de toilette. Le « minimum syndical », comme il a l'habitude de dire.

Ce brusque retournement de situation me perturbe. Il reprend la parole :

— Je me suis bien reposé, ça fait longtemps que je n'avais pas aussi bien dormi.

— T'as bien de la chance.

Je sors ça de mauvaise grâce, gratuitement. Il ne tique pas et me prend la main :

— Comme on est vendredi, je pensais t'amener à Lyon ce soir, on pourrait se faire un petit resto rue Mercière, j'ai une chose importante à te demander. Tu vois comment tu te sens dans la journée et si tu n'es pas trop crevée, je t'emmène ce soir. Les enfants vont bien se débrouiller pour une fois.

Je l'observe d'un œil torve. Estomaquée, je desserre à peine les dents :

— Je t'enverrai un SMS pour te dire si tu réserves ou pas. Je t'avoue que là ce n'est pas la grande forme.

Je dis ces derniers mots dans un sanglot. Lorant me serre contre lui en m'embrassant les cheveux.

— Comme tu le sens ma belle.

Il me montre sa cravate :

— Avant de partir, tu peux ?

Je le regarde et lui adresse une ébauche de sourire en soupirant. Pendant que je m'exécute, il me presse un sein tendrement comme au bon vieux temps.

Je lutte pour ne pas l'envoyer balader.

Son nœud double est bien réussi, j'espère simplement qu'il va au moins tenir jusqu'au soir. Je crois que ça me gonflerait de faire la plante verte au restaurant sachant que monsieur a forniqué tout l'après-midi avec une autre.

Je file.

La Mini avale le goudron jusqu'au collège. J'ai de la chance ce matin ; le feu de chantier devant lequel je poireaute régulièrement au rouge pendant un temps infini, reste à l'orange clignotant. Au collège, dans le parc à bestiaux, il reste encore une seule et unique place. Les planètes ont l'air d'être alignées aujourd'hui. Je repense au restaurant le soir même. Peut-être pas une si mauvaise idée finalement. On verra.

Malgré ma fatigue latente, la journée s'écoule assez rapidement. Je profite d'une heure de temps libre pour plancher sur la sortie autour de Jean Moulin que j'avais prévue sur deux jours entre Lyon – pour son arrestation et sa torture par Klaus Barbie et la Gestapo – et Nantua dans l'Ain – pour la résistance –.

Nous avions prévu de faire cette sortie avec Rodolphe Dumout l'autre prof d'histoire-géo, mais nous aurions besoin de trois autres professeurs pour l'encadrement. J'avais déjà demandé à Guillaume le prof d'arts plastiques et Nathalie la prof de musique, sachant très bien qu'ils pourraient, sous couvert de l'éducation nationale, profiter pleinement d'une nuit ensemble. Bien entendu, ils ne se doutaient ni l'un ni l'autre que j'étais au courant de leur aventure. Il me fallait donc un troisième encadrant.

Je regarde machinalement la porte de la salle des profs lorsque Fab entre déployant un sourire de publicité pour dentifrice, en me voyant seule assise au bureau. Nous échangeons quelques banalités, puis je lui demande si son remplacement se passe bien. Visiblement il a l'air plutôt satisfait de l'équipe enseignante et des élèves. Il me glisse tout de même au passage :

— Entre nous, Christian le prof de physique, il n'est pas un peu coincé non ?

J'éclate de rire, avant d'ajouter :

— Tu veux parler de Don Juan ?

Devant son visage interdit je lui parle des avances sous forme d'énigme que j'avais reçues de l'adresse mail mystère Romantique12@ugabull.fr.

— Je suis persuadée que c'est Christian !

Fab pouffe :

— Romantique 12, il n'a pas plus kitch comme adresse non ?

Je le regarde avec tendresse. Qu'est-ce que j'aime son rire communicatif... Un rire à la Omar Si dans « Intouchables »... Mais ça c'était avant. Je baisse les yeux un instant.

— Fab, je dois partir avec les troisièmes pour une sortie sur deux jours avec Rodolphe, Guillaume et Nathalie. Il me manque un accompagnateur et je voulais savoir si tu serais intéressé pour venir avec nous.

Il m'a regardé avec ébahissement.

— Euh...oui, bien sûr, mais pourquoi moi ?

Je me lève avant de rejoindre ma salle de classe le laissant avec ses réflexions en lâchant juste :

— Parce qu'il faut pour entretenir la conversation avec Rodolphe... Et puis toi... je t'aime bien...

De retour dans ma voiture, revigorée par cette journée plutôt positive comme il en existe de temps en temps, j'envoie un SMS à Lorant, pour lui confirmer qu'il peut réserver le restaurant pour le soir même à Lyon.

Sa réponse arrive presque immédiatement :

« Super, génial, je réserve, à tout de suite, je t'embrasse, L. »

Un instant, je me demande bien pourquoi j'ai accepté. Curiosité ? Syndrome de Stockholm ? L'avenir le dira.

Vêtu d'une chemise à col mao, d'un vieux Levis et chaussé de ses Stan Smith originales, Lorant a la classe. Il est magnétique.

Le petit restaurant de la rue Mercière ne paye pas de mine, mais le simple fait de ne voir aucune table de libre ne fait que confirmer le bon choix de Lorant. Nous avions utilisé la Mini, plus pratique et moins voyante que le Humer pour se garer en vrac dans les rues de Lyon.

Nous prenons place face à face. Une radio d'ambiance diffuse quelques standards de jazz du roi « Duke » que j'imagine sans problème derrière son piano avec son sourire, sa petite moustache, son costard sur mesure et la classe qui lui était propre.

Lorant commande pour l'apéritif une bouteille de Vouvray tranquille. Les arômes de Chenin s'exhibent fièrement dans le grand verre tulipe, avec malheureusement derrière, une petite note de peau de saucisson – défaut que l'on trouve parfois dans les vins vinifiés sans adjonction de dioxyde de soufre qui porte le nom charmant de « goût de souris » –.

Nous mangeons tranquillement un excellent Saint Pierre dont la taille exigeait le choix d'un plat commun. Le cuisinier avait préparé le poisson avec finesse, pas trop cuit. Enfin quelqu'un qui a compris dans ce bas monde que l'on fait toujours trop cuire les poissons !

Nous échangeons quelques banalités. Je ne sais pas trop quoi penser de tout cela. Je dirais presque que ça m'inquiète. Je suis encore sur la réserve après ses agissements réguliers, son manque de respect et ses fréquentes sautes d'humeur des derniers mois. Je mange avec un maigre appétit. Ce n'est pas parce que Lorant est « normal » ce soir-là que je dois tout lui pardonner.

« Normal »... C'est quand même dingue d'en venir là, de penser que son conjoint est « normal » parce qu'il est sympathique, cordial et souriant. Ça me fait penser un peu à ces vieux junkies, ces héroïnomanes tellement dépendants du « Brown sugar » qu'à la fin, le fix d'héroïne ne leur sert malheureusement plus qu'à être « normal ».

Je lance les festivités :

— Lorant que se passe-t-il ?

— Comment ça ? répond-il sur la défensive.

— Eh bien ça fait des mois, que tu desserres tout juste les dents, que tu rentres plus tard que d'habitude ou que tu m'aboies dessus quand tu me parles. Aujourd'hui tu es agréable avec moi comme tu ne l'as plus été depuis des lustres. Tu me proposes une sortie rien que tous les deux comme avant, tu me parles d'autres choses que de ton boulot et tu prends enfin conscience que je suis à tes côtés.

Il me sourit tout en me regardant gravement. Il place sa main sur la mienne et me fixe intensément.

— Je pense comme toi Raph. Nous nous éloignons de plus en plus. Tu sais comme j'étais attaché à Chouchou et tu n'as pas idée du calvaire que ça a été pour faire le deuil.

Lorant parlait très rarement de Chouchou, comme s'il souhaitait garder tout cela pour lui. Pour une fois que la parole lui était revenue, je laissais ses paroles agir sur notre couple comme un onguent réparateur.

— À la suite de la crémation de Chouchou, je suis resté seul, longtemps. Je ne voulais plus voir personne, ni Fab, ni mes ex beaux-parents. Je ne voulais que le silence et la paix. J'aimais l'alcool et curieusement je ne me suis pas réfugié là-dedans. Je suis retourné m'isoler à Ondres dans la maison de mes parents, là où personne ne serait venu me déranger. J'ai arpenté les plages tous les jours et par tous les temps en prenant le temps de réfléchir sur qui j'étais vraiment et sur ce que je souhaitais faire de ma life. Une idée s'était imposée à moi comme une évidence : déménager et partir à l'étranger. J'avais déjà plus ou moins prévu de venir travailler dans une banque en Allemagne pour rejoindre Chouchou. Je ne remercierai jamais assez ma mère Bavaroise, de m'avoir parlé dès ma naissance dans sa langue maternelle ! J'ai donc rejoint Berlin que je connaissais quand j'allais la voir dans sa coloc' avec Elke. Je me suis trouvé un petit studio également dans le quartier de Kreuzberg non loin d'Elke. J'aimais la proximité des endroits branchés et de la grande station de métro et de bus qui pouvait me conduire rapidement dans les plus grandes banques berlinoises où je comptais rapidement me faire un nom. Elke était elle aussi ravagée par la mort de Chouchou. Elle était au sommet du viaduc. Elle a assisté à tout.

Il boit une gorgée de Vouvray avant de reprendre.

— Petit à petit nous nous sommes rapprochés avec Elke. Au début je passais juste boire un verre ou un café. Puis ça s'est transformé en repas... puis en nuits. Je n'aurais pas l'indécence de te parler de nos nuits et de notre parcours sexuel, mais c'était magique. Après la naissance de Léonie, notre relation est devenue plus compliquée parce que les enfants étaient durs avec nous et parce que Chouchou revenait nous hanter tous les deux. D'un autre côté on m'avait proposé un travail très bien payé, à deux pas de chez moi, mais très prenant. J'ai déserté l'appartement pour travailler encore et encore. Comme tu le sais je me suis éloigné d'Elke. Avec le temps j'ai compris qu'il m'était trop difficile de couper le cordon avec Chouchou en voyant Elke tous les jours. Elles étaient beaucoup trop proches... Et puis, tu as eu ton rôle dans la balance a-t-il ajouté dévoilant ses yeux rieurs.

Lorant venait de m'ouvrir son cœur. Il venait de libérer ses paroles prisonnières, il venait de retrouver ma confiance. Les derniers évènements sont passés soudain au second plan. Encore une fois, comme pour la came, le corps ne retient que le bon et minimise le mal.

Au café il me remet une petite enveloppe.

— Ouvre, fais-toi plaisir.

Il y a à l'intérieur, la photo d'un mas provençal ceint d'un mur de pierres sèches bordé de chênes verts et d'oliviers. Le balcon domine fièrement une piscine dont le bleu profond tranche avec les couleurs pastel de l'endroit.

— Qu'est-ce que c'est ?

— Un gîte en Ardèche, non loin de Vallon-Pont-d'Arc.

— Et en quel honneur ?

— J'ai pensé qu'il serait temps que l'on se retrouve tous les deux. Je l'ai loué pour le week-end prolongé du 26.

*

Les jours se suivent et ne se ressemblent pas. J'ai laissé Lorant franchir les barricades que j'avais érigées pour me protéger. En acceptant sa proposition ce soir-là, je n'avais jamais imaginé que ce somptueux week-end me mènerait tout droit vers la porte des enfers m'entraînant doucement aux confins de la rationalité.

XVII
Ondres
Lénaïc
- 2001 -

Lorant était complètement désemparé. Il avait eu une chance énorme. Il était en vie avec seulement quelques contusions au regard de la vitesse où il roulait. Mais le présent et ses conséquences l'avait rattrapé bien plus vite qu'il ne le pensait. Prenant soudain conscience de sa responsabilité dans cet accident, il se demandait s'il avait vraiment eu de la chance.

Les flics le feraient souffler dans le ballon. Il risquait gros : amande ou même prison.

Choisir entre la mort et la cabane, le choix était restreint. Si seulement les rôles avaient été inversés !

Il avait bu mais pas non plus en quantité énorme. La moto stagnait au fond du fossé et de la route on ne voyait rien hormis le poteau de la rambarde qui avait été arraché par le deux-roues.

Dans un premier réflexe, il a cherché son portable.

Instinctivement, il a vérifié si les fonctions de son téléphone étaient en état de marche avant d'inventorier stupidement ses nouveaux messages et d'appeler Chouchou en Allemagne pour lui relater ce qu'il s'était passé.

— Lénaïc est au courant ?

— Bien sûr que non, je n'ose pas l'appeler, je suis mal...

Chouchou s'est fâchée à l'autre bout du fil.

— Non mais tu déconnes ou quoi. Tu as joué au con Lorant, tu dois assumer. Quand on joue il faut savoir perdre. T'as appelé les pompiers ?

— Non pas encore...

— Mais qu'est-ce que tu fous bordel ? Bouges-toi le cul ! !

Elle a raccroché sur ces quelques mots.

Lorant a poussé les derniers débris de la moto dans le fossé afin de couvrir les traces. La route était peu fréquentée à cette heure-ci de la nuit et le fossé largement en contre-bas pour distinguer quoi que ce soit. Il l'a dévalé pour s'isoler le temps de réfléchir mais à la vue du corps d'Élodie, il s'est écroulé à son tour. Switch-off.

C'est son portable qui l'a sorti de son inconscience. Combien de temps était-il resté évanoui ? Il n'en avait pas la moindre idée, mais visiblement suffisamment longtemps, pour que Lénaïc se réveille et constate qu'Élodie n'était pas à ses côtés...

C'était lui au téléphone.

Lorant a hésité à répondre avant de repenser à la leçon de morale de Chouchou. Elle avait raison, il fallait assumer... Mais en modifiant la version à son avantage.

— Élodie n'est plus là, elle a disparu. Elle ne répond pas à son téléphone. Tu l'a vue avant de partir ?

— ... Elle a voulu partir avec moi...

— Quoi ? ? Mais vous êtes où bordel ? ?

Lorant a pris une voix beaucoup moins sûre.

— Écoute Lénaïc, on a cartonné en bécane...

— Cartonné ? ? ? En bécane ? ? ? Mais je vous ai dit que c'était inconscient après tout ce que l'on avait bu... Comment va Élodie ?

— ...

— Réponds-moi bordel ! ! ! Comment va-t-elle ? ? Vous êtes où ? ?

— Sur la route de l'étang, je...

Lorant n'a pas pu articuler plus de mots

— Tu bouges pas, j'arrive !

Lorant était prostré dans un coin incapable de faire un mouvement. Lénaïc pleurait, hurlait le nom d'Élodie, en donnant des coups de poings dans l'arbre le plus proche, les yeux tournés vers le ciel insultant le néant, les étoiles et les lucioles.

Il avait immédiatement prévenu les pompiers, voyant très bien qu'à moins de s'appeler Merlin, Gandalf ou de l'enterrer dans le cimetière d'indiens Mi'kmaqs du « Simetierre » de Stephen King, il allait être impossible de ramener Élodie à la vie.

Pompiers et gendarmes sont intervenus dans les plus brefs délais. Il a fallu mettre Lénaïc sous sédatifs dès qu'ils ont évacué le corps d'Élodie. Les autorités se sont approchées de Lorant pour qu'il fasse sa déclaration, en ayant pris soin de le faire souffler dans le ballon au passage. Avec le temps passé il avait basculé en dessous de la barre des 0.5g/l mais son taux restait tout de même supérieur à 0g/l… Et quand il y a mort d'homme, ça sent mauvais.

Le maréchal des logis s'est approché de Lorant avec le visage blasé de celui qui en a trop vu pour sa petite tête. Son binôme sans doute fraîchement sorti de l'école semblait bien parti pour lui en faire baver.

Lorant a répété sa vision des choses en pleurant. La même qu'il avait raconté à Lénaïc :

— Nous avons passé la soirée chez Lénaïc. Quand il est allé se coucher, Élodie a voulu essayer ma moto et m'emmener faire un tour. Elle boit très peu. Vous pourrez vous le faire confirmer par Lénaïc. Je n'habite pas très loin de chez eux, un petit kilomètre à peine et j'avais prévu de rentrer à pied et de revenir chercher ma moto demain matin.

— Alors que faisiez-vous sur la moto ?

— Élodie m'a proposé de me ramener chez moi, enfin, dans la maison de mes parents, puis de retourner chez elle avec la moto.

– Vous n'habitez plus dans la région il me semble ?

– Non, je viens de finir mes études à Dijon et je dois travailler à Berlin où ma compagne étudie encore.

– Que faisiez-vous vers l'étang ? Votre adresse n'est pas sur cette route...

– Je ne sais pas si vous êtes motard, mais une fois aux commandes d'un bolide comme celui-ci, il est difficile de se cantonner aux cinquante kilomètres à l'heure réglementaires en ville. Élodie m'a demandé l'autorisation d'élargir le trajet et j'ai accepté... Je n'aurais pas dû.

– Et c'est maintenant qu't'y penses ?

C'était le jeune flic, Étienne Ventura d'après sa bande patronymique. Lorant avait du mal à supporter le tutoiement intempestif. Surtout que dans ce cas-là c'était pour le rabaisser et bien lui montrer qui était le chef. Il devait sensiblement avoir le même âge que Lorant et visiblement une bien plus grande gueule cachée bien à l'abri derrière son gun. « Encore un modèle de droiture » a pensé ironiquement Lorant, le genre d'homme qui n'a jamais fait une connerie de sa vie, et qui peut se permettre de donner des conseils, même si quelques années plus tard il se fait choper pour avoir trafiqué avec des malfrats locaux sous couvert d'indics.

Son supérieur hiérarchique a levé les yeux au ciel visiblement habitué à ce genre de remarques stériles.

– Comment est-ce que ça s'est passé exactement ?

Lorant n'a pas eu trop à déroger de la vraie version, inversant simplement les rôles et diminuant la vitesse d'une bonne moitié.

– Élodie conduisait un peu vite il faut le dire, mais comme je vous l'ai expliqué tout à l'heure, c'est difficile de rester au pas avec cette moto... a-t-il ajouté d'un rictus bien jaune.

— On se fout de tes conclusions, on veut les faits !

Nouveau soupir du gradé.

— Lorsque nous sommes arrivés aux abords du virage, elle a voulu pencher pour prendre le virage en intérieur, sans faire attention aux graviers fraîchement posés pour la réfection de la route. La roue avant a décroché et nous sommes partis dans le décor. J'ai été éjecté. Ma combinaison de cuir m'a bien protégé.

Le jeune a regardé l'endroit où s'était échouée la moto, puis le poteau conservant encore les traces de sang de la décapitation.

Lorant avait bien entendu anticipé la question qu'il allait lui poser à coup sûr.

— Comment se fait-il que le corps de la femme n'a pas été décapité au même endroit que la chute de la moto ?

Cette question a valu au jeune une approbation d'un hochement de tête chevalin du maréchal de logis se rendant compte que son binôme n'était peut-être pas aussi con que prévu.

Si Lorant n'avait pas été dans une position aussi délicate, il aurait ri de ses deux clampins dignes de Laurel et Hardy.

— Élodie sentant venir la chute s'est éjectée en poussant sur les cale-pieds. La moto s'est déportée dans la direction du poteau cassé, et elle a glissé de l'autre côté… Mais ce n'est pas le poteau qui a été sectionné… Mais sa tête.

À ces mots, Lorant s'est remis à pleurer à chaudes larmes.

Mal à l'aise, le gendarme s'est adressé à lui :

— Bien, vous viendrez demain à la gendarmerie signer votre déposition. En attendant vous allez accompagner les pompiers à l'hôpital de Bayonne pour vérifier que vous n'avez pas trop de mal.

Lorant n'est pas resté longtemps en observation. Effectivement les blessures étaient superficielles. Il n'en était pas de même de sa combinaison de cuir et de son casque… Sans parler de la moto qui était morte.

Il est rentré en taxi jusqu'à Ondres et s'est écroulé sur son lit après avoir pris une douche rapide. Il a réfléchi longuement pour savoir s'il devait dire la vérité ou pas à Lénaïc. S'il avouait que c'était lui qui conduisait la moto, Lénaïc lui en voudrait à mort, mais s'il lui mentait, c'est Chouchou qui s'en chargerait… À moins que…

La nuit porte conseil comme dit le dicton.

XVIII
Nantua
Raphaëlle
- 2018 - Avant le jour noir

Le temps les avait figés. La soixantaine d'élèves était en extase devant le lac abîmé entre deux fronts de falaises abruptes. Pour beaucoup notamment Rayan et Amani, cette sortie était une aubaine. Rayan, tout caïd qu'il soit, n'avait jamais franchi le seuil de la cité des Coquelicots. Se retrouver propulsé au milieu de cet endroit magique lui avait ôté toute sa couche de lourdeur et sa carapace de grande gueule.

Le lac, comme les quenelles de brochet accompagnées de leur sauce aux écrevisses restait la fierté de Nantua. Pêcheurs, nageurs, skippers, tout le monde trouvait son compte sur cette vaste étendue d'eau. Les plongeurs pouvaient même trouver à certains endroits entre moins quinze et moins vingt-cinq mètres, des cylindres vides, maigre reliquat des containers parachutés pour la résistance pendant la seconde guerre mondiale. Après avoir récupéré armes, matériel ou vivres, les résistants s'en débarrassaient en les jetant dans le lac.

Non loin d'une des plages, l'imposant monument départemental des déportés de l'Ain, veillait les eaux calmes du lac.

La journée avait été bien chargée à Lyon. Visites et circulation dense avaient épuisé tout le monde. Dans le bus, les élèves les plus calmes dormaient, discutaient doucement ou regardaient leur portable pendant que Rayan et sa clique s'exprimaient ostensiblement, sans signes de fatigue manifestes au gré des kilomètres.

J'avais dégotté une auberge de jeunesse assez grande à Nantua pour nous accueillir et commencer notre dernière visite sans tarder le lendemain matin. Guillaume, en bon prof d'arts plastiques nous avait réservé une petite surprise après la visite du musée de la résistance et de la déportation. Connaissant ses « talents » d'organisation, je m'attendais au pire.

Nous avions pris soin de répartir les chambres par affinité en évitant tout de même de réunir tous les caïds.

Pour les adultes, il y avait deux chambres doubles et une individuelle. Sans que nous nous concertions, Rodolphe nous a facilité la tâche en choisissant la chambre seule.

– Vous comprenez, je fais de l'apnée du sommeil et j'ai tout un attirail qui risque de vous empêcher de dormir, et...

– Tu ronfles et tu pues des pieds ? ?

Du grand Fab ! C'était sorti tout seul, la main sur la bouche, soudain conscient qu'il n'était pas en train de faire le couillon avec de vieux potes.

J'ai explosé de rire.

Rodolphe qui n'avait pas vraiment apprécié a lâché simplement :

– Si tu veux mon apnée, je te la donne.

– Non... Merci... C'était lourdingue, effectivement, pardon. On va dormir avec Raph entre vieux potes... Ça nous rappellera les nuits au camping à Narbonne, pas vrai Raph ?

La perche était tendue. Nath et Guigui n'ont pas surenchéri évidemment et on pouvait presque sentir le crépitement de l'électricité statique dans l'air à cet instant là.

Une fois installés dans les locaux qui nous recevaient, certains élèves ont demandé à se dégourdir les jambes aux bords du lac.

Voilà comment nous nous sommes retrouvés sur l'esplanade, à admirer ces eaux troublantes gavées d'histoire.

J'observe un long moment cette complicité entre élèves et professeurs que l'on ne trouve que dans ces moments-là, loin des bureaux, des cahiers et des classeurs.

Nathalie nous fait profiter de sa guitare et joue à la grande surprise de certains, leurs chansons préférées sur sa « Takamine », chef d'œuvre de lutherie et prunelle de ses yeux. Guillaume griffe des caricatures au fusain à tous les élèves qui le souhaitent sur son grand carnet de dessin. Rodolphe quant à lui, incapable d'ôter son masque de professeur d'histoire-géographie, se perd dans l'étalage de son savoir prodigieux.

Mais la palme revient à Fab, qui sous le regard admiratif de Rayan, de ses potes et de nombreux passants s'est lancé dans une démonstration de Hip-Hop enchaînant les figures toutes plus compliquées les unes que les autres en rythme avec la musique que diffuse plein son le portable de Rayan. J'ai les yeux scotchés sur lui. Il est magnétique avec les jeunes qui l'encouragent à continuer tout en le filmant. Entre modernisme et diffusion fulgurante de l'information, Fab devrait se retrouver dans quelques minutes sur l'écran d'un smartphone d'un danseur de Breakdance de Harlem ou d'une reine du beat-box à Johannesbourg.

Assise sur un banc, je l'encourage moi aussi le trouvant simplement d'une beauté et d'une classe solaires. Il risque discrètement quelques coups d'œil vers moi lorsque sa figure le permet et met instinctivement les bouchées doubles en voyant mon intérêt.

— Il vous plaît ?

Je me retourne d'un coup. C'est Amani qui s'est assis à côté de moi, toujours aussi discret avec son pantalon à pince et son polo bleu marine. Je lui souris. Ce jeune homme hors norme et bien plus mature que son âge, mérite d'être considéré comme un adulte, chose que l'on oublie trop souvent au sein des classes. Je choisis la feinte en posant une autre question.

– Qu'est-ce qui te fait dire ça ?

– Le fait que vous le regardiez.

– Rayan aussi a les yeux braqués sur lui et je doute qu'il ait envie de l'embrasser !

En voyant mon rictus taquin, Amani sourit en dévoilant ses dents blanches qui contrastent subitement avec son visage d'ébène. Il se lève non sans lâcher comme à son habitude une phrase énigmatique :

– Ma vraie maman regardait de la même manière un autre homme que son compagnon en Afrique... Je n'ai jamais revu ma mère... Et on a retrouvé l'autre homme éviscéré dans la banlieue de la ville où j'habitais.

Avant que je ne réplique, il s'éloigne déjà avec son Mp3 sur les oreilles, me laissant une fois de plus dans la plus grande confusion.

Cette petite pause a revigoré les élèves et c'est dans une ambiance presque familiale que nous nous dirigeons vers notre lieu d'accueil où nous attend le repas.

Une fois toute la troupe couchée ou en passe de l'être, nous nous retrouvons entre encadrants. Rodolphe veut terminer « une série qu'est trop top sur la dynastie Lagide ».

– La dynastie quoi ?

– La dynastie Lagide, la dynastie Ptolémaïque si tu préfères.

Devant la tête de Fab, je prends le relais.

– Astérix, Jules César, Cléopâtre ça te parle ?

– Oui bien sûr mais quel rapport avec la dynastie Pto ch'est pas quoi ?

— Ptolémaïque ! C'est la dynastie des derniers pharaons d'Égypte. Ils étaient d'origine grecque et Cléopâtre en faisait partie. T'es meilleur en Breakdance, je me trompe ?

Fab me regarde en faisant sa tête de niais dans une expression pleine d'autodérision.

— Bon... Du coup Rodolphe ça te dérange si on va s'en jeter un au bar ? Ils ont l'air calme, tu devrais pouvoir regarder ton reportage tranquille.

Nath intervient à son tour, sans demander son avis à Guillaume.

— Nous on reste ici aussi, on est claqués. Mais allez boire un coup tranquille, à trois on devrait pouvoir gérer les envies de pisser et les couche-tard.

On ne se le fait pas dire deux fois. Quelques minutes après nous sommes dans la rue en direction de l'abbatiale. Nous rigolons en pensant qu'entre Rodolphe le casque sur les oreilles et la probable nuit d'amour de Nath et Guigui, les enfants pourraient se faire la malle sans trop de difficultés.

Le café des Beaux-arts est encore allumé. Nous prenons place en terrasse pour boire notre demi tranquille face à l'abbatiale.

— Dommage que Guillaume ne soit pas là, je suis sûre qu'il aurait kiffé le nom du bar.

Nous nous dévisageons un long moment ; lui les bras sur ses genoux et les mains entre les jambes et moi les deux coudes sur la table en jouant avec une « touillette » dans mon demi Picon. Il m'attire vraiment et cet instant d'intimité suivi de notre prochaine nuit ensemble ne fait que monter un peu plus la sauce. Il rompt ce silence magique en baissant les yeux pour me poser une question. L'air devient rare et glacial d'un seul coup.

— Comment ça se passe avec l'autre ?

– L'autre s'appelle Lorant je te le rappelle et pour répondre à ta question, ça dépend des jours. Mais depuis quelque temps, j'ai l'impression qu'il prend conscience de notre situation et surtout de mon mal-être.

– C'est un con doublé d'une ordure.

Il laisse échapper un sanglot.

– Chouchou doit se retourner dans sa tombe, du moins dans sa putain d'urne funéraire, de voir ce qu'il est devenu depuis sa mort.

Comme les rares fois où il parlait de sa sœur adorée, Fab perdait toute marque de sympathie, et de cordialité. Il en voulait soudain à la terre entière.

– Mais franchement, Raph je te l'ai déjà dit, qu'est-ce que tu fous avec un guignol pareil ?

– On en a déjà parlé et ta colère t'aveugle complètement. Lorant n'a pas que des mauvais côtés et tu le sais.

– Je le savais… Avant. Mais crois-moi, le coup qu'il m'a fait, je l'ai encore en travers de la gorge et connaissant maintenant sa vraie personnalité… j'ai peur qu'il ne s'en prenne à toi.

Si Fab m'avait regardée à cet instant-là, il aurait vu le voile qui avait dû traverser mon regard. Oui, parfois Lorant me faisait peur, mais sa récente tentative de revirement au restaurant m'avait prouvé qu'il avait conscience de mon mal-être. Nous arrivions à des âges où la compagnie prenait le dessus sur le sexe, où l'amour prenait une dimension morale. Alors après tout, j'étais presque prête à accepter qu'il s'amuse ailleurs dans une relation éphémère de temps à autre pour maintenir dans notre foyer, un équilibre solide.

L'image du nœud de cravate me traverse soudain la cervelle. Rien, juste un instant fugace venant planter son aiguille dans mon cortex comme pour confirmer les dires de Fab et reconsidérer le terme « relation éphémère ».

Je pose ma main sur celle de Fab. Il relève les yeux avant de me serrer le bout des doigts délicatement. Son visage s'éclaire d'un coup. Pour éviter que ce moment magique prenne fin, il commande une deuxième tournée de bières teintées d'Amer, un peu comme on allume une nouvelle cigarette pour que le temps se prolonge. Nous nous fixons intensément dans un état soudain quasi extatique. Nos lèvres s'entrouvrent sans prononcer un seul mot pendant que nos verres défilent et se vident les uns après les autres.

De vrais ados, c'est ce que nous sommes en revenant du bar ; deux espèces d'équilibristes sur un trottoir pas assez large pour encadrer nos pas défectueux. Nos mains sont encore collées l'une à l'autre lorsque nous échouons à nouveau sur l'esplanade du lac déserte à présent, prêts à prendre un grand bol d'air destiné à aérer nos méninges déjà bien embrumées. J'ai l'impression de tenir fermement la crinière d'un étalon prêt à être libéré dans l'écurie d'une jument en chaleur.

Nous reprenons le chemin du retour au dortoir plus lentement, calant nos pas l'un dans l'autre et nous serrant maintenant par la taille. Je pense à Lorant. Ce qui va se passer maintenant est irrémédiable. Mon corps est saisi de picotements agréables du bas-ventre à la tête. J'ai envie de Fab.

Le long couloir menant aux chambres n'est éclairé que par des veilleuses au sol. En passant devant la chambre de Rodolphe, nous étouffons un fou rire en entendant les ronflements et le bruit de la machine. Finalement heureusement qu'il a dormi tout seul !

Fab me tire par la main en direction de la chambre de Nath et Guigui. En collant notre oreille à la porte tels de vieux pervers nous entendons ce qu'il se passe derrière et ce n'est ni des accords de guitare ni le bruit d'une plume sur du papier Fabriano Accademia… mais une douceur et une poésie propres aux tableaux du Caravage ou aux pavanes de Fauré et de Ravel.

Fab m'entraîne à nouveau au travers du couloir et avant de franchir notre porte, m'embrasse fougueusement sur la bouche avec une rage dénuée de toute forme de tendresse.

Je me laisse faire mais quand je reprends mon souffle je lui glisse doucement en souriant :

– N'importe quoi.

Faisant fi de mon commentaire il déverrouille la porte de la chambre et me fait entrer à l'intérieur au moment où mon portable sonne.

Lorant.

C'est souvent comme cela que ça se passe. Lorsque l'on est stagiaire ou embauché pour un premier poste, le patron que l'on voit rarement pourtant, s'invite toujours au mauvais moment : celui de la bourde.

Une douche froide, c'est l'effet que me fait Lorant à ce moment-là. L'alcool que j'ai ingurgité vient de s'évaporer d'un coup. J'ai la pénible sensation qu'il a branché une caméra dans la chambre m'incitant comme un avertissement, à éviter la faute.

Je repousse Fab brusquement pour m'isoler dans un coin.

– Comment vas-tu ?

– Plutôt bien. Un peu crevée mais on a fait bonne route.

– T'étais couchée ?

– Non, on est allé boire un coup avec Nath, Guigui et Fab. Rodolphe s'est occupé de faire le chien de garde avec la marmaille.

Lorant laisse passer un silence, rien, infime, juste une ombre malfaisante dilatée par des propos désagréables sur Fab et sur ma conduite. Mais à ma grande surprise il a simplement répondu :

– Vous avez eu raison, surtout que les terrasses sont agréables à cette époque. Bon, je vais te laisser, j'ai du job demain.

À cet instant il me sidère en ajoutant :

— Je ne vais pas te dire de faire une bise à Fab, mais passe lui bien le bonjour de ma part... Aller, je te laisse... Tu me manques Raph... Je t'aime.

— Moi aussi, bonne nuit et à demain soir.

Je fais glisser mon doigt sur l'icône représentant le téléphone rouge de mon smartphone pour mettre fin à la communication.

Impossible de regarder Fab dans les yeux et surtout impossible de continuer ce que nous nous apprêtions à faire. Mon visage se fend d'un sourire crispé et jaune.

Il me regarde prêt à me sauter dessus transpirant de tous ses pores... Mais il reste pourtant élégant et plein de tact.

— Ça va Raph, j'ai compris. Je ne t'embêterai pas plus t'inquiète.

Il prend la direction de la salle de bain, sans se retourner. Les larmes me brouillent la vue instinctivement. Je le rattrape par le poignet.

— Fabien !

Je baisse les yeux... encore.

— Je suis désolée.

Il me serre de ses bras immenses et pose ses lèvres sur mes cheveux :

— Ne pleure pas princesse, il y a un temps pour tout.

Il ne m'embrasse pas à nouveau, sa manière à lui de nous protéger.

Nous nous couchons chacun dans nos lits respectifs.

— Bonne nuit merdeuse.

Je ris au travers de mes larmes.

— Bonne nuit Casanova.

Sur ces derniers mots nous tombons dans les bras de Morphée.

*

La musique hurle dans le couloir au travers d'une enceinte Marshall mettant tout le monde au garde à vous.

« Hygiaphone » de Téléphone. Encore un coup de Nath pour un réveil éclair par son chanteur préféré : Jean-Louis Aubert, natif de Nantua.

– C'est quoi cette musique des darons Wesh ! !

Rayan...

Nous rejoignons avec Fab tout le petit monde au réfectoire pour le petit déjeuner la tête encore enserrée dans un étau grâce aux retours de kick de l'Amer.

Nath et Guigui nous attendent avec une espèce de sourire un peu niais scotché au visage en mangeant de grandes tartines de confiture de fraise. L'amour ça creuse !

Ils ont gagné dix ans en une nuit alors que nous en avons pris quinze avec notre gueule de bois.

Fab, en bon Pierre Richard réussit à renverser son bol de café dans son plateau ponctué d'un « eh merde » bien senti.

Nous avons bien terminé ce voyage. Après la visite du musée de la résistance et de la déportation, Guillaume nous attendait pour sa surprise devant l'abbatiale, en admirant la façade du « Café des Beaux-arts ».

– On était sûr que tu allais kiffer sur le nom du bar.

Sans nous répondre, il nous a menés à l'intérieur de l'abbatiale pour à son tour étaler sa science sur « Le voyage de Saint Sébastien » du grand peintre Eugène Delacroix, joyau du patrimoine de Nantua et de l'Ain tout entier. Quand il parlait de peinture, Guillaume était sur une autre planète : celle des arts, celle des artistes, celle que seuls les hommes de cœur peuvent conquérir.

*

Il tombe des cordes. Un vrai déluge. Les essuie-glaces de la Mini peinent à chasser ce mur d'eau. Le long de la rue à la sortie du collège, j'aperçois la silhouette d'Amani en train de marcher tranquillement avec son sac sur la tête.

Je gare ma voiture à ses côtés en ouvrant la porte passager. Il se glisse dans la Mini sans se faire prier.

— Eh bien, Amani, je passe à temps ?

— Je vous remercie mais vous savez, voir l'eau tomber du ciel pour certains africains comme moi, c'est plutôt une aubaine.

Nous roulons en silence. Je passe le numéro de mon domicile pour le déposer chez lui un peu plus loin.

— Voilà m'sieur, pas de commission pour toi ai-je lancé d'un ton jovial.

Il scrute le néant, les yeux dans le vague, comme une espèce de transe… de possession. Il me regarde tristement avant de sauter une fois de plus du coq à l'âne coupant ainsi le tissu de bonne humeur que je tentais d'instaurer.

— Vous vous souvenez de ce que je vous ai raconté à propos de ma vraie mère en Afrique ?

— Sur le fait qu'elle regardait un autre homme que son mari ?

— Oui… Méfiez-vous des hommes que vous croyez connaître. Ils sont comme certains chiens adoptés : doux, affectueux, jusqu'au jour où par surprise ils vous arrachent la moitié du visage en voyant vos traits qui à cet instant leur rappellent un ancien maître tortionnaire. Éloignez-vous en !

J'ai de plus en plus de mal à comprendre les phrases en demi-teintes d'Amani. Pourquoi vient-il si souvent m'ôter le semblant de joie que j'éprouve en sa compagnie ? J'ai la triste impression qu'il sort toujours de mon inconscient, pour pointer du doigt ce qui cloche en moi, pour extraire mes doutes des entrailles de mon cerveau.

— Mais Amani, pourquoi tous ces mots énigmatiques ? Pourquoi dois-je toujours me méfier ? Et de qui ? J'ai l'impression que tu me juges sans cesse. Tu ne connais rien de ma vie, comment peux-tu interpréter mes moindres faits et gestes ?

Je dis cela un peu sèchement. Il ouvre la porte.

— Ses yeux masquent quelque chose d'inavouable… Comme Mahimba…

— Mahimba ? ? Mais de qui parles-tu Amani ? Et qui masque quelque chose d'inavouable ? Fab ? Amani ! AMANI ! !

Mais il a déjà claqué la porte avant de fuir vers sa maison.

*

Lorant vient en courant vers la voiture sous la pluie pour m'aider à décharger mes affaires. Sa barbe est tondue de près et il très élégant une fois de plus… même à la maison. Kiki et Byron n'ont pas cru bon de sortir de leur niche pour me faire un accueil digne d'une fusillade.

À l'abri sur le seuil de la maison, Lorant m'embrasse calmement. On se raconte brièvement nos journées. Il est avide de savoir chaque détail de notre excursion. Je suis malgré tout sur la réserve devant cet intérêt plutôt inhabituel. J'ai plutôt la désagréable impression que Lorant me sonde, prêche le faux pour savoir le vrai… Et surtout savoir les agissements de Fab. Mais il reste fair-play et ne pose aucune question à ce sujet.

La soirée s'est bien passée et les enfants ont l'air heureux de me revoir après deux jours d'absence.

Allongés sur notre lit, Lorant me pose alors une question toute bête qui m'interpelle tout en me mettant sur mes gardes :

— Pourquoi es-tu passée devant la maison tout à l'heure sans t'arrêter ?

— Ah ! Tu m'as vue ? Je ramenais Amani chez lui pour qu'il ne se fasse pas tremper.

— Ah Ok ! Je ne comprenais pas, excuse-moi... Amani, ce n'est pas le petit black du bout de la rue ?

— Si, si, tu l'as déjà rencontré ?

— Ouais, l'autre jour en partant courir. Je lui ai fait un signe de tête mais il s'est contenté de me fixer. Il est « strange », il m'aurait presque foutu la trouille. Il me sondait comme s'il lisait dans mes pensées.

Lorant se retourne et éteint sa lampe de chevet avant de conclure :

— Vraiment bizarre ce gamin.

Je demeure un instant sur le carreau avant d'éteindre à mon tour. Impossible de lire une ligne de mon roman.

« Ses yeux masquent quelque chose d'inavouable ».

XIX
Rivière d'Ain
Lucas
- 2018 - Avant le jour noir

Tout concordait : la tempête de ciel bleu et le bon week-end, celui où il était libre, celui où Stéphanie lui laissait Célian. Il était passé le chercher rue Villon dans le huitième arrondissement à Lyon.

Stéph logeait désormais dans l'appartement d'Alain Prudent, professeur agrégé spécialisé dans l'audiovisuel et les médias numériques à Lyon III sur le campus du Cours Albert Thomas. Elle habitait tout comme son enfoiré d'amant à deux pas de son travail. Pas plus de trois minutes à pied. Elle avait scolarisé Célian dans une école primaire du quartier :

— Parce que tu comprends ce sera plus simple pour qu'il rentre tout seul le soir comme tu n'en as pas la garde.

Oui, il comprenait, il n'était quand même pas si con. Bien sûr qu'il n'en avait pas la garde, ça avait été du gâteau pour elle de l'obtenir avec la pension en prime.

Le juge n'avait pas été tendre avec lui. Il avait beau être inspecteur à la BAC de Lyon, rien n'avait joué en sa faveur. Il avait perdu le même jour : sa femme, son gosse, la moitié de son salaire de misère et pire que tout, sa confiance en lui.

Il était tombé de haut, lorsqu'il avait appris par SMS que Stéphanie le lâchait.

Bon, il faut reconnaître que c'était en partie de sa faute. Il lui avait simplement défendu de l'appeler pendant son travail. Le SMS était tombé, brut, triste et maladroit.

« C'est fini. On se voit vite et on termine l'affaire dans

les plus bref délais ».

De la grande Stéph ça. Tout doit être classé et organisé. Aucune place pour la romance, le rêve et l'imprévu. Déformation professionnelle de secrétaire de la fac de Lyon III. « Une deux, une deux ». Même dans ses misérables locaux du commissariat de la rue des Anges c'était moins carré.

Entre ses gardes, ses affaires en cours et la hiérarchie de la police judiciaire, l'organisation avait été un vrai casse-tête. Stéph lui avait mis des bâtons dans les roues... plus qu'il n'en fallait. Son ingratitude s'était chargée en haine du jour au lendemain et son nouvel amant n'hésitait pas à balancer de l'huile sur le feu. Lui l'intello, le docteur es-numérique n'avait que de mépris pour un abruti de flic du cinquième arrondissement tellement occupé par les autres qu'il en oubliait son propre fils et sa femme.

Il avait fallu qu'il change d'appartement, qu'il se trouve un deux pièces pas trop cher dans les faubourgs de Dardilly, pour pouvoir subvenir à sa condition de nouveau divorcé.

La pension lui coûtait un bras, mais c'était le prix à payer pour continuer à voir Célian.

Il ne comprenait plus rien. Il avait choisi de faire flic pour aider les gens, pour essayer de faire évoluer le genre humain.

La prison était pour lui tout sauf une thérapie. Chercher la défaillance et la comprendre afin de la soigner, là était son véritable cheval de bataille.

Stéph l'aimait pour cela. Contrairement à elle, il n'avait jamais été un passionné de culture, toujours plus calé en foot, en grand prix de F1 et en séries télévisées qu'en architecture ou en peinture.

En revanche, il avait un cœur d'or et une attention énorme pour tous les gens qui l'entouraient. Il était toujours là pour aider ; que ce soit Noël, qu'il y ait du monde à la maison ou qu'il soit sur la plage en train de jouer avec son fils. Stéph ne lui en avait jamais voulu.

Mais un jour, un infime grain de sable s'était glissé sous un des engrenages de la mécanique pourtant bien huilée de leur couple.

Elle rentrait plus tard, passait beaucoup plus de temps à la salle de sport. Il n'avait rien vu venir et avec son caractère de « bonne poire », s'organisait comme il le pouvait pour Célian, pour l'intendance de la maison, pour que Stéph puisse profiter de ses activités et de ses cours de fitness par ailleurs vite transformés en « sport en chambre ».

Utiliser son flair de flic aguerri pour son ménage n'avait peut-être pas été une idée de génie face à ce changement trop rapide. Stéph n'était pas comme d'habitude, à lui chercher des poux dans la paille parce que les casseroles n'étaient pas rangées au bon endroit, parce qu'il restait de l'eau sur la porte de la douche et sur les robinets ou parce qu'il y avait des traces de pas sur le parquet du salon. Toutes ces petites choses infimes qui agacent les deux parties d'un couple mais qui restent souvent immergées pour ne pas paraître mesquin ou arriéré de faire des remarques pour si peu. Mais là tout était motif à querelle… Comme si elle le poussait à faire l'inévitable, à le faire sortir de ses gonds. Elle faisait la gueule pour un rien et lui reprochait de ne plus être le même par-dessus le marché.

Il avait déjà remarqué que jalousie et mauvaise foi amenaient souvent à reconsidérer quelqu'un sans que ce dernier n'ait changé le moins du monde. Un peu comme ceux qui deviennent célèbres du jour au lendemain, délaissés soudain par certains amis de longue date sous couvert de « ne plus appartenir au même monde » et de « préférer des gens de sa nouvelle condition ». Réflexions injustes par ailleurs mais dessinant réellement le profil de ceux qu'il avait toujours considérés comme ses proches.

Au lit aussi, elle avait changé. Elle était plus distante, les excuses de plus en plus fréquentes et lorsqu'ils faisaient l'amour, il ne retrouvait pas sa Stéph mais une espèce de super technicienne du sexe qui n'avait pas son petit inspecteur de mari dans la tête manifestement.

Sur ces entrefaites, il avait commis la bourde de demander à Mangein, son adjoint, d'aller planquer vers la fac et la salle de sport. Le constat avait été vite dressé. Stéph, allait aussi souvent à la salle qu'un ado à ses cours de code de la route.

Un soir tout s'était éclairci. En sortant de la fac, au lieu de se diriger vers la station de métro de Sans-Souci sur le cours Albert Thomas, elle avait bifurqué vers la rue des Tuiliers d'un pas guilleret et pressé. Mangein l'avait suivie de loin muni de son smartphone qui prenait des photographies à faire pâlir certains appareils photo reflex.

Un homme attendait Stéph au croisement de la rue Villon et de la rue Guilloud. Après un rapide et discret smack saisi par le déclic du smartphone, Stéph s'était engouffrée dans l'entrée d'une résidence, la main de l'homme posée franchement sur ses fesses.

Une heure et demie plus tard elle franchissait de nouveau la porte de la résidence après avoir pris soin d'arranger un peu sa coiffure devant le miroir du hall.

« Pas besoin de te recoiffer salope, t'es censée sortir du sport à cette heure-ci » avait pensé Mangein qui avait lui, une fidélité sans faille envers son supérieur. Il avait gardé cette remarque pour lui. Il n'avait transmis les photos à Lucas que le lendemain car pendant que Stéph faisait des pyramides avec son amant ce soir-là, Lucas préparait le repas tout en veillant sur les devoirs de Célian... « Et puis on est toujours plus lucide le matin... ».

Le constat était éloquent. Les clichés ne trahissaient

aucune imperfection. Il fallait être aveugle pour nier l'évidence.

Lucas avait fait une deuxième erreur en mettant connement les photos sous le nez de Stéph tout en lui détaillant le pedigree d'Alain Prudent, professeur agrégé à la faculté de Lyon III.

S'il s'attendait à une rémission de Stéph, il s'était fourvoyé lamentablement. Il était plutôt passé pour un enfoiré de flic qui profitait de son statut pour lui coller aux basques un de ses sbires.

Blessée dans son amour propre et d'une mauvaise foi profonde, Stéph avait craché au visage de Lucas qu'elle s'était trompée d'homme dès le début, qu'Alain n'attendait qu'elle depuis toutes ces années, que son niveau intellectuel dépassait largement celui du niveau de la ceinture demandé pour travailler au commissariat et que pour couronner le tout il était un bien meilleur coup que lui.

Abasourdi, Lucas s'était abstenu de remettre du combustible dans la conversation en indiquant à Stéph les tendances « borderline » de son nouvel amant avec les étudiantes de tous bords et les différentes plaintes étouffées à ce sujet. Comme lui avait dit son père à l'époque : « Tu peux taper de toutes tes forces dans une vague, tu t'épuiseras avant elle ». Il était donc resté stoïque devant Stéph, tel une masse d'eau pensant que c'était désormais la seule solution pour rattraper ses conneries dignes d'un mauvais détective privé. Stéph découvrirait bien assez tôt les travers de « ce bon Alain Prudent, professeur agrégé ».

Pour l'heure Lucas avait remisé toutes ces pensées néfastes qui pourrissaient habituellement son quotidien. Ils avaient parcouru tôt le matin la poignée de kilomètres qui séparaient Lyon des bords de la rivière d'Ain. Ils avaient loué un canoé à Pont d'Ain pour descendre tranquillement « la plus belle rivière de France » jusqu'au pont de Gévrieux. Environ treize kilomètres de balade. Il y avait des parcours plus longs et Lucas aurait pu facilement pallier à la fatigue de Célian en pagayant le double, mais il voulait privilégier une journée détente plutôt que sportive s'arrêtant ici et là pour casser la croûte ou se baigner. Le sport c'est bien mais l'envie c'est mieux. Rien ne sert de dégouter en faisant une course à la performance, l'important c'est d'y prendre goût avant de s'attaquer à la compétition.

Le temps était magnifique et Célian aux anges. Les récentes pluies et les lâchés d'eau des barrages successifs avaient augmenté légèrement le niveau, facilitant ainsi la navigation du canoë tout en procurant plus d'adrénaline à chaque rapide.

Lucas et Célian se mouillaient régulièrement à l'aide de la pagaie quand ils s'y attendaient le moins provocant ainsi de grands éclats de rire qui faisaient écho dans toute la vallée.

Vers midi, l'estomac de Célian avait crié subitement famine. Il faut dire qu'ils s'étaient levés anormalement tôt et que le petit déjeuner était déjà loin. Ils avaient continué encore un moment avant de trouver un semblant de plage de galets à l'ombre de saules et de peupliers. Un couple d'anciens finissait de pique-niquer sous un parasol. Lucas pouvait apercevoir leur voiture un peu plus haut, le long d'un chemin de terre.

Après avoir remonté le canoë sur la rive, ils se sont installés à l'abri du soleil sous la frondaison des arbres avant d'ouvrir le bidon étanche qui contenait serviettes et vivres.

Célian mangeait de bon appétit en regardant le défilé tranquille de la rivière d'Ain.

Lucas a engagé la conversation. Il aimait discuter avec son fils en mettant un point d'honneur de ne pas parler de Stéph en mal. Même si la rupture avait été douloureuse, il l'aimait encore et il était hors de question que Célian soit témoin et pâtisse d'une histoire de « grands ».

— Alors ça te plaît ?

— Hum, hum a-t-il répondu la bouche pleine avant d'ajouter une fois son morceau avalé :

— Avec Maman et Alain, on ne fait jamais de choses comme ça. On reste à l'appartement ou parfois on va au parc de la Tête d'Or.

— Tu aimes bien y aller ?

— Oui, oui bien sûr je vais voir mes nouveaux copains.

— Tes nouveaux copains ?

— Oui, une espèce de vieux pépé qui s'appelle Jojo et un chauve avec une grande cicatrice sur le côté de la tête qui s'appelle Paul [1] et qui travaille avec lui. Ils sont super sympas et quand j'y vais, ils me montrent plein de trucs.

— Et maman te laisse y aller ?

— Au début non, elle ne voulait pas que je les embête et un jour, ils m'ont carrément proposé de rester avec eux pendant qu'Alain et Maman faisaient un tour de barque.

— Mais tu viens de me dire que vous ne faisiez jamais rien !

— Oui mais là je n'avais pas envie parce que Alain il est pas rigolo. Jojo, lui, il est drôle, il fait que de dire « merde », « bordel », et « fait chier ». Et nous avec Paul ça nous fait bien rigoler !

Malgré sa surprise Lucas a souri. Au moins son fils n'était pas taciturne. Les grossièretés font également partie de l'école de la vie.

— Et toi papa, tu as arrêté beaucoup de méchants ?

1. Voir Le Cinquième Sens du même auteur

Lucas a repris son sérieux avant de regarder les reflets du soleil sur l'eau.

– Tu sais Célian, les hommes c'est comme les chiens, très peu de fous et beaucoup de mal élevés. Dans une société, chacun essaye de se faire une place. Cette place, on se la façonne comme on peut. Il y a des victoires et des échecs. Quand on ne sait pas trop comment s'y prendre, on regarde comment ont procédé nos modèles. Pour certains, se faire une place dans une société, c'est voler, frapper ou pire tuer. C'est malheureusement le seul exemple qu'ils ont eu : sauver sa peau coûte que coûte. C'est pour nous autres ce que l'on appelle des méchants. Mais quand on va creuser un peu plus profond, on s'aperçoit qu'il y a bien souvent derrière tout ça plus de malheur que de vice.

Célian s'est contenté de hocher la tête. Il a repris :

– Tu penses qu'on va à nouveau habiter tous les trois un jour ?

– Tu m'en demandes trop Célian. Je n'ai pas toutes les réponses. La seule chose que je peux te dire c'est que ma porte restera toujours ouverte pour toi et pour maman...

Il lui a ébouriffé la tête en souriant.

Célian s'est levé d'un coup.

– J'ai envie de faire pipi !

– Eh bien vas-y, ce n'est pas les arbres qui manquent non ?

Il s'est éloigné pendant que Lucas repensait aux dernières paroles du petit : « Tu penses qu'on va habiter de nouveau tous les trois un jour ? ». Il a murmuré pour lui-même :

– J'espère Célian, j'espère...

– Papa, viens voir ! !

Lucas s'est levé lourdement et s'est éloigné, guidé par la voix de Célian en évitant de se tordre une cheville sur un des galets. Manquerait plus que ça !

L'enfant désignait dans un des arbres un morceau de plastique fluorescent avec une étiquette qui se balançait de droite à gauche grâce à la brise ambiante.

— C'est quoi ?

— Ça doit être un ballon d'hélium, tu sais, ceux des lâchers de ballons. On a de la chance il y a encore l'étiquette. Il doit y avoir la date, le lieu et l'adresse de celui qui l'a laissé échapper.

Lucas a escaladé l'arbre pour aller récupérer le ballon avant de revenir à sa place pour découvrir avec Célian leur butin mystérieux.

— Alors, que nous cache cette petite enveloppe ? a dit Lucas en rigolant.

Il a ouvert le sachet plastique pour en sortir une lettre.

— Donc c'est une femme qui a envoyé ce petit mot et qui répond au doux nom de Raphaëlle. Je suis sûr qu'avec un si beau prénom, ça doit être une belle femme a-t-il ajouté en souriant.

— Papaaaaaa ! ! a râlé gentiment Célian.

Lucas a lu le nom de la ville

— Eh bien, elle habite à Saint-Sauvage à 150 km d'ici ! !

— Ça fait loin ?

— Plutôt pour un ballon ! Alors voyons… Le lâcher a eu lieu dimanche dernier.

— Lis le petit mot papa ! !

Lucas a commencé les quelques lignes dans sa tête avant que son sourire ne tombe subitement.

— Qu'est-ce qu'il y a papa ? a demandé Célian soudain inquiet devant le mutisme et l'air sérieux de son père.

Lucas a replié le mot en disant simplement :

— Je crois que cette Raphaëlle a besoin d'aide.

— Et tu vas l'aider ?

Lucas s'est retourné vers son fils répondant en riant :

— Tu crois vraiment que les super-héros laissent les gens dans la détresse ?

Célian a dormi dans la voiture épuisé par cette journée nautique pendant tout le retour à Lyon, serrant dans sa main les restes du ballon d'hélium qu'il voulait montrer à sa maman.

Lucas l'a accompagné sur le palier de l'appartement de la Rue Villon. Stéph a ouvert manifestement heureuse de retrouver son fils saint, sauf et sans coup de soleil ! « Tu n'oublies pas de lui mettre de la crème hein, ce n'est pas toi qui doit le gérer la nuit lorsqu'il souffre de ses brûlures ».

Devant le débit intarissable de Célian pour raconter sa journée, Stéphanie ne pouvait qu'approuver cette sortie estivale.

— Ok, ok mon chéri, tu nous raconteras tout cela à table. Tu me laisses un petit moment avec Papa s'il te plaît ?

Célian a couru dans sa chambre pendant qu'Alain a fait son apparition dans le dos de Stéph au fond du couloir en se gavant de cacahuètes qu'il jetait en l'air avant de les gober directement, dans une posture indigne d'un éminent professeur. L'apéro avait déjà commencé mais Lucas ne semblait pas être convié.

— Écoute Lucas, je sais que c'est difficile pour toi financièrement, mais je…

Alain est devenu soudain tout rouge et affichait une drôle de tête pendant que Stéph jactait. Lucas voyait son concurrent s'étouffer connement. Cette scène lui a fait penser au film de Luc Besson, « Le Cinquième Élément », où le prêtre sauve Zorg, le puissant trafiquant d'armes d'un petit noyau de cerise qui menaçait de l'étouffer.

Lucas est entré dans l'appartement d'un pas décidé, bousculant Stéph au passage, et frappant – non sans plaisir – du plat de la main le dos d'Alain qui a expulsé la cacahuète dans un râle de cerf.

Une fois qu'il a retrouvé ses esprits, Alain lui a dit simplement en regardant le sol comme si ça le gonflait de remercier ouvertement Lucas de lui avoir sauvé la vie.

— Je vous dois une dette. Je suis disponible si vous avez besoin de mes services.

C'était tout et Lucas n'en attendait pas plus. À vrai dire il s'en foutait. Il avait fait son devoir point barre. Ce qui n'a pas échappé à son regard de faucon en revanche, c'est le « Merci » doublé d'un regard plein de fierté que lui a adressé Stéphanie après qu'il ait susurré simplement :

— On est super-héros ou on ne l'est pas.

*

De retour dans son deux pièces, Lucas s'est jeté sur le canapé avant de relire la missive du ballon qu'il avait gardé sur lui et qu'il voulait décrypter avec attention.

« Il paraît qu'il n'y a pas de hasard. Je m'en remets pourtant à lui. Il me reste huit jours à vivre. Pas un de plus. Dans huit jours c'est aussi mon anniversaire. Blanche-neige avait son prince, le génie avait Aladin. Moi je n'ai que l'espoir. Hasard ou pas, qui que vous soyez, mon destin est entre vos mains.

Raph. »

Lucas a replié le mot. Le huitième jour était le lendemain, le lundi. Saint-Sauvage, 150km, une heure trente de route.

Il a pris son portable avant de taper un SMS à Mangein : « Dois partir demain absolument, t'expliquerai ! Trouve une excuse pour le boss. Te revaudrai ça. Lucas ».

On est super-héros ou on ne l'est pas !

XX
Environs de Vallon-Pont-d'Arc
Raphaëlle
- 2018 - Avant le jour noir

Je repose mon livre sur la petite table à côté du transat. Sorg Chalandon – Mon traître – Irlande, IRA, Troubles, tout dans ce roman respirait l'Ulster. Un brusque retour dans le passé de ce comté d'Irlande que j'avais traversé de long en large avec Nathan à l'époque. Je repense à Sylvie la combattante pacifique dont les choix de vie m'avaient marquée au fer rouge. Combien de fois ai-je récité sa phrase fétiche ? :

— Tu sais Raphaëlle, la haine est comme un feu, si tu arrêtes de l'alimenter elle s'éteint.

Cette phrase avait pris tout son sens sur mon chemin de vie, en particulier pendant ce week-end à rallonge. J'avais essayé de mettre de côté ma rancœur et mes pensées néfastes envers Lorant.

Depuis qu'il m'avait invitée au restaurant à Lyon pour me proposer ce week-end en Ardèche, Lorant avait réalisé un sans-faute. Ponctuel, souriant et même drôle parfois, ce qui n'avait jamais été vraiment son cheval de bataille.

L'avant-veille nous avions amené Alexandre et Léonie chez des amis de l'école. Leurs parents nous avaient gentiment proposé de les garder sachant que ce week-end serait peut-être celui de la dernière chance. Nos brouilles récurrentes avec Lorant ne restaient malheureusement pas dans l'intimité familiale. Un secret confié au meilleur ami ou à la proche collègue de travail restait rarement un secret justement.

Lorant m'avait donné le choix entre descendre avec sa vieille R16 de collection ou avec nos motos respectives. Je savais pertinemment qu'il rêvait de faire fumer la Ducati sur l'autoroute et de faire exploser le compteur des radars. Mais avant de rejoindre les magnifiques routes de l'Ardèche, il y avait pas mal de kilomètres d'autoroute à manger, ce qui n'était pas foncièrement le plus intéressant hormis pour passer au-devant des bouchons et des ralentissements.

Nous avions donc opté pour la R16 et ses vieilles banquettes en skaï. Lorant manœuvrait comme il le pouvait l'énorme volant en bakélite et n'arrêtait pas de jouer avec le frein à main sous le tableau de bord faisant craquer ses crans dans tout l'habitacle dès que nous nous arrêtions. Le vieil autoradio trônait fièrement sous l'inévitable cendrier/allume cigare, pièce sans doute la plus indispensable d'une époque révolue où la cigarette faisait partie des toilettes de Monsieur et Madame seventies.

En quittant l'A7 à Montélimar-Sud, nous pouvions enfin respirer et discuter les fenêtres ouvertes. Enfin discuter, un bien grand mot, mais chacun d'entre nous avait fait un minimum d'effort pour être cordial et donner le change sous un semblant de bonne humeur. Nous avons rigolé tout de même en empruntant la mythique Nationale 7 jusqu'à Pierrelatte doublant même une Dauphine et une 403 qui faisaient sans doute le périple depuis Paris jusqu'à Menton. Autant dire qu'avec la R16 nous aurions pu facilement nous glisser dans le convoi sans choquer personne même si le tronçon avait été grandement amélioré depuis l'époque nostalgique des premiers congés payés.

En empruntant la D4, nous avons regretté de ne pas avoir pris les bécanes. Cette route sinueuse au milieu des chênes verts et de la rocaille devait être un vrai paradis pour les motards.

Après avoir posé nos affaires au gîte, nous sommes retournés en soirée à Vallon-Pont-d'Arc où Lorant avait réservé deux couverts en terrasse dans une pizzéria.

La soirée a été magique sous une guirlande guinguette multicolore qui pendait sous deux grands tilleuls. Nous avons enchaîné les verres d'un rosé plutôt médiocre et bien relevé aux sulfites, loin de penser au réveil « migrainique » du lendemain, profitant de la fraîcheur et de la vivacité du vin plutôt qu'à ses effets pervers.

Me voyant plutôt détendue, Lorant est revenu sur sa fête de la montgolfière. Il tenait absolument à ce que je l'accompagne pour la remise des récompenses.

— Allez, Raph, fais-moi plaisir s'il te plait ! Ce sera vite fait ! Et puis après il y aura le lâcher de ballons...

— Pourquoi ne demandes-tu pas à une fille de l'agence ? Elle sera bien mieux conservée que moi non ?

— Dis pas de conneries, tu es la plus belle de toutes, c'est pour ça que j'aimerais que ce soit toi.

— Un peu réducteur non ? T'as un beau cul bébé, ça en jettera sur le podium !

— Ce n'est pas ce que j'ai voulu dire, et tu le sais très bien.

— C'est dans quoi ? Trois semaines ? Bon, on verra ça à ce moment-là si tu te tiens à carreaux d'ici-là.

J'ai ajouté cette phrase d'un sourire espiègle, pour lui faire plaisir, mais mon choix était déjà ferme.

J'ai passé une bonne soirée mais malgré tout, Lorant semblait un peu dans la lune et inquiet. Il se retournait sans cesse et scrutait les alentours pendant que je le fixais.

Je me suis tue pour ne pas gâcher le moment présent, mais ma paranoïa est revenue au galop.

En rentrant, nous avons fait l'amour dans ce gîte magnifique. Il y avait dans notre chambre crépie de chaux et d'ocre, un grand lit à barreaux dont la tête était prise dans une énorme étagère de chêne couverte de bouquets de fleurs séchées et de vieux livres. Un rideau opaque était disposé autour de la fenêtre qui donnait sur la campagne et sur la piscine au premier plan.

Nous l'avons laissée ouverte pendant nos ébats pour en faire profiter les insectes nocturnes qui continuaient à frotter leurs ailes malgré nos cris démesurés.

Nous n'avions plus fait l'amour depuis des lustres et ni l'un ni l'autre ne nous sommes forcés pour partager ce moment intime. C'était bien.

Nous avons profité de la journée radieuse du samedi pour faire la descente de l'Ardèche en canoë. Trente kilomètres sur la journée. Il ne fallait pas chômer, mais nous avons réussi. Le débit était encore assez haut en cette sortie du printemps et le rapide de « La Dent Noire » plus compliqué à négocier qu'en plein mois d'août, ajoutant ainsi un peu d'adrénaline, avant les derniers kilomètres et l'élargissement des gorges, sur une eau plus calme et sereine.

Ce matin, Lorant a souhaité louer un vélo tout terrain et faire une grande ballade au milieu de cette campagne magnifique. Les circuits balisés ne manquent pas et il doit à cette heure-ci s'en donner à cœur joie.

Il ne m'a même pas proposé de venir. Il se doutait de la réponse. La seule vue d'un pédalier a le don de me donner des boutons.

Les coups de pagaies de la veille m'avaient éreintée, et les courbatures se sont invitées dès mon réveil ce matin. Même si je garde une assez bonne condition physique, mon travail, s'il est épuisant moralement, ne l'est que moyennement physiquement. J'ai donc pris un moment pour moi, et profité de ce gîte que nous n'avions fait que survoler depuis le vendredi soir.

Malgré l'ombre dense laissée par les chênes et châtaigniers, la chaleur commence à se faire sérieusement ressentir.

Je me lève doucement et récupère mon livre, pour rejoindre la fraîcheur de la maison. Sur la gauche après l'entrée au sommet d'un escalier, notre chambre à coucher jouxte une petite salle de bain. Je me défais lentement de mon bikini pour prendre une douche fraîche. L'eau me fait un bien fou et me délasse. Je me sèche en vitesse et passe autour de mon corps, une grande serviette. Par la porte restée entrouverte, j'aperçois le lit à barreaux, enchâssé dans son étagère massive au centre de la pièce sombre et ombragée. Dehors, les cigales chantent à tue-tête déterminées à faire comprendre aux étrangers qu'elles sont ici chez elles.

Je chausse ma paire de sandales en cuir restée au pied de la douche avant de rejoindre le matelas qui m'hypnotise.

Je pousse la porte lentement par la poignée lorsqu'elle m'entraîne vers l'avant. Je n'ai pas le réflexe de la lâcher, mais au contraire de m'y agripper. L'ombre qui m'attend derrière me cogne fermement au visage me laissant provisoirement dans un semi-coma. Elle me ramasse déjà, me place un foulard sur les yeux et me bâillonne avec une espèce de boule en caoutchouc. Je suis trop inconsciente pour lutter mais suffisamment pour penser. Penser que mon bâillon est sans doute le genre de connerie que l'on doit utiliser dans les milieux sordides du BDSM, penser à ce que je vais subir avant, pendant... et surtout après. L'ombre me bouscule et me tire sans ménagement par les cheveux au pied du lit où elle me menotte les mains aux barreaux à chaque extrémité. Elle m'arrache violemment ma serviette. Les yeux révulsés derrière la gaze opaque, je hurle au travers de cette boule au goût immonde n'alertant certainement que les oiseaux, les cigales et les écureuils.

Que dire d'un viol ? Tous les mêmes. Une réelle volonté de vouloir salir, blesser, humilier ; une facilité déconcertante à profiter de victimes faibles afin d'asseoir tout son pouvoir, à compter qu'il y en ait un.

Coups, griffures, l'ombre me hache, me broie, me frappe, m'humilie tout en lâchant des cris rauques, des « t'aimes ça hein, sale pute de prof ! ». Il salit mon vagin, déchire mon anus et me marque au fer rouge de ses empreintes de gros porc pervers et malsain. Je hurle bien qu'aucun son ne sorte de ma bouche comme de cette chambre lugubre. Je suis à la merci de cet individu dont je n'ai même pas vu le visage.

Il m'éjacule sur le corps ce gros dégueulasse sans doute bien fier de lui, avant de disparaître comme il est venu en me laissant attachée au pied du lit avec le bâillon et les yeux bandés.

Je m'évanouis, tassée par terre tel un vieux sac poubelle, les deux bras encore menottés aux barreaux, le corps violé, torturé, couvert d'ecchymoses et de foutre.

À mon réveil je suis talée, encore seule et attachée à ce foutu lit. Je ne peux m'enlever de l'esprit « Jessie » le roman de Stephen King, huis clos impitoyable qui conte la sinistre aventure d'une femme menottée à son lit par son mari et des déboires qui en découlent.

Le temps s'égrène encore un peu. Dans un semi-coma j'entends la porte d'entrée claquer. D'instinct, je retiens ma respiration de peur que ce soit l'autre monstre qui revienne.

— Raph ? Raph ?

Lorant. C'est sa voix qui m'appelle d'en bas.

— Raph ? T'es là Bébé ?

Je crie au travers de mon bâillon tout en tapant du talon sur le plancher pour l'alerter.

Je l'entends qui monte les marches rapidement.

— Bébé, t'es où ? hurle-t-il.

La porte de notre chambre s'ouvre violemment.

– Oh bon dieu !

En quelques secondes, il me détache, m'enlève le foulard puis le bâillon. Il me prend ensuite dans ses bras où je me laisse aller à pleurer de toutes les larmes qu'il me reste encore. Il me cajole en m'embrassant les cheveux comme si j'étais son propre enfant.

Le temps défile encore. Je n'arrive pas à articuler un seul mot. J'ai la triste impression que l'on m'a emprunté mon enveloppe charnelle avant de me la rendre sale, déchirée, inutilisable, sans avoir pris la peine d'y faire un minimum d'entretien.

Lorant me regarde avec un sourire paternel un peu jaune. Il a encore son cycliste et son maillot du club qu'il fréquente, d'un rouge criard constellé de pubs de tous les artisans de Saint-Sauvage.

Il m'aide à me relever et m'amène dans la salle de bain adjacente d'où je suis sortie quelques minutes – une éternité – plus tôt. Il fait couler un peu d'eau tiède et me lave consciencieusement comme s'il le faisait avec n'importe quelle personne âgée dans une résidence adaptée. Il récupère un gant de toilette prenant soin de me frotter lentement le visage d'abord, puis le corps ensuite. Lorsque sa main rejoint les abords de mes parties intimes je l'arrête. Je ne supporte plus ce contact, même le sien.

Il m'interroge du regard et je me contente de tourner la tête de droite à gauche pour lui signifier la négative.

Je prends le gant et frotte mon sexe meurtri puis mon anus douloureux forcé par l'ombre sans la moindre précaution.

Je pleure encore, j'ai mal. Malgré les effluves sucrées de camomille, je me sens sale.

Je veux rentrer tout de suite ; m'enfuir de cette maison sordide.

Lorant acquiesce et fait le nécessaire pour nous éloigner de ce lieu maléfique.

Il prend le volant de la R16 et suit l'itinéraire inverse pour rejoindre l'autoroute. Plus question de tourisme désormais. Je l'arrête.

– Attends !

– Qu'est-ce qui te prends ?

– Arrête-moi à la gendarmerie.

– Pourquoi, pour porter plainte ?

Je hoche la tête.

– Mais tu ne sais même pas à quoi il ressemble ce type, quelle description vas-tu donner ? Je pense qu'il vaudrait mieux que nous allions à l'hôpital pour te faire un check-up. On verra pour la plainte après. Tu ne crois pas que...

« Chasse le naturel, il revient au galop ». Lorant choisit, Lorant dit, Lorant décide.

Dans un brusque accès de colère, je hurle :

– Tu me poses devant cette putain de gendarmerie ou je saute de la bagnole ! ! C'est toi qui t'es fait violer ? Non ? Alors ?

– Bon, comme tu voudras, excuse-moi lâche-t-il de mauvaise grâce.

– Tu ne m'accompagnes pas ?

– Tu sais, moi, les poulets, moins je les vois mieux je me porte.

J'entre dans la gendarmerie, impersonnelle, froide et morne.

Les affichettes défraîchies de pub pour l'armée et la gendarmerie côtoient mollement, les règles de morale et de droiture universelles rendues ludiques par des dessins explicites.

Plainte classique. J'ai droit à un interrogatoire en bonne et due forme, à croire que c'est moi la coupable.

J'explique mon cas, on me dévisage d'un regard de mérou à mi-chemin entre la pitié et la compassion. Cependant c'est une jeune femme, certainement plus apte à comprendre les méandres sordides d'un viol plutôt qu'un homme à qui ça ne fait ni chaud ni froid ou pire qui en blague.

Voilà, c'est fait. Difficile de décrire une ombre. Lorant avait peut-être raison finalement.

Je monte dans la voiture. Il ne me pose aucune question et regarde la route, en démarrant d'un coup sec. Il est retourné dans ses retranchements, froid et distant. Le week-end est terminé, gâché par ma faute. On pourrait presque sentir ses pensées tellement il les transpire. Je suis muette aussi. Je ne vois pas pourquoi il fait la gueule. Peut-être qu'il ne réalise que maintenant les dégâts sur ma personne... et surtout sur la sienne pour notre relation à venir.

Mon passage aux urgences s'est déroulé assez rapidement. Les médecins m'ont examinée : plaies superficielles, tests VIH et MST négatifs. L'urgentiste qui s'occupait de mon cas a par contre insisté pour que je rencontre la psychologue, « histoire d'éviter d'envenimer le mal ».

Brave homme... J'ai promis et j'ai tourné les talons. Je voulais rentrer à la maison et oublier.

Après m'avoir vaguement demandé si tout allait bien, du moins dans mon état actuel, Lorant a disparu après avoir ordonné :

— Les enfants restent en dehors de tout ça.

Je ne pense pas tout à fait comme ça. Ça aurait pu arriver à Léonie dans un coin de rue sordide par une froide nuit d'hiver. Il me semblait plutôt important de les avertir du danger omniprésent.

Je me prépare une infusion à la camomille avant d'aller m'allonger. Il fait chaud dehors, mais peu importe, j'en ai besoin. J'y ajoute quelques gouttes de Chartreuse qu'il me reste au fond d'une bouteille verte. Je me déshabille délicatement avant d'enfiler une culotte et un long tee shirt de hockey de l'équipe des « Pionniers » de Chamonix.

La Chartreuse pénètre lentement dans mon organisme. J'ai volontairement forcé la dose. Ça m'aidera je pense à m'endormir.

J'éteins la lampe et je ferme les yeux. Lorant n'est pas encore rentré. Je n'arrive pas à refaire mes séances d'autohypnose comme me l'avait conseillé le petit fleuriste, car une autre pensée m'obsède depuis que Lorant s'est subitement refermé après ma plainte à la gendarmerie.

Au départ j'avais éludé cette pensée pendant qu'il me cajolait sur ses genoux après le viol. Mais tapie au fond de mon inconscient, elle a fait peu à peu son retour en force, pour accaparer complètement mon esprit. Car trois choses m'ont interpelée : malgré la chaleur ambiante de l'après-midi en Ardèche, le tee shirt de Lorant après son tour de vélo était à peine humide et ne sentait pas la transpiration, alors qu'il aurait dû être trempé et bon pour l'essorage normalement. Pendant le viol, l'homme m'a violemment insultée. Je n'ai pas fait attention sur le coup, mais il m'a traitée de « sale pute de prof »... Comment connaissait-il ma profession ?

Mais le pire m'a traversé l'esprit en massant mes poignets meurtris.

Avant de m'enlever le foulard qui masquait mes yeux, Lorant a ôté mes menottes... Avec les clés.

XXI
Crémation II – Sud-Ouest
Lorant
- 2002 -

— Pourquoi tu tournes pas à droite ?

Main sur sa cuisse, elle avait dit ça plutôt gentiment comme on pose une simple question. Elle avait encore débité sa phrase en trainant sur la fin du mot droite. On entendait droite-aann. Il ne supportait plus cette espèce d'accent un peu jetset qui avait le don de lui faire péter les plombs. Lui, ne pouvait s'empêcher d'entendre un ton désinvolte, une espèce d'ironie tout juste décelable au fond de sa voix simplette.

Simplette. Ça lui allait comme un gant. Simplette comme sa voix criarde qui ne faisait que monter dans les tours lorsqu'elle se torchait de grandes rasades de Gin-orange. Simplette comme ses robes courtes à fleurs qui l'avaient tant excité les premiers temps de leur relation adultérine. Simplette comme sa conversation dénuée d'intérêt.

Lorant n'avait pas répondu à sa question et s'était contenté de serrer les dents comme à son habitude lorsqu'il sentait monter en lui une bile acerbe. Il n'avait pas besoin qu'on vienne le gonfler avec des conseils superflus. Il avait déjà bien assez les nerfs, en particulier aujourd'hui. Il fallait faire bonne figure, Chouchou aurait dû être sa femme quand même !... Si elle ne s'était pas tuée connement !

L'Audi TT frôlait les 120 km/h sur la route de campagne. Il avait tenu à passer par là pour aller au funérarium. La cérémonie avait lieu là-bas, aux frontières de la ville, proche du périphérique. Mais avec ce rendez-vous à dix-sept heures, ce n'était même pas la peine de tenter de passer par le centre-ville. C'était certes plus court, mais entre se tenir au cul à cul avec tous les abrutis qui rentraient du boulot ou rejoindre le funérarium par les routes de cambrousse quitte à rajouter des bornes, il avait choisi. Et au moins il roulait et il pouvait envoyer la poudre. Et puis une crémation à dix-sept heures, on n'avait jamais vu ça ! Il y a tant de morts que ça pour venir en fin d'après-midi ? C'était à se poser des questions.

Il avait perdu plusieurs jours de boulot pour être présent à la crémation de Chouchou, mais il se devait d'y être, c'était un minimum. Affronter la famille, faire des embrassades humides et moites en épongeant, avec sa barbe rasée de près, les fonds de teint dégoulinants de sueur et de larmes. Il fallait tenir son rang : celui du nouveau veuf... Enfin nouveau veuf... Après tout ils n'étaient pas encore mariés...

Chouchou appartenait désormais au passé. Il aurait très bien pu se faire porter malade ou dépressif qu'importe, l'alibi du deuil, du vide, et de la tristesse aurait fait l'affaire sans aucun problème. Et tous ces couillons qui prenaient pitié de lui, c'était à gerber. Pourtant, il jouait bien son rôle, avançant presque en traînant les pieds, lui manquait plus que le petit filet de bave pour faire le veuf blindé aux tranquillisants avec la même tête que Jack Nicholson dans « Vol au-dessus d'un nid de coucou ». Il n'avait de regard pour personne et pourtant...

Il les voyait tous, un par un : le père de Chouchou écroulé. Ça ne l'étonnait même pas : une chiffe molle avec rien d'autre dans le bide que de l'alcool et des biscuits apéro. Fab avec ses discours à la con et son humour à mi-chemin entre les pitreries d'un Henri Guybet et le sérieux d'un Michael Lonsdale. À croire qu'il répétait son one-man show avec son costard blanc. Avec un panama sur le coin de la courge, il aurait presque pu vendre de la came par container dans le port de Naples ou de Palerme. Et Elke... C'était bien la seule sur qui il avait posé ses yeux avant de s'installer. Elle ne perdait rien pour attendre celle-là.

Quand il se serait débarrassé du « pot de glu » qui lui servait de défouloir à bite, il retournerait en Allemagne chez la Teutonne. Après ce fameux Noël où il avait baisé avec elle à Berlin, pendant que Chouchou se gavait de foie gras dans le Sud-ouest, ça allait être du gâteau. Chouchou morte, ce n'était qu'une question de jours... voir d'heures. En France, il se contenterait du « pot de glu ». En arrivant la veille, il n'a eu qu'à claquer des doigts pour qu'elle l'attende les jambes écartées dans son Audi TT. Il rigolait amèrement intérieurement... Comme Fab, une fille dans chaque port...

Mais dans tout ce rituel que Lorant trouvait « Grand guignolesque », la mère de Chouchou était bien là, à seulement deux pas de lui.

Il avait passé la cérémonie à la mater.

Tout juste quinquagénaire, elle avait la classe. Une classe d'une envergure peu commune ; une robe noire à bretelles, un fin gilet écru et une paire de talons dans lesquels venaient se glisser ses jambes délicates masquées de bas noirs. Des bas, il en était certain, pas un collant informe tout juste bon une fois filé, à nettoyer les visières de casques de moto.

Elle était belle. Chouchou avait hérité de ses traits d'ailleurs, bien que sa beauté à elle ne tarderait pas maintenant à se sublimer dans un four chauffé à 800°C.

Un après-midi d'été, il y a des années de cela, pendant leurs vacances à Ondres, en habitué, il était entré chez elles sans frapper dans l'espoir de les voir autour de la piscine. Chouhou n'était encore pour lui qu'un Graal inaccessible. Après avoir traversé le salon à grandes enjambées, il avait aperçu au dehors, les transats délaissés et une certaine mouvance à la surface de l'eau, signe qu'elles devaient être dans les environs. Il était monté à l'étage de leur maison de location par l'escalier en pin, pour rejoindre la chambre de Chouchou. Mais avant d'obliquer sur sa droite, il avait jeté un coup d'œil furtif vers la salle de bain où il entendait chantonner. Debout devant le lavabo, la mère de Chouchou et Fab se frottait énergiquement les cheveux, la tête penchée sur le côté. Elle ne portait en tout et pour tout qu'un peignoir de bain entrouvert, où l'on devinait un sein lourd, ferme et quelques poils pubiens. Il était resté scotché au milieu du couloir, incapable de faire le moindre geste. Consciente que quelqu'un l'épiait, la mère avait simplement relevé la tête. Avec une moue qui exprimait clairement son mécontentement, elle avait claqué la porte d'un coup sec, sans prendre la peine de refermer son peignoir. Il n'avait pas bougé, penaud au milieu du couloir. Il avait fini par rebrousser chemin, rentrant chez lui en courant avant de s'écrouler sur son lit dans la pénombre des volets mi-clos, les yeux brillants comme s'il avait fumé un toncar.

Jamais elle ne lui avait reparlé de cette mésaventure. Mais un soir de samedi de vacances orageux, elle l'avait invité à venir participer à l'anniversaire surprise de Chouchou et de son père. Il avait pris soin de dissimuler sous un énorme imperméable un jéroboam de bière Belge. Pour faire la surprise à tous, il était passé par le jardin qui donnait sur un salon cosy où parlaient et dansaient déjà une vingtaine de convives. Hasard ou pas, lorsqu'il avait poussé la baie vitrée en hurlant : « Bon anniversaire ! », il y avait eu une panne d'électricité, de quelques secondes seulement, mais suffisamment longue pour faire taire les gens, la musique et annihiler son effet de surprise. Le courant était revenu d'un coup, le laissant trempé comme une carpe dans son imper' dégoulinant au milieu du salon. La première à reprendre la parole avait été la mère de Chouchou, qui avait simplement glissé : « Tiens voilà Pervers Pépère », en faisant référence au personnage de Gotlib. Tout le monde avait éclaté de rire, sauf elle, qui n'avait mis aucune ironie dans son propos et le fixait d'un regard de défi.

Au crématorium, indifférent au texte de Fab et aux musiques que ce dernier avait choisi de faire diffuser, il n'avait pensé qu'à la scène de la salle de bain, toujours subjugué par la beauté et le charme de la mère de Chouchou. Pendant ce bref instant, il avait senti son membre se durcir à deux pas du cercueil de sa future épouse. Il avait esquissé un vague sourire persuadé qu'au milieu des pleurs et des larmes, il y avait encore quelqu'un capable de s'intéresser à la bosse qui naissait sous son slim taupe. Loin de le mettre mal à l'aise, il en avait même éprouvé un certain plaisir.

— Mais qu'est-ce qu'il y a ? Tu n'as pas l'air dans ton assiette.

Bras tendus sur le volant, il n'a pas pris la peine de desserrer les dents. Qui sort d'une crémation avec le sourire ?

Elle continuait à lui caresser calmement la cuisse, comme à l'aller. Elle commençait sérieusement à le gonfler cette conne.

Il transpirait abondamment, une multitude d'images lui traversaient l'esprit. Chouchou, Fab, Ondres, Élodie, Marie-Agnès, Lénaïc... Il fallait qu'il oublie... Absolument, c'était nécessaire, voire vital.

Il n'était pas à l'aise, il craignait de faire un malaise. Mais il s'est rassuré. Il avait vécu le pire. C'était passé comme une lettre à la poste.

Il continuait à fixer la route, yeux froncés, le stress au taquet.

Elle l'a dévisagé de côté avant d'un geste habile de lui enlever sa cravate.

— T'es pas mieux comme ça chéri ? T'inquiètes pas pour le nœud, je le referai.

CRÉMATION III

XXII
Ondres
Lénaïc
- 2002 -

Assis comme de coutume à la terrasse de « La pinède », Lénaïc a relevé la main pour appeler Alicia, la jeune serveuse. Il en était à sa quatrième bière. Il l'agrémentait parfois de Picon ou de sirop, mais pas ce soir-là, il n'avait pas envie. Le binge drinking n'était pas pour lui. Chercher la défonce le plus rapidement possible ? Pourquoi ? Là restait la question évidemment. Il avait toujours prôné que la cuite pouvait pointer son nez toute seule, sans aide. Elle pouvait vous surprendre lorsque vous passiez un bon moment entre amis avec le coup de trop qui fait pencher la balance du mauvais côté. Mais dans tous les cas, c'est juste une erreur de parcours, un dommage collatéral, en aucun cas une défonce gratuite pour on ne sait quel plaisir.

Il regardait l'océan abattre ses vagues énormes sur la rive. Fin août, les plages commençaient à respirer ; enfin. Les touristes rentraient chez eux, Paris, Lyon, Toulouse, Lille, Nantes, Ladoix-Sérigny ou Brénod, peu importe. Ils avaient remballé leurs serviettes bariolées de pubs, d'ancres, de voiliers, d'animaux de toutes sortes, de marques d'alcool ou de billets de banque ; empaqueté leurs tubes de crème solaire et balancé au tri pour les plus sages ou dans la rue pour les plus bêtes : paquets de gâteaux, de clopes et cannettes vides.

Il aimait ce passage à vide après trois mois intenses de monde, de circulation, de fêtes, de boucan, de beaufs et de barbecues. La vie de village reprenait ses droits ; dernier rempart de calme et de détente avant la rentrée suivante.

Depuis la mort d'Élodie au début de l'été précédent, il flânait de sa maison à la terrasse de « La pinède ». Il n'était pas parti en vacances. Pourtant ce n'était pas les propositions qui manquaient. Ils s'y étaient tous mis, bien décidés à ne pas le laisser se morfondre dans sa solitude. Selon eux le remède au deuil résidait dans des randonnées dans les Pyrénées, dans la planche à voile en Corse ou dans une semaine intensive de kayak, de canyoning et de varappe en Auvergne.

Foutaises, il n'avait envie de rien sauf peut-être de mettre de grands coups de barre de fer dans la gueule des couples qui évoluaient autour de lui. Il ne supportait plus la vue de ces hommes et de ces femmes qui mimaient un bonheur parfait, alors que leur ménage battait de l'aile à chaque chasse d'eau non tirée ou à chaque nouveau poque sur l'aile arrière du SUV.

C'était pour cette raison qu'il avait choisi de rester seul pour ses vacances, non sans promettre d'envoyer, pour avoir la paix, un SMS de temps à autre pour prouver qu'il tenait le choc.

En réalité, il ne le tenait pas. Il était malheureux comme une pierre. Il n'aurait jamais pu penser une chose pareille. Il avait aimé Élodie certes, mais ça n'avait jamais été un amour platonique, cela ressemblait même bien souvent à une passade, un caprice de gosse où il fallait niquer lorsque lui l'avait décidé et pas autrement. Mais Élodie restait fermée, opaque voir occulte au monde qui l'entourait. Elle se réfugiait dans son imaginaire et ses dessins et n'en ressortait que lorsqu'elle était dans une impasse artistique.

Alicia, la serveuse, est revenue avec une nouvelle pinte de la blonde en pression du moment, aussi insipide qu'une émission de télé grand public.

Il fixait l'entrée du rad. Il avait rendez-vous avec un des gendarmes qui était sur les lieux le jour de l'accident de moto d'Élodie et de Lorant. C'était le plus jeune des deux : Étienne Ventura. Si son supérieur hiérarchique se laissait plutôt aller, Étienne lui, semblait investi d'une mission quasi divine destinée à rechercher coûte que coûte la vérité.

Depuis ce jour terrible, une année et des poussières avant, Lénaïc avait fait une croix sur Lorant. Il ne souhaitait plus le revoir.

Lorant persistait pourtant à lui envoyer des messages, des lettres, des photos de sa vie joyeuse et dégueulasse en étalant son bonheur merdique avec la frangine de Fab.

Fab… Fabien… Le meilleur pote… Il venait même de l'inviter pour l'enterrement de vie de garçon « surprise » de Lorant.

Il n'irait pas.

Il ne pouvait pas pardonner. Trop de gâchis, un peu comme Hiroshima et Nagasaki, il y a eut les morts et ceux qui ont traîné les séquelles physiques et morales. Et même si Elodie était aux commandes de la moto ce soir-là, il aurait dû être du devoir de Lorant de dire « non ». C'était son bolide et il connaissait parfaitement les risques qu'il encourait en faisant piloter quelqu'un d'autre de beaucoup plus novice en matière de conduite et d'expérience sur ce genre de deux-roues.

À la suite de l'accident, Lorant était allé faire un check-up à l'hôpital de Bayonne pour voir si tout fonctionnait encore. Lui-même, avait passé la nuit en observation le temps de dissiper les sédatifs qui lui avaient été administrés et qu'il retrouve un semblant de calme… Comme si de voir sa compagne décapitée au fond de ce fossé putride pouvait s'effacer en une seule nuit !

À son retour, Lorant n'était déjà plus là. Il avait laissé un vague mot minable dans sa boîte aux lettres pour expliquer son départ et son souhait d'être présent à la sépulture. Même pas le cran de lui dire en face.

Lénaïc avait ensuite organisé les obsèques d'Élodie. Par un court message téléphonique, il avait demandé à Lorant de ne pas venir. Ce dernier avait pourtant insisté copieusement.

– Que tu le veuilles ou non je serai présent à l'enterrement. C'est mon choix et tu n'as pas à intervenir.

Il avait fallu que Lénaïc lui fasse de lourdes menaces pour que Lorant ne s'obstine plus. Il l'avait laissé monologuer avant de lâcher d'une voix glaciale :

– Si je te vois ici, je te tue... Compris ?

C'était la seule phrase que Lénaïc avait réussi à articuler et Lorant avait bien senti la détermination de kamikaze derrière ces lourdes paroles pleines de sens.

Le brigadier Étienne Ventura est venu le rejoindre sur la terrasse du bar. Lénaïc s'est levé pour le saluer.

Il était en tenue civile, sa journée était terminée. Hors de question pour lui de mêler uniforme et alcool sur une terrasse de bar qui plus est.

La vocation de gendarme d'Étienne Ventura était ancrée depuis son plus jeune âge. Il avait l'habitude de « faire le ménage devant sa porte » comme dit le dicton. Il se devait d'être irréprochable : « Tricolore jusqu'au slip » pour plagier Coluche dans Tchao Pantin.

Droit comme une flèche, il comptait bien gravir les échelons de la gendarmerie et commander un jour une brigade pour mettre un peu d'ordre dans cette structure qui pensait-il, partait à « vau-l'eau ».

Il avait parcouru les sept kilomètres qui séparaient la gendarmerie de Tarnos du bar « La pinède » avec son vieux VTT Lapierre qu'il utilisait avec hargne lorsqu'il était encore chez ses parents à Tarbes. Il s'accorderait une petite bière pour accompagner Lénaïc et espérait par-dessus tout que la belle Marie-Agnès soit des leurs ce soir.

Il était plutôt mal vu pour un gendarme de fréquenter « amicalement » les gens de la région. Raison pour laquelle ils résidaient tous dans le clos aux abords de la Gendarmerie Nationale. Il avait eu vent de cette brigade démantelée et mutée aux quatre coins de la France pour avoir été « trop » proche des concitoyens et de créer ainsi une zone d'amitié, humaine et visiblement incompatible avec le métier de gendarme selon les autorités supérieures.

Lénaïc a salué vigoureusement Étienne Ventura. Si quelques années plus tôt on lui avait dit qu'il boirait un coup avec un flic, il aurait éclaté de rire en disant qu'il y avait à peu près autant de chance qu'il devienne Miss France !

Pourtant en payant une bière au nouveau venu, deux dictons lui ont traversé l'esprit : « Fontaine je ne boirai pas de ton eau » suivi du célèbre : « Il n'y a que les imbéciles qui ne changent pas d'avis ».

— Qu'est-ce qui te fait sourire ? a demandé le brigadier en s'approchant.

— Oh, rien, simplement que la vie nous réserve toujours des surprises et qu'il me fait aujourd'hui plus plaisir de prendre un verre avec un gendarme qu'avec une des dizaines de filles qui passent chaque jour devant cette terrasse !

Le brigadier est resté dubitatif avant de répondre d'un demi-sourire :

— Je ne sais pas comment je dois le prendre…

— Comme un compliment… Ta bière arrive, je viens de la commander à Alicia.

Étienne s'était présenté chez Lénaïc à son retour de l'hôpital le lendemain de l'accident d'Élodie. Il portait son uniforme et Lénaïc l'avait reçu du bout des dents, partagé entre la perte de sa compagne et sa haine des flics. Pourtant Étienne n'était pas venu en ennemi, au contraire.

Il s'inquiétait de sa santé... Comme un ami. Il s'était déplacé ensuite pour les funérailles d'Élodie. De fil en aiguille, ils avaient fait plus ample connaissance et pris quelquefois l'apéritif ensemble.

Après quelques mots classiques sur la météo, l'état de santé et le moral de chacun, Étienne était entré dans le vif du sujet. Si pour les locaux la mort d'Élodie était classée vague fait-divers dont l'épilogue populaire prônait : « la moto c'est pas bien ! », lui, avait essayé de comprendre, décryptant les photos qu'il avait prises sur le lieu de l'accident et surtout en analysant les trajectoires.

— Alors Étienne, pourquoi avais-tu si hâte de me voir ? Si c'est un alibi pour mater Marie-Agnès, c'est mort elle est en déplacement ! a dit Lénaïc égayé par ses quatre premières bières.

Étienne a souri poliment de la réflexion de Lénaïc. Son attirance pour Marie-Agnès devait se voir comme un moustachu en CM2. Il est redevenu sérieux.

— Je voudrais revenir sur le décès d'Élodie.

Le sourire de Lénaïc s'est figé dans une espèce de grimace à mi-chemin entre l'indigestion et la tristesse.

— Tu n'en démordras jamais hein ? Je commence tout juste à me faire une raison sur le fait qu'Élodie s'est tuée dans un putain d'accident de moto pour que tu reviennes tout mettre en doute ! grince-t-il sur un ton teinté d'amertume.

— Si je viens te voir aujourd'hui, c'est justement parce que tu as les idées claires et que tu n'as plus de voile devant les yeux. Je t'observe tu sais... Comme un ami. Depuis que nous nous connaissons, je te vois évoluer régulièrement. Tu t'assagis, tu réfléchis, tu ne cherches plus à vouloir mettre des coups de marteau de partout pour évacuer ta haine. Tu vas donc être plus attentif à ce que je vais t'exposer.

Sans attendre de réponse, Étienne a sorti un large dessin et plusieurs photos annotées sur la table du bar.

– J'ai été motard moi aussi. J'ai même fait de la compétition à haut niveau. Les circuits, les courbes, les routes sèches, mouillées, grasses, gravillonneuses, pleines de goudron fondu et j'en passe, n'ont plus de secret pour moi.

Il a montré du bout du doigt les photos et le dessin qu'il avait amené. Il a expliqué de long en large à Lénaïc le tracé mathématique qu'avait dû prendre la 1100 GSXR au moment de l'accident, la place du corps d'Élodie, de Lorant et de la moto dans le fossé, le tout en fonction bien sûr, de la vitesse, et surtout du déplacement des masses... Élodie et Lorant n'ayant ni la même taille, ni le même poids. Il avait fait vérifier ses dires par un ami mathématicien.

– Et toute cette démonstration pour quoi ?

Étienne a lâché les quelques mots qui, sans le savoir allait renverser irrémédiablement le cours des choses. C'était l'étincelle qui allait allumer un gigantesque incendie, le feu dans une poudrière ou la flambée d'une pinède ventée.

– Tout ça pour te dire qu'il est mathématiquement impossible qu'Élodie ait conduit cette moto avec Lorant derrière.

Un ange est passé avant qu'il enfonce le clou.

– C'est Lorant qui conduisait la moto le soir de l'accident.

XXIII
Saint Sauvage
Raphaëlle
- 2018 - Avant le jour noir

Une quinzaine de jours s'était écoulée depuis mon agression. J'avais finalement décidé de prendre contact avec un psychologue, suivant les conseils du personnel hospitalier, sans doute plus aguerri que moi pour la conduite à tenir dans ce genre de situation.

J'ai ouvert une page internet en cherchant vainement une adresse en ville ou dans les environs. Il y en avait une pleine page : des hommes, des femmes, psychologues, psychiatres, psychothérapeutes, psychanalystes, hypnothérapeutes, praticiens en PNL, sophrologues, et encore toute une ribambelle de noms barbares. Il n'y avait qu'à faire son marché... Mais bon, le jour où l'on a envie de manger du poisson, il y a quand même un fossé entre des sardines à l'huile et un sandre au beurre blanc.

J'ai été tentée par la courte paille ou la roulette disponible en application sur n'importe quel téléphone portable, mais c'est en voyant un vase sur l'étagère que m'est venue une idée beaucoup plus simple, dans mes cordes et à la hauteur de mes espérances.

Je me suis garée sur la place centrale de la ville, où la municipalité avait préservé platanes et marronniers pour abriter places de parking et joueurs de pétanque. Vu l'état extérieur de la Mini, les centaines d'étourneaux qui avaient élu domicile parmi les branches et le feuillage des arbres pouvaient bien parfaire la peinture à grand coups de fiente, je m'en moquais. Plus rien n'avait d'importance.

Une dizaine de magasins faisaient le tour de la place :

boucher, boulanger, banque et bien sûr l'indémodable bistrot de campagne/PMU.

Mes pas m'ont guidée directement vers mon fleuriste « hypnotiseur » préféré, coincé entre la pizzéria « Remus et Romulus » et l'opticien qui vous donnait deux paires de lunettes supplémentaires pour une achetée.

J'ai pénétré dans le repaire végétal de mon ami en espérant secrètement qu'il prendrait quelques minutes pour parler avec moi.

Il s'est retourné instantanément en entendant le tintement des clochettes de la porte d'entrée.

Son accueil chaleureux et l'absence de client m'avaient confortée dans ma décision.

– Raphaëlle ! ! Quel plaisir de vous revoir !

Il s'est approché de moi de sa démarche un peu gauche et efféminée, en me serrant dans ses bras d'une douceur insoupçonnée de la part de son corps désarticulé.

Les vannes ont lâché et une cataracte de larmes a inondé mon visage.

En deux temps il m'avait installée dans son arrière-boutique avec un café dans les mains, non sans avoir mis une pancarte de fermeture momentanée sur sa porte d'entrée.

Je lui ai tout raconté sans omettre aucun détail, même les plus sordides.

Il m'a écoutée d'une oreille attentive et une fois de plus, je me suis sentie soulagée. Malgré le vouvoiement, il respirait la bienveillance.

Nous nous sommes revus tous les jours. Nous mangions ensemble dans un petit restaurant du quartier célèbre pour ses plats du jour. J'allais au travail plutôt que de rester chez moi, mue par une espèce de terreur, enfermée dans ma solitude, la porte ouverte à toutes sortes de cinglés… Et mes dernières pensées sur Lorant et ses clés de menottes n'étaient pas faites pour me rassurer.

Le fleuriste m'a fait parler, énormément. Il fallait que je lâche le flot de rancœur que j'avais emmagasiné après ce viol abominable. Il fallait que je tourne absolument la page. Il m'a aidée plus que quiconque à me sortir de ma torpeur et à m'accepter telle que j'étais désormais, en femme forcée, mais vivante.

Les journées s'égrenaient lentement au collège et mon attitude assez distante avec le reste des professeurs en disait long sur mon état de santé mentale, jusqu'à l'un de ces jours maudits où les planètes sont en opposition, où tout se conjugue pour entraver un peu plus la marche sur un chemin déjà parsemé d'embûches. Les langues ont fini de se délier me repoussant un peu plus dans les sphères de la solitude...

*

Je pénètre dans la salle des professeurs. Certains sont déjà attachés à leur dose létale de caféine avant d'aller affronter l'ennemi. D'autres terminent de corriger des copies en retard. Fab est assis dans un coin à l'écart de toute la troupe et fait tourner un ballon de basket « Spalding » au bout de son index.

Je comprends d'emblée que toute l'assemblée parlait de moi à demi-mots, car les paroles se sont éteintes, les regards se sont fait la malle et les visages ont tourné au cramoisi. On entend une mouche voler dans cette salle putride. Seul le ballon de Fab continue de mener sa danse.

— Eh bien, quel accueil !

Fab vient me voir, un peu gauche comme d'habitude, cette maladresse croissante depuis ma « mésaventure ». C'était le seul au courant... Mais visiblement plus maintenant.

— Les nouvelles vont toujours aussi vite dans cette turne.

— J'ai été muet comme une taupe Raph, je ne sais pas d'où viennent les fuites.

— Tu parles toujours en dormant, je te l'ai déjà dit vingt fois.

C'est sensé être drôle mais le ton n'y est pas. Fab esquisse un sourire. Je me retourne.

— Et de toute façon je m'en fous.

Je récupère mes affaires dans le casier au vert immonde, avant de faire demi-tour pour rejoindre ma salle. J'aime encore mieux la présence discrète d'Amani, et les conneries à rallonge de Rayan à cette bande d'hypocrites.

Je sors de la salle en claquant la porte et je pars d'un bon pas en direction des escaliers, le son de mes AirPods au max dans mes oreilles. Le groupe de black métal polonais Behemoth hurle à fond « O father, O Satan, O Sun ! »

J'entends derrière moi de petits pas précipités qui masquent presque la voix gutturale du chanteur Nergal.

— Raph, Raph, attends.

Je me retourne sur la belle Nathalie, toujours avec son éternel foulard autour du cou.

Elle me prend sous le bras comme on ouvre un bal de mariage avec mémé et m'entraîne vers des escaliers dérobés à l'ombre des oreilles indiscrètes.

— Fab m'a mis au courant pour ton horrible histoire.

« J'ai été muet comme une taupe Raph »... Incapable de tenir sa langue celui-là. Je souris malgré moi. Nath continue :

— Tu m'as demandé un jour pourquoi je n'avais pas continué la scène et pourquoi j'étais venue me réfugier dans ce collège loin de la gloire et des feux de la rampe, tu te rappelles ?

— Oui exact, mais ça ne me regarde peut-être pas.

— Maintenant si.

Elle me dévisage avant d'ajouter :

— J'ai fait mes études dans un conservatoire réputé. Le professeur de chant dont je tairai le nom m'a imposé des relations sexuelles pendant les trois ans où j'ai étudié avec lui… Contre mon gré tu te doutes.

Les larmes ont commencé à couler le long de son arrête nasale et comme un bon bailleur qui en fait bailler sept, Nath m'a contaminée, me faisant pleurer aussi.

Elle reprend :

— Sans lui, je n'aurais jamais eu le niveau de chant que je pratiquais dans tous les grands opéras d'Europe. Sans lui je n'aurais pas peur des hommes. Il a réussi à me faire occulter ma vie par ma gloire. Le jour où j'ai compris cela, j'ai rejeté la gloire… Tu n'es pas seule Raph, je suis là. Nous sommes maintenant bien plus soudées que n'importe qui d'autre. Car il y a deux types de femme : celles qui ont subi et les autres. Celles qui ont subi ne te jugeront jamais.

Je la serre très fort contre moi, puis je poursuis mon chemin pour rejoindre mes élèves, essuyant mes larmes d'un revers du bras.

Ma salle est encore silencieuse et déserte. Je profite un peu du calme et de la solitude pour me regarder dans le reflet de la glace. Mes yeux sont gonflés, ternes et brillants et les traits de mon visage en cœur sont durs.

Je m'installe à mon bureau où patiente mon ordinateur. Je profite souvent du matin pour consulter mes mails et répondre aux plus pressés afin de passer une soirée plus tranquille plutôt que d'avoir à gérer en plus de mon travail quotidien, une somme de messages parasites à trier.

Je m'installe devant la bécane toujours plus ou moins longue à se mettre en branle.

Le portail d'accès s'affiche. Encore un lot de mièvrerie où le flot d'immondices côtoie sans aucune gêne, publicité pour le dernier SUV ou voyage promo pour Bora-Bora.

Encore une fois je m'indigne devant les titres des infos et devant certains commentaires de bas-étages lâchement signé d'un pseudo, ruinant un peu plus mon moral.

Je clique sur l'icône et entre identifiant et password.

La page s'affiche enfin, laissant un mail du désormais habitué romantique12. Je repense au fou rire que nous avions pris avec Fab à l'évocation de Christian, le prof de physique, sans doute derrière cette adresse fadasse.

L'objet du mail ne contient qu'un seul mot : Désolé.

Intriguée, je clique sur l'icône de l'enveloppe. Le mail s'ouvre. Il n'y a qu'un lien avec une vidéo. Sans doute une mise en scène de Christian autour d'un poème de sa composition…

La curiosité malsaine engendrée par internet a guidé d'instinct mon index sur le bouton gauche de la souris.

Après le petit temps d'attente réglementaire, la vidéo s'ouvre. On y voit clairement les contours d'une chambre et la base d'un lit à barreaux. Il n'y a pas de son, mais l'image est d'une netteté époustouflante. Un homme plutôt petit et râblé attend là, le visage flouté.

On distingue ensuite clairement l'enchaînement des évènements que je ne connais que trop bien. Les images trahissent ce que j'essayais à toute force d'oublier. Le tatouage de l'arbre mort sur le côté de mon cou, mon écarteur à l'oreille gauche, mon anneau d'argent dans le nez… Malgré le bâillon et le foulard sur les yeux, c'est moi sur la vidéo. Personne ne peut confondre. Impossible.

En plus d'avoir été forcée et maltraitée, j'ai aussi été filmée et lancée en pâture au monde entier par une ordure.

Il y a de quoi concurrencer un « Snuff Movie », ces courts métrages soi-disant réalisés dans les années 70 mettant en scène viol, torture et meurtre en images réelles, sans trucage, sans acting et se revendant à prix d'or. Légende urbaine ou pas, toujours est-il que c'est bien ma tête que l'on voit sur cette vidéo alors que le gros dégueulasse s'est bien sûr voilé le visage derrière un floutage en règle.

J'ai le temps de déconnecter ma boîte mail avant de me lever et de tituber en direction des toilettes.

Je franchis la porte où mes élèves sont déjà là, prêts à entrer. Je m'effondre et je vomis tout ce que j'ai dans le ventre au milieu du couloir, sous le regard effaré des ados. Amani se précipite à mon secours pour m'aider à me relever aidé curieusement de Rayan. Le caïd fait claquer les ordres envers ses sous-fifres qui n'ont visiblement pas compris ce qui se passait.

– Mais tu vois bien qu'elle est sick ! Va chercher l'infirmière bouffon et magne-toi ! !

Amandine arrive immédiatement suivie de Fab.

Elle me fait asseoir. En voyant mon teint blafard, elle me prend immédiatement la tension. Je délire, je n'arrive pas à trouver les mots pour faire une phrase correcte, tout est sans queue ni tête, un peu comme quelqu'un qui parle en dormant.

– Le prof... Christian... Physique... Romantique 12.

– Qu'est-ce que tu racontes Raph, on ne comprend rien dit Fab.

– Il est où ? Cherche !

– Mais chercher qui bon sang ? ? Christian ? ?

Je hoche la tête

– Oui, il est où ?

– Mais Raph, Christian n'est plus là, il a fini son remplacement et il est retourné chez lui... en Ardèche je crois, vers Vallon Pont d'Arc...

XXIV
Saint Sauvage
Raphaëlle
- 2018 - Avant le jour noir

Lorant pénètre dans le salon. Assise sur le canapé, les bras ballants sans rien faire de particulier, j'ai l'air à moitié camée. Il n'a pas l'air de bien comprendre les enjeux qui se jouent dans ma tête.

— Alors il paraît que tu as encore fait des tiennes aujourd'hui ?

Quel tact ! Je relève les yeux tout doucement.

— Qui t'a dit ça ?

— Claude, ton principal, le mari de Marie-Agnès. Ils sont passés à la banque tout à l'heure.

— Il y a un malin qui a posté la vidéo du viol.

— Quoi ? ? Il t'a fait chanter ? ? Il veut une rançon ? ?

— L'argent, toujours l'argent, il n'y a que ça qui te motive. Merci de demander des nouvelles. C'est pour ça « que j'ai fait des miennes aujourd'hui » comme tu dis.

Lorant change alors de profil. J'ai l'habitude désormais. Ses yeux deviennent fixes, se froncent et les pupilles se resserrent. Sa voix change d'un coup. Elle baisse jusqu'à émettre un sifflement sordide. Son débit ralentit afin que je comprenne bien tout ce qu'il a à me dire. Toutes ses paroles prennent la tournure d'un avertissement. Lorant n'est plus lui-même… Ou plutôt, tombe le masque et incarne sa réelle personnalité.

— Mais bébé, depuis quand tu me parles comme ça ?

Il s'approche de moi, il me dévisage, il me parle à quelques centimètres. Il y a une époque où j'aurais été morte de trouille et pourtant aujourd'hui, tout glisse sur ma carapace comme du mercure sur une surface plane. Je me fous de tout... y compris de mon destin. Qu'il me butte, je serai tranquille.

Lorant continue d'une voix encore plus sournoise :

— Ton viol est passé maintenant, tu es guérie, tu ne vas pas nous en faire tout un fromage hein ?

Il me pose la main sur l'épaule, non pas pour me cajoler, mais plutôt pour que j'écoute bien ce qu'il a à me dire. Un peu comme quelqu'un qui veut vous immobiliser pour vous coller une beigne.

— Alors à partir de maintenant, tu vas te ressaisir bébé et « fissa ». Il y a tout de même pire comme châtiment que de se faire pénétrer pas vrai bébé ?

Silence.

— PAS VRAI BÉBÉ ?

Je ne réponds pas. Je ne supporte plus ses « hein bébé ». Je me dégage de sa main et lui tourne le dos.

Écœurée par tant de sollicitude, je me lève et me rends directement dans la chambre pour me coucher à grand renfort de Stillnox. Je cherche l'oubli. Ça devient vital.

Je m'écroule sur mon lit.

Oui, je serai là dimanche pour faire la potiche à la fête de la montgolfière. Oui, je serai là pour le lâcher de ballons. Oui, j'écrirai une petite carte que je joindrai sous la baudruche gonflé à l'hélium. Oui, je ferai une dernière fois confiance au hasard.

Mais une chose est claire : je n'ai plus rien à faire sur cette terre au milieu de tous ces dingues. Ma décision est prise et personne n'arrivera à me faire changer d'avis, pas même mon ami fleuriste. Flingue, couteau, corde, vide, il n'y a que l'embarras du choix. C'est mon anniversaire la semaine prochaine. Ça tombe bien, je vais finir en beauté.

Joyeux anniversaire Raph, nos vœux les plus sincères.

XXV
Saint-Sauvage
Raphaëlle
- 2018 - Après le jour noir

Lumière blanche. J'ouvre délicatement les yeux. Tout est blanc, c'est presque enivrant. Je suis allongée sur un lit. Tout sent le propre. Je tourne légèrement la tête. Une immense fenêtre donne sur un grand parc, où la masse de feuillage des marronniers, tilleuls et autres cèdres frétille légèrement au gré du vent du sud – le marin comme ils le nomment en bas -.

Je reste un instant comme ça, plutôt bien dans ma peau. Collé au sommet du mur face à mon lit, un écran de télévision, heureusement éteint, me nargue.

Un fauteuil de sky orange passé patiente dans un coin et une porte donne visiblement sur une petite salle d'eau.

Où suis-je ? Certainement pas au paradis. Peut-être en enfer si on en croit la présence de l'écran. Peut-être qu'un « Big Brother » façon 1984 de G.Orwell, va apparaître et parler sans discontinuer.

Pas besoin de beaucoup de bon sens, entre la douleur, la confusion des fils de perfusion et la longueur des poignées de porte pour constater que je suis dans un hôpital.

Il faut se rendre à l'évidence, j'ai échoué.

Une musique émerge du fond de mon âme. Les accords dissonants du groupe Ghost emplissent mon cerveau : « He is ». Enfin une bonne nouvelle en ce bas monde.

Je referme les yeux.

XXVI
Ondres
Étienne Ventura
- 2018 -

— Oui, oui, ok, je te remercie j'apprécie... Bonne journée à toi aussi, ciao.

Étienne Ventura a mis fin à la communication le laissant dans le néant le plus total avant de relever les yeux.

— Fait gaffe Chloé, la mer est mauvaise !

— Comme ça ? Au premier coup d'œil ? Qu'est-ce que tu en sais ?

— Je suis resté deux ans en poste ici. La première des choses que j'ai faite, c'est de m'acheter un surf et de rider dès que j'avais une minute. À force de pratique, tu comprends vite les caprices de la météo, de la houle et de l'importance des coefficients de marée.

Posé sur sa serviette, il regardait de loin Chloé, sa fille de dix ans, sanglée dans sa combinaison avec sous le bras, une planche de surf démesurée pour elle. Émilie, son épouse, entièrement enduite de crème solaire, profitait d'un roman policier pioché au hasard d'une bonne douzaine d'autres à écluser pendant ses vacances. Appuyée sur un dossier elle gardait une assise parfaite pour lire et mettre en valeur ses longues jambes galbées et musclées de coureuse de trail inconditionnelle. Avec ses lunettes de soleil papillon, elle était magnifique et diablement attirante. Le seul défaut physique qu'elle avait, c'était de tirer la gueule à longueur de journée dès qu'elle était en public. « Tu sais ce que c'est toi de te faire reluquer sous tous les angles dès que tu mets le nez dehors ? » Combien de fois lui avait-elle répété cette phrase ? Effectivement il ne savait pas, mais il lui semblait qu'être belle n'empêchait pas d'être sympathique... Même cas de figure pour les flics d'ailleurs.

Chloé était désormais dans l'eau en train de faire un mauvais crawl, gênée par sa planche pour avancer au loin à la recherche du bon spot. Avec sa dragonne attachée à la cheville elle avait la classe au milieu de tous les caïds de la région qui maîtrisaient leur art à force de surfer toute la saison durant.

Son regard a suivi la crête des vagues jusqu'à la ligne d'horizon. Combien de fois était-il venu sur cette plage pour contempler les flots ?

Seize ans qu'il n'était pas revenu dans la région. Seize ans qu'il avait perdu Lénaïc de vue.

À l'époque, lorsque Lénaïc avait changé de travail, ils se voyaient moins souvent. Il partait régulièrement, séjournait à l'étranger et quand il revenait, ils faisaient la fête. Étienne troquait son uniforme impeccable pour un bermuda, une paire de tongs et un tee-shirt des « Bulls » de Chicago, son équipe de basket-ball favorite depuis le temps où Michael Jordan et Scottie Pippen menaient la danse en NBA.

Puis ces séquences de détente s'étaient éteintes peu à peu. Étienne s'était vite rendu compte qu'à part ses collègues de la brigade, Lénaïc restait son seul ami. S'il ne voulait pas croupir toute sa vie à la gendarmerie de Tarnos sans perspectives, le moment était venu de « se décabaner » comme disent les Lyonnais. Il avait donc pris son bâton de pèlerin et enchaîné les mutations et les changements de grade : Lille, la Normandie, la Bretagne, puis le grand Est et Paris.

Depuis deux ans maintenant, il commandait la brigade de Mende. Cette attribution dans le département le moins peuplé de France ne lui avait guère plu. Lorsqu'il avait reçu le courrier de son affectation, il l'avait balancé au milieu de la table du salon en poussant un juron. Lui qui rêvait d'en découdre allait se retrouver chez les ploucs et les rustres où les derniers faits marquants remontaient à la bête du Gévaudan. Passer de Paris à la campagne la plus profonde avait le don de le déprimer encore plus qu'il ne l'était déjà.

Il était donc descendu seul dans un premier temps, laissant femme et enfant terminer l'année scolaire dans leur établissement.

Un choc, c'était ce qu'il avait ressenti en débarquant là-bas. Le ciel de grisaille parisien avait laissé place à un soleil radieux bienvenu en ce début de printemps. Malgré l'altitude, les magnolias étaient déjà en fleur. C'était magnifique. Avant de se rendre à la gendarmerie, il avait pris le temps de boire un verre en terrasse sur la place Urbain V au pied de la cathédrale Notre-Dame de Mende, pour sonder les gens locaux.

Il n'avait pas été déçu. Le hasard avait bien fait les choses en venant de le nommer dans la préfecture de la Lozère. Il s'était vite acclimaté.

Émilie et Chloé étaient elles aussi tombées sous le charme de la région. Les habitants d'ici avaient à la fois le contact accueillant des gens du Sud et la distance réglementaire qu'ont souvent les montagnards.

Pour les vacances, ils descendaient sur la méditerranée à seulement deux heures de route. Mais cette année, Chloé lui avait demandé d'aller pour une fois à l'océan. Étienne n'avait pas remis les pieds sur les rives de l'Atlantique depuis son départ de la gendarmerie de Tarnos. Il avait trouvé une location à Ondres avec la vague idée d'aller fouiner du côté de chez Lénaïc... Et surtout de chez Marie-Agnès.

Séduite d'emblée par la puissance de l'eau, c'est naturellement que Chloé avait pris des cours de surf la première semaine de leurs vacances avant de se débrouiller toute seule par la suite.

Étienne avait toujours été très évasif avec sa famille sur la vie qu'il avait menée à Ondres à l'époque, notamment sa fréquentation assidue de Lénaïc. Mais quelque chose le titillait depuis qu'il avait mis les pieds dans cette ville. Comme une démangeaison sous la plante des pieds, ce retour ravivait ses souvenirs… Et ses manques.

Après sa première mutation, il avait correspondu régulièrement avec Lénaïc, mais de plus en plus souvent, le téléphone sonnait dans le vide, jusqu'au jour funeste où une voix synthétique lui avait répondu : « Le numéro que vous demandez n'est pas attribué. Le numéro que vous demandez… »

Du fond de la banlieue lilloise, Étienne avait raccroché. Il ne servait plus à rien d'essayer de contacter Lénaïc. Et ce n'est pas sans amertume qu'il avait dressé le bilan de sa vie à l'océan.

Il fallait se rendre à l'évidence. Pas facile de comprendre de but en blanc que votre seule relation extérieure au travail vous abandonne.

Étienne avait un peu cette vision des choses : un abandon, une mise au rebut. Et la question qu'il s'était toujours posée revenait sans cesse : qui veut d'un ami flic ?

Il avait bien contacté Marie-Agnès – toujours aussi sympathique et agréable avec lui – pour avoir des nouvelles de Lénaïc, mais elle aussi était passée à autre chose.

Il regardait Chloé évoluer au sein des vagues et les seins d'Émilie pointer fièrement vers le soleil frileux de ce début juillet, son roman toujours scotché à ses deux mains manucurées à la perfection par le sable et le sel de mer. Sa chance résidait ici, dans ces deux femmes qui l'entouraient de leur amour.

La veille au soir, en sortant d'une pizzéria médiocre, ils s'étaient baladés pour profiter un peu de la relative clémence du vent et d'une douceur plutôt agréable.

Inconsciemment, leurs pas les avaient menés devant le bungalow de Lénaïc.

Avec une certaine froideur, il avait expliqué à Émilie et Chloé l'histoire et le déclin de son amitié avec l'homme qui habitait dans cette maison.

— En tout cas, il ne doit pas être horticulteur ton pote.

Le filtre s'appliquait rarement aux paroles d'Émilie et sa phrase directe dénuée de réflexion sonnait pourtant étrangement juste. Elle n'avait pas tort.

Le bungalow avait l'air abandonné. Les persiennes des volets décrépis se détachaient par endroit. La peinture des lattes de bois s'écaillait. Les ronces grimpaient aux pins méridionaux et aux chênes pédonculés tandis que le gourbet et d'autres plantes rampantes envahissaient le parterre de sable. On trouvait même au milieu de ce capharnaüm végétal plusieurs plants d'Alyssum arenarium, qu'on appelait ici « la corbeille d'or des sables », plante en voie de disparition mais qui se plaisait visiblement à cet endroit.

Aucun panneau à vendre pourtant ne venait orner la barrière à moitié pourrie.

Ils avaient passé leur chemin, mais dans la nuit qui avait suivi, l'instinct du commandant de gendarmerie Étienne Ventura était revenu au galop. Quelque chose clochait.

Trop bête d'être retour à Ondres sans aller voir de plus près si Lénaïc fréquentait encore cette épave qui s'appelait encore à une époque lointaine : « bungalow ».

Le matin suivant, après sa nuit agitée pendant que les filles dormaient encore, son jogging l'avait mené une fois de plus devant le repaire de Lénaïc. Rien n'avait bougé depuis la veille au soir. Il avait fait le tour pour se rendre à l'arrière de la maison comme à sa vieille habitude quand il venait encore taper des bières, là où se trouvait ce que Lénaïc nommait « l'entrée des artistes ». À l'époque elle était déjà invisible au public, mais cette fois c'était indéniable. Plus personne ne visitait cette bicoque et ce depuis des lustres. Lénaïc n'avait visiblement plus besoin d'un pied à terre au bord de l'Atlantique. Quelques squatteurs avaient vainement essayé de forcer la porte, mais c'était mal connaître Lénaïc qui avait transformé sa maison en bunker.

La cache n'avait pourtant pas changé, le double des clés était toujours là, sous la huitième latte de la terrasse. Étienne s'en était saisi puis avait ouvert la porte dans un sinistre grincement.

Rien n'avait bougé à l'intérieur. La vieille armoire côtoyait toujours les meubles « Ikea » à la mode de l'époque et les dessins d'Élodie jonchaient encore les murs sous des cadres adaptés. L'avance immuable du monde extérieur n'avait pas eu de prise sur l'intérieur de la maison, vaste témoignage d'un temps révolu. Tout avait l'air bien rangé, sauf que l'électricité n'avait pas été coupée et que la poussière avait élu domicile un peu partout.

Étienne avait fait le tour du propriétaire avant de passer dans la buanderie par acquit de conscience.

Le petit cagibi mal éclairé semblait nettement plus mal rangé que le reste de la maison. Une multitude d'emballage de surgelés gisaient au sol devant l'immense congélateur où Lénaïc avait pour habitude de stocker des vivres pour les mois à venir. Une espèce de drôle d'habitude qui avait toujours fait sourire Étienne…

Sauf aujourd'hui.

Les emballages étaient encore pleins de légumes, de viande, de poisson et de plats tout prêts sans doute décomposés et secs… leurs dates de péremption remontant à une quinzaine d'années.

Étienne s'était senti tout à coup mal à l'aise. Quelque chose le poussait à ne pas ouvrir le congélateur et pourtant... C'est ce qu'il a fait.

Sous une épaisse couche de glace, un homme semblait dormir paisiblement. Il n'était pas attaché et n'avait pas l'air d'avoir de traces d'ecchymoses. Bien que gelé, le visage était clairement identifiable. Pas étonnant que Lénaïc ne donne plus aucune nouvelle. Il avait choisi à sa manière de visiter l'Antarctique, à moins qu'il ne soit allé retrouver Élodie.

*

Chloé glissait à une vitesse folle. Incroyable les progrès qu'elle avait fait en une semaine avec son moniteur.

Étienne s'était levé. Il avait besoin de se dégourdir les jambes. La vue du corps congelé de Lénaïc lui accaparait encore l'esprit. Un suicide, un putain de suicide ; et lui qui avait passé les derniers temps à le seriner avec la mort d'Élodie au lieu de l'aider à tourner la page. Il était triste.

Parmi les gendarmes en fonction à la gendarmerie de Tarnos, il y avait encore un collègue de l'époque, Lacour. Ce dernier avait organisé l'enlèvement du corps et son transport à l'institut médico-légal de Bayonne ouvert récemment. Il avait eu les résultats de l'expertise rapidement et venait de le rappeler.

Lénaïc s'était gavé de barbituriques avant de prendre place dans le congélateur pour être bien sûr de ne pas se réveiller. Parfois les suicides sont déjoués grâce à une personne qui se trouve là au bon moment. Une personne capable de donner la main, de détourner l'attention.

Mais Étienne n'y était pas et Lénaïc ne l'avait pas appelé, lui, son ami.

Il est retourné sur sa serviette, en s'allongeant aux côtés d'Émilie les mains sous la nuque en regardant le ciel au travers de sa paire de Julbo, avant de se relever d'un coup.

– Bon dieu ! !

– Eh bien Étienne, qu'est-ce qui te prend ? Tu m'as fait peur !

– Les clés ! !

– Quoi les clés ! Tu les as perdues ?

– Toutes les portes du bungalow de Lénaïc étaient fermées de l'extérieur !

Son esprit tournait à 300 km/h. Il a saisi son téléphone pour composer le numéro de Lacour avec une seule question :

– Peux-tu me dire si les charges du bungalow étaient payées ?

XXVII
Saint-Sauvage
Raphaëlle
- 2018 - Après le jour noir

J'ouvre à nouveau les yeux. Les lumières sont allumées et l'écran de télévision reste définitivement noir. Il y a du bon dans la réincarnation finalement.

Je reste allongée sur le côté. Mes poignets sont toujours bandés. Je suis toujours perfusée, mais je ne souffre plus.

J'essaye de distinguer ce qu'il se passe au dehors, mais il fait nuit noire. Nous sommes au début de l'été, il doit être au moins vingt-trois heures.

Je referme les yeux et les ouvre aussitôt. Dans le reflet de la vitre, je l'aperçois. Il se trouve dans mon dos. Je vois mal mais je n'ai pas l'impression de le connaître. Je prends mon courage à deux mains et me retourne tout doucement. Je garde dans ma paume la sonnette des infirmières en cas d'urgence.

Un homme est assis là, à cinquante centimètres de mon lit. Entre la quarantaine et la cinquantaine grisonnante, bien taillé, bien habillé, propre sur lui avec une vieille paire de Converses. Il me sourit. Il repose le livre qu'il est en train de feuilleter. C'est une bande-dessinée : « Silence » de Comès.

— Bonsoir !

Je ne réponds pas, je me contente de hocher la tête. Je repose mes yeux sur la BD. Il me suit du regard.

— C'est triste à mourir cette histoire. M'étonne pas que vous jouiez avec des couteaux.

— ...

— Je l'ai récupéré en sortant de chez vous il y a quelques heures.

— …

— Bien dormi ?

— Qui êtes-vous ?

— Un ange. Votre ange… Le gardien ajoute-t-il.

— Depuis quand les anges me piquent-ils mes BD ?

Je parle d'une voix terne et morte. Les répliques humoristiques sont un pur réflexe.

Il sourit de plus belle.

— Pas piquée, empruntée… Il y a une nuance tout de même !

— La nuance est dans le dessin. Comès était un maître, un grand maître. Le grand maître du noir et blanc.

Je me retourne dans l'autre sens. Je ne sais pas pourquoi je lui explique cela ni qui il est réellement. Je me hasarde donc à une autre question les yeux en direction de la fenêtre.

— On est au paradis ici ou quoi ?

— À voir vos beaux yeux, c'est plutôt moi qui suis au paradis !

Voilà qu'il me drague ce balourd, c'est bien ma chance.

— Je suis chez Casanova ou chez Ted Bundy ?

— Lequel préférez-vous ?

Bonne réponse, je me retourne, il marque un point.

— Vous avez réponse à tout.

— D'habitude, c'est moi qui pose les questions. Alors je passe mon temps à m'entraîner pour m'éviter une impasse si la situation s'inverse.

— Vous posez des questions ?… Vous êtes curieux ou vous ne comprenez jamais rien ?

— Un peu des deux… je suis flic. Lieutenant Lucas Marivaux.

Je souris, deux points pour lui. Il ajoute :

— Et moi je peux vous poser une question ?

— Essayez toujours.

— Dites-moi si je me trompe mais votre voisin, il n'est pas un peu con ?

J'éclate de rire, un rire triste. Trois points pour lui.

— Ce n'est pas une question, c'est un pléonasme. Comment le connaissez-vous ?

Il se saisit de son portefeuille et en sort une petite carte en carton, puis lit :

— Il paraît qu'il n'y a pas de hasard. Je m'en remets pourtant à lui. Il me reste huit jours à vivre. Pas un de plus. Dans huit jours c'est aussi mon anniversaire. Blanche-neige avait son prince, le génie avait Aladin. Moi je n'ai que l'espoir. Hasard ou pas, qui que vous soyez, mon destin est entre vos mains. Signé : Raph.

Il me regarde :

— Huit jours, c'était hier. C'est bien vous Raph ? Je ne me suis pas trompé d'adresse ?

Je regarde le carton et je me mets à pleurer. Il me caresse les cheveux.

— Vous aviez raison Raphaëlle, il n'y a pas de hasard pour ceux qui gardent espoir.

Il me raconte alors son épopée, de la descente en canoë sur la rivière d'Ain avec son fils à la découverte du ballon et de la carte encore miraculeusement pendus dans les saules et les peupliers à 150 kilomètres de là.

En arrivant à mon adresse, il s'est fait aboyer dessus par Kiki et Byron avant que leur maître prenne le relais dans la foulée. Faisant fi de leur intervention il est passé par-dessus le portail. Le voisin lui a simplement gueulé bien à l'abri sur son balcon :

— Qu'est-ce que tu fous là, j'vais appeler les flics… Ta gueule Byron !

Il n'a pas eu besoin lorsque Lucas a écarté le pan de veste en jeans pour lui montrer la crosse de son Sig-Sauer SP bien au chaud dans son holster et brandi sa carte de police par la même occasion.

Il a ouvert la porte qui n'était pas verrouillée.

– Je ne vous fais pas un dessin… Vous aviez repeint la salle de bain façon Keith Haring… J'ai fait un garrot avant d'appeler immédiatement les pompiers. C'était une histoire de secondes. Voilà, je vous veille ici depuis hier.

Il reste un moment silencieux, avant d'ajouter :

– Ah, j'oubliais, en plus de la BD, j'ai également votre sac à main… Il y avait un smartphone dedans, je suppose que c'est le vôtre ?

Ce flic est attachant, il n'y a pas à dire. Mais malgré tout, autre chose me turlupine.

– Mais… Et votre famille ? Votre fils… Ils sont au courant que vous êtes ici ?

Un voile triste masque son regard.

– Célian et Stéphanie ne partagent plus mon appartement.

Puis il reprend avec un rire jaune et largement teinté d'ironie :

– Je suis libre comme l'air, c'est fou ce que c'est chouette de retrouver le célibat !

La phrase type des nouveaux divorcés qui foutent bien souvent leur vie en l'air pour une histoire de coup de balais ou de lave-vaisselle pas vidé et qui se donnent de bons arguments pour justifier leur condition misérable.

On martèle la porte. Mon cœur fait un bond au-devant des coups frappés. Un énorme bouquet de roses blanches franchit le seuil de la chambre suivi de Fab et d'une beauté blonde qui déstabilise en entrant le lieutenant Lucas Marivaux dans ses certitudes sur le célibat.

Après avoir posé négligemment les roses sur la table, Fab s'approche du lit, manifestement décontenancé.

— Putain Raph, mais qu'est-ce que t'as foutu ?

Je me mets à pleurer.

— Je n'en sais rien Fab, je n'en sais rien...

Il s'assoit sur le bord du lit et me caresse la joue, affectueusement, comme avant. Je prends ma main et la pose sur la sienne en fermant les yeux. Elle est large et chaude, comme la main de papa quand il était encore des nôtres et qu'il m'expliquait tout sur l'importance de nos choix de vie, que rien n'est vain, et qu'une mauvaise décision même si elle déstabilise nous permet bien souvent de voir les choses sous un autre angle.

— Comment as-tu su ?

Fab nous a alors raconté son histoire. Ne me revoyant pas revenir au collège après la fête de la montgolfière, il s'est inquiété et a demandé aux autres profs s'ils m'avaient vue.

— « Ce n'est pas le genre de Raphaëlle de ne pas nous signaler ses rares absences, mais là aucune nouvelle. Ni coup de téléphone, ni justificatif. » C'est ce que m'a dit le principal. Je suis allé directement chez toi en priant pour ne pas croiser l'autre.

— Ça ne risque pas, il est en séminaire, et les enfants sont en voyage scolaire jusqu'à jeudi... C'est un peu pour ça que j'en ai « profité »...

— Profité, c'est cela, c'est le terme adéquat... Je suis donc allé jusque chez toi en me garant un peu avant ta maison pour vérifier si l'autre y était.

Il réfléchit un moment.

— À propos... Il n'est pas un peu con ton voisin ?

Lucas jusque-là discret a éclaté de rire.

— Pourquoi, il t'a cherché des noises à toi aussi ?

— Oui, comme d'hab', le laïus habituel du « T'es mal garé, c'est une propriété privée et patin couffin ». Sauf qu'au lieu de me l'expliquer gentiment, il a aboyé plus fort que ses chiens en me tutoyant... Sur mes nerfs à vif.

— Et alors ?

— Je pense qu'il ne t'embêtera plus... Et j'ai su où tu étais.

Il s'est retourné vers la jolie femme blonde.

— Raph, je te présente Elke...

Elke... l'ex-femme de Lorant, la mère d'Alexandre et de Léonie... enfin.

Elle me dévisage. Dans ses grands yeux bleus je peux lire non pas de la pitié, non pas de la haine, mais de la compréhension. Lorant l'a quittée pour moi. Elle ne voit presque plus ses enfants à cause de moi. Et pourtant, elle est ici, avec moi et me saisit la main, en me parlant dans un français approximatif, largement teinté de consonances allemandes :

— Je peux comprendre votre calvaire Raphaëlle. Le jour où Lorant m'a quittée pour vous, j'ai revécu. Ce que je vais dire est affreux mais j'ai préféré me priver de mes enfants que de me réveiller chaque matin avec la peur au ventre. Une trouille qui m'oxydait de l'intérieur. Du jour au lendemain j'ai pu reprendre le petit déjeuner sans le vomir systématiquement dans la foulée. Il n'y a pas un jour où je ne pense pas à mes enfants. Lorsque Lorant est parti avec vous, je n'avais pas un sou. Sans lui, impossible de payer les charges pour les enfants. Il a joué là-dessus en justice... Mais pour Alexandre et Léonie...Vous le connaissez bien, n'est-ce pas, vous connaissez son influence, son poids pour faire passer les choses ? Il utilise la violence psychologique. C'est un pervers narcissique. Il a réussi à monter les enfants contre moi. Lorsque je les ai vus pour la dernière fois, ils ne m'ont même pas fait de signe, ne m'ont pas regardée, ne se sont pas retournés. Ils m'ont laissée sur le bas-côté de la route comme une malpropre, me faisant passer pour une traînée, une pute. C'est ce que Lorant leur a bourré dans le crâne. Je n'ai jamais pu me justifier. Ils n'ont plus jamais voulu m'écouter.

Elle baisse la tête et ajoute en regardant le bout de ses chaussures :

— Lorant est une ordure de la pire espèce... Heureusement que j'ai gardé contact avec Fabien. Lorsqu'il m'a dit qu'il travaillait dans la même ville que lui, je suis venue pour approcher mes enfants. Ils savent maintenant que je suis en France, mais si Lorant s'en aperçoit... Il me le fera payer cher.

Les paroles d'Elke sonnent dans mes oreilles comme un glas annonçant une épidémie de peste. Les larmes ruissellent sur mon visage en flux continu.

Tous les trois m'entourent sans rien dire ; Lucas de sa bienveillance, Elke et Fab de leur mansuétude.

Car il n'y a pas qu'Elke que j'ai trahie... Fab aussi et pourtant... ce sont eux qui sont présents aujourd'hui.

Il y a des fois où je regrettais de ne pas être restée avec lui, Fab, « Le meilleur pote » selon les dires de Lorant. Meilleur pote à qui il avait pris la femme sans aucun scrupule, laissant Elke dans le même coup de « maître ».

Depuis, les deux potes de fiesta, de tournées générales, de Mister Camping à Argelès sur Mer, de j'me la raconte sur la plage en faisant de pauvres clins d'œil à la première minette en bikini qui leur tombait sous les yeux ou que j'pisse en même temps dans le même cabinet, n'étaient plus vraiment « Best friends ». Pour tout dire, c'était franchement l'inverse. Ils en étaient même venus aux mains à la soirée de Math, après s'être gavés de mauvais whisky et de Picon bière.

C'était moi qui les avais séparés. J'avais dit à Fab que notre histoire était terminée et qu'il fallait qu'il m'oublie. J'avais récolté des insultes d'une bassesse extrême, typiques du mâle blessé. J'étais pourtant restée correcte et polie. Je ne supportais pas la vulgarité.

Dans mon humble famille, la politesse et la courtoisie étaient signes de richesse, ce qui nous distinguait des autres, de la masse. Le respect et la dignité avaient pris leurs quartiers chez mes parents, au milieu de la toile cirée mouchetée de cercles rouges et aigres laissés par les litres étoilés, de bouquets de fleurs fanées et de notre vieille télé.

Nous nous étions rencontrés avec Lorant trois ans plus tôt en 2015, à une fête que donnait Fab en pleine nature au bord de la gravière un soir d'été. Comme d'habitude, il avait tout organisé, entre les barnums, barbecues, les groupes électrogènes, les chaises, les tables, un énorme caisson basse et des enceintes qui crachaient du Living Colour, du FFF, et quelques vieux singles des Stooges, des Sex pistols, et des Pink Floyd à pleins décibels. Il avait même réussi à dégoter un vieux LP des Dead Kennedys de 1982 : Plastic Surgery Disasters. Et pendant que Jello Biafra hurlait son punk hardcore, tout le monde plongeait son verre dans une énorme jarre qui abritait un planteur pouvant dégommer un habitué de la picole en deux verres seulement.

C'était la première fois que je rencontrais le fameux « Mon meilleur pote », Lorant travaillant à l'époque dans un quartier « vivant » de Berlin.

Ils étaient venus à cinq dans une vieille Golf IV, quatre mecs et une amie à eux. Mais aucune trace d'Elke, d'Alexandre et de Léonie.

Ce soir-là, pendant que Fab continuait à s'enfoncer dans son délire alcoolisé pour dérider ses copains, lui, Lorant, le frère – et bientôt le faux frère – d'un coup d'œil incisif faisait régulièrement l'inventaire de mon attirail féminin ; à moi, « la meuf » comme il disait du meilleur pote. Son regard lubrique pénétrait tous les pores de ma peau au travers de ma robe à fleur et de ma lingerie de fine dentelle. Il suivait tous les contours de mon arbre mort tatoué sur ma gorge, jusqu'à ses racines qu'il imaginait sans doute au contour de ma poitrine lourde ou de mon sexe finement épilé. Loin d'être indifférente, j'avais pourtant feint l'ignorance face à cet outsider beau comme un lion et rusé comme un renard.

Il m'avait fait la cour une fois, dix fois, vingt fois dans le dos de Fab et d'Elke bien entendu. Il m'avait gavée de SMS langoureux, de mails directs ou de fleurs blanches, avant que je ne cède et que je ne lâche Fab pour le meilleur pote. Dégouté par Lorant après toutes les épreuves qu'ils avaient franchies coude à coude, lui, l'ami, l'inséparable, le futur beau-frère, le futur mari de Chouchou, bref, le frère qu'il n'avait jamais eu, lui tirait dans le dos en partant avec sa Raph qu'il aimait plus que tout. Dépité, Fab s'était fait par la suite muter à Paris, dans un collège du neuf-trois en pensant que là-bas au moins il aurait une utilité.

Un ange passe dans la chambre d'hôpital. Lucas se lève soudainement. Il n'était pas au courant des visites. Sa présence n'avait désormais plus de raison d'être :

— Bon eh bien maintenant que vous n'êtes plus seule, je vais rentrer à Lyon. Instinctivement ma main saisit la sienne au travers des perfusions.

— Restez encore s'il vous plaît... Juste un instant... Et puis, vous ne travaillez pas de nuit dans la police, je me trompe ?

En entendant police, les yeux de Fab se sont levés d'un coup.

— Non, je ne travaille pas la nuit... Du moins rarement... Mais je dors, pour justement pouvoir travailler le lendemain... Me laissez-vous au moins m'en griller une ? En me montrant son paquet de clopes.

Elke se tourne vers la porte.

— Je vous accompagne.

Cette petite pause cigarette en compagnie d'Elke a soudain freiné Lucas et ses désirs de quitter l'établissement.

Nous restons tous les deux avec Fab, les yeux dans les yeux. Il a l'air grave. Je commence en hésitant :

— Je suis désolée Fab, j'ai tout foutu en l'air. On aurait pu faire de belles choses tous les deux.

Il secoue la tête.

— Je ne t'ai jamais remplacée. Je te retrouve trois ans plus tard encore plus belle qu'avant. Tu fais partie Raph, de ces rares femmes que la fatigue et la fatalité rendent encore plus belles et mystérieuses.

Il hésite un moment, puis pose ses lèvres sur les miennes, doucement.

— Et puis rien n'est jamais figé non ?

Il est soudain devenu difficile pour moi de peser le pour et le contre à ce moment-là. Depuis l'épreuve du viol, Lorant était redevenu distant, voire violent. J'avais l'impression qu'il niait cette épreuve et qu'il rejetait en plus, la faute sur moi. Je ne l'avais pas appelé pour lui dire que j'étais à l'hôpital, car au fond de moi, j'avais peur de sa réaction… Une fois de plus.

Je n'en pouvais plus de cette ambivalence, de ce lunatisme exacerbé. Tout chez moi rejetait l'être abject qui prenait les commandes de Lorant, mais d'un autre côté, il y avait une blessure en lui, quelqu'un d'infiniment seul qui demandait presque de l'aide.

Un pervers narcissique. Quelque part, c'était peut-être Elke qui avait raison.

Fab était différent, toujours jovial et sympathique, mais il lui manquait justement cette petite fracture. Perdre une sœur ou une conjointe est profondément différent. Même si la douleur est là, ce sont les souvenirs du passé qui s'effacent pour l'un et les promesses du futur pour l'autre.

Elke et Lucas reviennent à nouveau s'asseoir à mes côtés réprimant un fou rire en regardant Fab.

– On vient de croiser le voisin dans le couloir de l'hôpital… Effectivement Raphaëlle, Fabien a « bien travaillé », l'autre ne vous embêtera plus, je confirme.

Fab me dévisage une fois de plus, inquiet de me voir si perplexe. Il reprend la parole en changeant de sujet :

– J'ai fait ce que tu m'as demandé dimanche dernier, c'est pour cela que je n'étais pas à la fête de la montgolfière.

– C'est-à-dire ?

– Je suis descendu à Vallon-Pont-d'Arc, et j'ai retrouvé Romantique 12. Il m'a tout expliqué… Ce n'est pas lui le violeur.

Lucas, l'oreille tendue, retrouvant immédiatement ses réflexes de flic se redresse en entendant le mot viol.

– Un viol ? ? Mais de quoi vous parlez ? ?

XXVIII
La Mazille Fab
- 2018 -

Fab avait parcouru d'une traite la route sinueuse qui séparait Saint-Sauvage de Vallon-Pont-d'Arc.

Il roulait vite mû par un devoir d'amitié. Il avait perdu l'amour de Raphaëlle mais elle restait son élue. C'était la seule, l'unique.

Plus jeune, c'était son jeu. Il prenait, il jetait les filles, sans aucun respect, sans aucune conscience du mal généré par son égoïsme. C'était un salop, une enflure, il en était conscient. Il ne supportait plus l'image qu'il avait donné de lui de l'adolescence à un âge encore pas si reculé, se jugeant trop fier et pédant. C'était un défaut dont il avait du mal à se détacher. Encore maintenant il n'aurait aucun problème à faire la cour à quelqu'un. Naturellement souriant, il abattait les barrières de n'importe qui. Mais il ne le faisait plus... Depuis Raph.

Il l'avait rencontrée dans une des lignes de la piscine d'une ville lambda où il enseignait à l'époque. Il se reposait le long du mur après plusieurs longueurs en fractionné. Les yeux collés à sa montre, il regardait s'écouler son temps de repos intermédiaire. Occupé par son chrono, il avait seulement aperçu ses longues jambes qui se glissaient le long du mur à côté de lui et les ongles de ses orteils délicatement vernis de pourpre effleurer la surface de l'eau. En levant les yeux, son corps gracile, son écarteur à l'oreille et son tatouage d'arbre mort dont les racines se perdaient dans son maillot de bain une pièce noir et violet s'étaient dessinés devant lui. Elle avait un bonnet de bain assorti à son maillot et une paire de lunettes de natation.

À la piscine, Fab passait pour un mufle, impoli et imbu de sa petite personne. Il entretenait d'ailleurs ce rôle-là. En la voyant, il avait pourtant retrouvé ses réflexes ravageurs de dragueur notoire : sourire de crooner et « bonsoir » jovial.

Elle ne l'avait même pas regardé le blessant dans son orgueil de piètre cavaleur refoulé.

Elle s'était élancée dans un somptueux mouvement de dauphin pour commencer son crawl. Faisant fi de son temps de repos, Fab l'avait poursuivie, la doublant au deuxième tiers de la ligne. Elle avait continué à nager, enchaînant les longueurs et les culbutes dans un long cycle endurant. Épuisé par ses chronos, il y avait laissé son énergie, pendant qu'elle continuait sa nage dans un mouvement fluide.

Vexé, il était sorti de la piscine en se hissant le long du mur. En pleine traction il avait simplement entendu une voix derrière lui qui disait :

— Déjà ?

Mais le temps qu'il se retourne, elle était déjà repartie dans l'autre sens.

Il l'avait attendue à la sortie des vestiaires, vers les sèches cheveux, là où tout le monde se rechausse. Elle avait franchi bancs et miroirs avec grâce pour rejoindre la sortie, magnifique dans un jeans taille basse, une veste cintrée et une paire de Converses montantes, lançant au passage un « au revoir et bonne soirée » aux personnes présentes. Les quelques enfants du club avaient même été gratifiés d'un petit clin d'œil que Fab aurait donné cher pour avoir en faisant semblant de nouer ses lacets.

Mais elle était passée devant lui sans même un regard. Il s'était retrouvé comme un con.

Refusant l'échec, il l'avait rattrapée sur le parking faisant semblant de chercher sa voiture vers la sienne

— Mademoiselle !

Elle s'était retournée.

– Je suis nouveau dans cette ville… le prof de sport du collège et j'aimerais savoir si vous connaissez des endroits sympas pour boire un coup.

– Non… Retournez donc vers votre voiture, là-bas, à l'autre bout du parking.

– Mais…

– Je sais qui vous êtes. Ce matin j'étais garée à côté de vous au collège. Je suis passée dans votre dos pendant que vous faisiez des avances à Virginie, la secrétaire de direction.

– …

Elle a démarré, avancé de quelques mètres puis ouvert sa fenêtre en lui criant :

– Commencez par être poli avec tout le monde sans arrière-pensées et peut-être que l'on pourra discuter. Bonne soirée.

Cette leçon avait permis à Fab de comprendre l'image qu'il donnait de lui. Il avait mis à bas le masque qu'il portait régulièrement pour ne pas qu'on l'emmerde ; l'attitude des gens ne renvoyait finalement que le simple reflet de chacun.

Ils s'étaient revus régulièrement au collège bien sûr, à la piscine, puis au pot de départ d'un collègue dans un gîte loué pour l'occasion.

Raph avait guetté son arrivée dans un coin du salon. Élégant et imposant, il avait franchi la porte quelques instants plus tard, saluant tout le monde avec chaleur, mais ses yeux cherchaient autre chose… Quand ils avaient croisé ceux de Raph, ça avait été une explosion de joie pour l'un… comme pour l'autre. Ils ne s'étaient pas lâchés de la soirée, à table et sur le dance floor improvisé.

Ils n'avaient pas dormi au gîte avec les autres mais s'étaient éclipsés dans la nuit vers une chambre d'hôte dans le bourg voisin à seulement un kilomètre de là. Fab avait su plus tard, que la réservation de Raph était délibérée.

Ils étaient tout d'abord partis marcher sous une nuit de pleine lune et d'une douceur exceptionnelle. Elle portait ses talons à la main en marchant doucement, pieds nus le long de la route déserte à cette heure-ci. Ils avaient rejoint le hameau où se trouvait la chambre. Fab ne comprenait rien à ce qui se passait, ni où ils étaient en apercevant l'immense corps de ferme en pisé rénové avec goût par les propriétaires. Chaque chambre d'hôtes avait un accès individuel donnant sur une cour intérieure.

Raph l'avait pris par la main pour le conduire dans l'enceinte. Fab, persuadé d'être en totale infraction, avait perdu de sa superbe et Raph songeait qu'il ressemblait à ce moment-là à ce qu'il était réellement : un homme simple, gentil et doux.

Sur le pas de la porte elle s'était mise sur la pointe des pieds pour l'embrasser et l'attirer dans la chambre. Ils avaient longuement fait l'amour en explorant mutuellement les parcelles de leur corps. Si Fab était sculpté comme un buste romain, Raph avait un corps de déesse, des mains délicates, la taille fine d'une danseuse étoile et des seins lourds et fermes.

Après une courte nuit, ils étaient retournés sur leurs pas en direction des voitures en se tenant par la main avec la promesse de ne jamais se quitter…

Puis Raph l'avait lâché pour Lorant. Il s'était fait larguer. C'était la première fois, c'était la seule femme qu'il aimait.

Il en avait bavé et s'était éloigné sur un coup de tête loin de Raph et surtout loin de Lorant. Il ne l'avait jamais remplacée. S'il était aujourd'hui une personne franche, humaine et digne de confiance, c'était grâce à Raphaëlle et à elle seule.

Pendant que rocaille et bois de chênes défilaient au bord des routes d'Ardèche, Fab mesurait ses chances de reconquérir son cœur, mais il fallait avant tout l'aider à se relever de ses multiples blessures et la sortir absolument des griffes de Lorant.

Retrouver Christian – le prof de physique caché derrière Romantique 12 – avait été un jeu d'enfant. Vincente une des secrétaires du collège lui avait tout simplement donné son adresse au lieu-dit « La Mazille » à deux pas de Vallon-Pont-d'Arc.

D'abord surpris de voir Fab sonner à sa porte, Christian en mule et vieux survêt' l'avait invité à entrer comme si de rien n'était avant de lui proposer un verre.

Fab l'avait choppé d'une clé de bras contre un mur bien décidé à lui faire cracher le morceau, lui faire avouer le viol. Il avait agi rapidement, bêtement, sans aucune preuve de quoi que ce soit. Le simple enchaînement d'idées entre le viol de Raph, le message de Romantique 12 et l'étrange coïncidence entre le gîte de Vallon Pont d'Arc et la résidence de Christian avait suffi à lui vriller le cerveau.

Christian a hurlé :

— Quel viol ? ?

Fab a alors tenté le bluff.

— Romantique 12 ça te parle non ? Raph a ton adresse mail. Elle sait que c'est toi qui l'as violée. Elle a porté plainte. J'ai malheureusement une fâcheuse tendance à trouver la justice trop clémente. Alors avant que les poulets débarquent...

— Mais je n'ai violé personne, je te jure, arrête tu vas me péter le bras. Laisse-moi t'expliquer bon sang.

Christian avait l'air sincère. Fab a relâché sa prise en attendant le verdict.

— Écoute Fabien... Je ne suis pas très doué avec les femmes, pas à l'aise. Je perds vite mes moyens dès qu'il y en a une qui me parle.

Fab l'a libéré tout en restant vigilant. Christian a frotté son poignet endolori avant de se servir un verre de whisky.

– J'ai tout essayé, les rendez-vous, le speed dating, les réseaux sociaux, les sites de rencontres... Il faut se rendre à l'évidence, je suis mauvais. J'ai rencontré une femme sur un site une fois. Elle voulait que l'on se voie. Nous avions convenu d'un rendez-vous dans un bar assez anonyme. J'ai mouillé ma chemise en arrivant sur les lieux. Je n'ai pas pu lui décrocher deux mots. J'avais les mains qui pissaient la flotte. Elle m'a malgré tout accompagné dans l'hôtel le plus proche... Je ne te fais pas un dessin mais devant la porte de la chambre je me suis littéralement uriné dessus. Elle m'a vu tellement désespéré qu'elle a fini par faire demi-tour en disant simplement : « Je pense qu'il serait bon que tu ailles consulter ». Autant te dire qu'après ce coup-là je me suis fait ma propre psychanalyse sur internet.

Fab a haussé un sourcil à ce moment-là.

– Il y a quelques années un nanti a acheté un mas non loin d'ici pour en faire un gîte... Les nouvelles sont allées très vite dans les milieux numériques et les forums que je fréquente. Il s'agissait en fait d'un studio avec des caméras dissimulées un peu partout dans la maison pour faire des films un peu particuliers si tu vois ce que je veux dire... Disons que les résidents ne sont pas toujours au courant tu comprends ? Les vidéos sont disponibles avec un abonnement assez onéreux au vu des images qui sont proposées.

En croisant les yeux de Fab, Christian a senti le vent tourner pour lui. Il a ajouté rapidement en bredouillant, presque en suppliant :

– Mais pas de vidéos avec des gosses, je te jure. Ça peut être extrême mais pas de gosses crois-moi ! ! Il y en a qui sont au courant et qui profitent du système et d'autres qui viennent simplement en vacances et sont filmés à leur insu.

— Mais c'est du putain de voyeurisme ! ! Et toi tu cautionnes ça ?

Christian a haussé les épaules avant de continuer.

— Comme d'habitude je suis allé voir les nouvelles vidéos. Sur une, le visage était flouté. Ça arrive parfois lorsque que l'un des deux membres est piégé par le conjoint… ou la conjointe, parce que l'inverse existe aussi. Du coup, on ne sait jamais si c'est une scène jouée ou réelle. En voyant que la pauvre femme se prenait une mandale dès le début, j'ai pensé à une scène de sadomasochisme, puis en voyant l'écarteur à l'oreille et le tatouage d'arbre mort sur le cou, mon sang n'a fait qu'un tour. J'ai reconnu instantanément notre prof d'histoire-géo. C'était Raphaëlle. À force de la dévisager à la dérobée en salle des profs je connaissais les contours de son tatouage par cœur… Je suis désolé Fabien.

— Tu peux connard…

Fab l'a frappé avec un manque certain de sang froid. Christian s'est écroulé pendant que Fab est sorti sans se retourner.

— En plus t'es assez con pour avoir laissé ton mail !

Il a filé vers sa voiture. Il fallait absolument qu'il en informe Raph de vive voix… Vite.

XXIX
Saint-Sauvage
Raphaëlle
- 2018 - Après le jour noir

— Vous avez réellement contacté la police Raphaëlle ?

Je secoue la tête négativement. Lucas n'en revenait pas des révélations de Fab.

— Je n'étais même pas au courant que Fab était retourné là-bas. J'avais la tête ailleurs comme vous pouvez le voir.

Lucas ne lâchait pas le morceau. Il voulait m'aider absolument, mais les sévices ne s'étaient pas déroulés dans sa circonscription. Il ne connaissait personne qui travaillait sur le secteur.

Je le regarde. Il est présent, mais on voit qu'il réfléchit en même temps. Il me demande :

— Vous dites que le visage du violeur était flouté ?

— Oui… impossible de le démasquer.

Lucas esquisse un demi-sourire.

— Impossible ? Désolé, mais ce mot-là ne fait pas parti de mon vocabulaire. Est-ce que ça vous dérangerait Raphaëlle si j'avais une copie de la vidéo ?

Je le regarde un peu dépitée. L'idée que la vidéo du viol fasse le tour des fichiers de la police nationale ne m'amuse guère, mais s'il y a une seule chance de retrouver cet enfoiré, je me sens prête à y mettre du mien. Comme s'il lisait dans mes pensées Lucas ajoute.

— Ne vous inquiétez pas… C'est confidentiel. Je connais un expert qui pourra nous aider.

Lucas venait de parler à la première personne du pluriel. Il en faisait une affaire personnelle.

Je prends mon portable et lui envoie la vidéo sur son adresse mail. Il vérifie de son côté que le fichier soit bien passé avant de se lever d'un bond pour partir.

– Lucas attendez s'il vous plait !

Il se retourne :

– La BD de Comès, prenez-la s'il vous plait... Je vous l'offre.

Touché, Lucas récupère « Silence ».

– C'est un beau cadeau Raphaëlle... Merci. Comptez sur moi pour retrouver cette ordure.

Il prend la direction de la porte d'un pas franc après un vague salut à la compagnie.

Lucas savait parfaitement où trouver le fameux expert... Il en avait un sous la main, et il lui devait bien ça...

XXX
Lyon
Lucas
- 2018 -

Lucas a franchi les 75 km qui le séparaient de Lyon plongé dans l'épais brouillard de sa mémoire. Son minuscule appartement de Dardilly, immuable, l'attendait à cette heure tardive. Il rayonnait pourtant au milieu du hall de l'immeuble toujours aussi glauque, avec sa BD de « Silence » sous le bras en repensant à la belle Raphaëlle. C'était le genre d'ovni qui ne serait jamais à sa portée pour la simple raison qu'ils habitaient tous deux sur une planète différente.

Elle voulait savoir si le hasard existait vraiment lâchant au gré des vents un message sous un simple ballon d'hélium. Une rêveuse ! Il avait volé à son secours sur un coup de tête et désormais il allait résoudre cette énigme de viol, bien décidé à lui prouver qu'il n'y a jamais de hasard. Un terre à terre !

Lorsqu'il avait pénétré dans la maison de Raphaëlle, il avait tout d'abord été surpris par le groupe de métal qui hurlait dans les enceintes, avant de la découvrir inanimée dans la salle de bain.

Elle était magnifique, malgré le flot d'hémoglobine qui faisait ressembler la scène à un film gore. Un peu comme « Bad taste » en 1987, le premier long-métrage de Peter Jackson réalisateur par la suite de tous les volets du Seigneur des anneaux, du Hobbit et d'une version particulièrement réussie de King Kong.

Raphaëlle était étendue au milieu de cette mare de sang vêtue en tout et pour tout d'un boxer crème. Malgré cette tragédie, la scène était majestueuse. Il s'était démené, sans se laisser aller à admirer ces arabesques de sang façon « Body-painting », pour s'acquitter de son devoir de « Super héros injustement méconnu » pour plagier le titre de la BD de Larcenet.

Il se demandait encore avec quel sale type elle vivait pour vouloir en finir, « rendre les clefs à l'Éternel » comme disait son pote Yacine. Il ne s'était pas posé plus de questions. Une fois hors de danger, il l'avait veillée jusqu'au lendemain soir comme une mère attend le réveil de son enfant dans un hôpital pour enfin s'assoupir.

Allongé sur son lit ce soir-là, il a terminé la BD de Comès en respirant au travers des pages, outre l'odeur particulière du papier et de la poussière, quelques effluves du parfum subtil de Raphaëlle.

Il a fermé les yeux dans le velours de l'obscurité empreint d'une réelle plénitude qu'il n'avait plus connue depuis longtemps. Il était en paix avec lui-même et cette rencontre avec Raphaëlle le ravissait. Il n'y avait rien de sexuel là-dedans. Plutôt la joie d'avoir rencontré quelqu'un de bien.

En se pointant au commissariat du cinquième arrondissement le matin, il pensait qu'il allait se faire dessouder par son supérieur hiérarchique. Mais rien ne s'était produit. Son adjoint, Mangein, lui avait trouvé vraisemblablement un alibi en béton.

Deal, vol à la tire, baston, pile de papiers sur son bureau et ivrognes qui terminaient leur nuit dans la cellule de dégrisement en hurlant à la mort, ont aidé Lucas à retrouver d'emblée son train-train quotidien. La journée s'est allongée, comme toutes les autres le temps que le soleil franchisse son parcours habituel entre Vaulx-en-Velin et Tassin-la-Demi-Lune.

Lucas ne perdait pas de vue son objectif râlant toute la

journée contre cette foutue administration. À croire qu'il avait passé tous ses concours pour gratter du papier. Au lieu de leur apprendre comment désosser un gun les yeux bandés, ils feraient mieux de leur apprendre à taper à la machine. Au moins ils gagneraient du temps pour rédiger ces saloperies de rapports et passeraient ainsi plus de temps sur le terrain.

Mangein n'avait pas chômé non plus. À jour de son travail, il s'est adressé à son supérieur hiérarchique.

— C'est indiscret de te demander où tu as passé les deux derniers jours ?

— Oui... Mais comme tu m'as trouvé un bon alibi avec le boss, je vais soulager ta curiosité maladive. J'étais à Saint-Sauvage...

— Qu'est-ce que tu es allé foutre à Saint-Sauvage ? ?

— Tu connais ?

— Bien sûr, j'ai un cousin qui est commandant de gendarmerie là-bas.

— Police, gendarmerie... ça doit être la fête chez vous pour les repas de famille !

Mangein a souri.

— Ce soir je vais m'en jeter une au Ninkasi à Gerland, il y a un concert, tu m'accompagnes ?

— C'est sympa mais je dois voir quelqu'un rue Villon, c'est en lien avec Saint-Sauvage justement.

— Rue Villon ? Chez le nouveau conjoint de Stéph ?

— Oui. Tu peux me déposer là-bas, je rentrerai en bus, je n'ai pas Célian.

— Pas de soucis.

Quelques heures plus tard Mangein déposait Lucas au croisement de la rue Villon et du cours Albert Thomas. Il s'est planté contre un réverbère, non loin de l'entrée de l'appartement guettant l'arrivée d'Alain Prudent, le compagnon de Stéphanie.

Le nouveau bourreau des cœurs est arrivé en planche, de la fac de Lyon III ; peu d'attente et bon « timing ».

Prudent cherchait ses clés dans son imper, lorsque d'un coup sec Lucas lui a tapé sur l'épaule. Prudent a fait un bond en arrière en hurlant :

– Non mais vous êtes malade ou quoi ?

Lucas restait calme et réfléchi devant cette anguille.

– Faut être malade effectivement pour venir vous voir et vous demander de l'aide. Je crois que le moment de payer votre dette est arrivé.

Lucas a regardé Prudent qui cherchait visiblement de quelle dette il voulait parler, jusqu'au moment où l'histoire de la cacahuète qui avait failli le mettre ad patres lui est revenue à l'esprit.

– Bon… Qu'est-ce que je peux faire pour vous ? a-t-il dit de mauvaise grâce.

– Montons, nous serons moins à l'écoute.

Pour la première fois, Lucas a dépassé la barrière du sas d'entrée. Prudent l'a conduit directement dans son bureau où s'accumulaient autour d'un ordinateur dernier cri, livres, classeurs et une poubelle qui vomissait des gerbes de papier.

– On dirait mon bureau au commissariat, sauf l'ordinateur. Le mien marche encore avec des pédales.

Prudent n'a pas sourcillé à ce trait d'humour. Il exhalait sa hâte de voir Lucas débarrasser le plancher.

– Je n'ai aucune envie de faire la causette avec vous. Je vous dois un service, je m'exécute et vous dégagez.

– Ça a le mérite d'être clair et ça me va, mais mon cœur balance entre vous demander de l'aide ou le regret de ne pas vous avoir laissé crever le dernier coup.

Prudent avait soudain la tête d'une bourgeoise ultra catho à qui on aurait mis la main aux fesses.

— Bon, j'ai en ma possession une vidéo assez compromettante où un visage est flouté. Je souhaiterais savoir qui se cache derrière ce visage.

— Je ne suis pas technicien en informatique. Allez plutôt voir des spécialistes de la flicaille.

Lucas a pris le temps de faire le tour du propriétaire d'un regard avant de venir fixer Prudent avec les yeux d'un Anthony Hopkins en Hannibal Lecter dans le Silence des agneaux.

— Hum... La flicaille... Allons, allons, Alain, n'y mettez pas de mauvaise volonté. Si je viens vous voir c'est justement parce que mon problème ne concerne pas le commissariat... Et puis entre nous, il serait dommage que Stéph apprenne vos anciens déboires avec la justice... Eh oui, Alain, je vous fais chanter comme vous faisiez chanter vos jeunes étudiantes... C'est horrible non ?

Prudent est devenu blanc.

— C'est petit et mesquin effectivement. Passez-moi votre vidéo.

Il a allumé l'ordinateur qui contrairement à celui de Lucas qui ramait pendant trois quart d'heure, a été opérationnel en quelques secondes.

En quelques tours de main, Prudent avait décrypté le floutage. Il ne s'est pas attardé sur la vidéo en elle-même, mais juste sur le visage du violeur.

— C'est un cryptage de premier niveau. Le plus simple en quelque sorte. Le mec qui a réalisé ça n'est visiblement pas très doué.

— C'est moi !

C'était Stéph qui entrait suivie de Célian.

— T'as acheté ma revue ?

— Oui, j'ai acheté TA revue, TES journaux et NOS courses, que JE vais ranger... Et BONSOIR QUAND MEME !

Lucas sans le montrer a eu un léger sourire, mesquin

encore une fois. Stéph était dans le hall mais ne l'avait pas vu. La connaissant et en entendant « sa joie » débordante, Prudent allait dormir sur le canapé.

Célian a osé risquer sa tête dans le bureau.

— Papa ? ?

Il est venu se jeter dans ses bras. Lucas l'a éloigné de l'écran d'ordinateur. Il aura le temps de découvrir les atrocités barbares de ses confrères dans sa vie future. Stéph est venue à son tour.

— Lucas ? ? Mais qu'est-ce que tu fais là ?

Il pensait qu'il allait essuyer les plâtres, mais à sa grande surprise Stéph s'est radoucie.

— Une affaire personnelle pour une amie. J'avais besoin d'un informaticien étranger aux services de police.

Il a pris Célian par la main :

— Viens, on va aider maman à ranger les courses.

Ils se sont dirigés vers la cuisine pendant que Prudent s'affairait sur l'ordinateur manifestement pas tranquille de les savoir tous les trois dans la pièce adjacente.

Lucas a sorti les courses du sac pendant que Célian et Stéph les rangeaient.

— C'est qui ton amie papa ?

— Tu te souviens de la carte du ballon ? Eh bien c'est elle.

En regardant Stéph à ce moment, il a vu juste un voile traverser ses yeux... Un mélange de tristesse et de jalousie. Mais il a simplement ajouté d'une voix discrète et triste en fixant Stéph :

— C'est juste une amie...

Prudent s'est pointé sur le pas de porte attrapant Stéph par la taille pour la coller à lui et bien mettre tout le monde au courant de ses « titres de propriété ». Sauf qu'elle s'est détachée brusquement, le laissant comme un con avec la tête de niais que l'on peut faire lorsque l'on se prend un vent devant tout le monde.

— Hum... J'ai tout sur cette clé USB. Je considère que j'ai payé ma dette.

— C'est bon pour moi, merci.

Il a fait demi-tour lorsqu'il a entendu la voix de Stéph :

— Tu veux boire quelque chose ?

Elle avait les yeux brillants et ceux de Célian pétillaient. Ceux de Prudent en revanche avaient dégainé les Kalachnikov.

— C'est sympa, mais non, je vous remercie. J'ai encore à faire ce soir... L'avantage du célibat' ! a-t-il lancé d'une voix triste en repensant à la scène de l'hôpital avec Raph. Une autre fois peut-être ?

Stéph et Célian l'ont accompagné sur le pas de porte. Il a fait un bisou sonore à Célian et Stéph lui a claqué une bise sur la joue :

— Quand tu veux ! a-t-elle répondu espiègle.

Au croisement de la Rue Villon, Lucas a remonté le cours Albert Thomas en direction de l'arrêt de bus de Sans-souci, repensant à la scène qui venait de se dérouler. Depuis leur séparation, Stéph ne l'avait plus touché et cette bise sur la joue le comblait de joie.

Il dormirait bien à nouveau ce soir.

Mais avant de roupiller, il devait transmettre le contenu de la clé USB à Raphaëlle et Fabien.

XXXI
Saint-Sauvage
Raphaëlle
- 2018 - Après le jour noir

— Ça y est !

Le smartphone vibre sur la table de nuit du lit d'hôpital animant la surface plane du verre d'eau de cercles concentriques. Le numéro de Lucas est inscrit sur l'écran.

Une seule journée s'est écoulée depuis son départ, mais son absence me pèse déjà.

Il suffit parfois de quelques minutes pour développer des affinités entre deux personnes, parfois un seul regard. Les liens se tissent d'eux-mêmes sans effort ni contreparties. Je n'ai jamais compris ce type de processus. D'ailleurs, y a-t-il besoin de comprendre ? Ce n'est pas tellement la conversation, mais plutôt la présence de l'autre qui est indispensable. On ne peut pas parler d'amour et encore moins de sexe, c'est plutôt un sentiment de sécurité, de protection. Une symbiose pour exprimer le terme exact mais sans échange matériel. Certains couples parviennent à cet état de grâce au bout de dizaines d'années de vie commune. Une espèce de rédemption. On vieillit, le mental prend le dessus sur le physique, on se contente de ce que l'on a et l'on fait fi des défauts de chacun. On l'observe parfois sur des bancs publics lorsque des couples d'octogénaires se donnent la main tendrement.

Combien de fois cette situation peut-elle se présenter dans une vie ? Je pense que c'est comme la chance, peu de fois, mais quand elle passe il faut la saisir.

Lucas m'avait fait cet effet. Je ne voulais plus m'en séparer et j'avais la forte intuition qu'il en était de même pour lui. Nous étions conscients l'un et l'autre qu'il fallait panser nos âmes abîmées et que cette présence allait nous aider à franchir les barrières.

Lucas nous appelait en visioconférence. Il avait du nouveau, la vidéo était décryptée. Fab et Elke se sont assis de part et d'autre de mon lit tenant le smartphone à une certaine distance pour que nous puissions en profiter.

Lucas apparaît sur l'écran. Le zoom lui grossit légèrement les traits en lui écartant les yeux. On pouvait distinguer derrière en fond, une bibliothèque blindée de livres et de magasines entassés en dépit du bon sens sur des rayons qui menaçaient de céder à tout moment. Il avait le sourire et je suppose qu'il devait se moquer également, en nous voyant serrés comme trois astronautes dans une capsule de Spoutnik.

Il entre directement dans le vif du sujet.

– Bon, je ne vais pas y aller par quatre chemins mais mon « expert » m'a décrypté la vidéo. J'ai fait une capture d'écran du visage du type à un moment où on le distingue bien.

À côté de moi, Fab ne tient plus en place. Il se contorsionne dans tous les sens.

– Mais qu'est-ce qui se passe Fabien ? lui demande Elke que ça agaçait.

– Rien, rien, j'ai juste une envie folle d'aller aux toilettes.

Je souris ; un vrai gosse devant un dessin animé, encore à demander l'autorisation pour uriner ou qui préfère se retenir en se dandinant quitte à faire trois gouttes dans son caleçon plutôt que d'interrompre les festivités.

– Mais vas-y Fab bon sang !

Il ne se le fait pas dire deux fois. Il s'enferme dans les toilettes en hurlant qu'on l'attende pendant que Lucas nous envoie le fichier joint.

La photo s'affiche bande par bande pour palier à la mauvaise connexion. On distingue maintenant nettement le visage du violeur. Petit, brun, avec un cou trapu de rugbyman. Il n'a pas de signes particuliers et Lucas a eu la délicatesse de ne pas montrer son visage dans un moment d'extase ou d'acharnement. Il est inexpressif, glaçant même, ce qui met très mal à l'aise quand on imagine la scène.

En voyant ce visage morne et ces yeux inertes j'ai une répulsion ; la sinistre impression m'être faite violer par un mort. Mon œil enregistre et imprime la photo. Cet homme-là ne me dit rien. Je ne pense pas l'avoir déjà vu malgré une vague impression de familiarité.

Absorbée par le cliché, je ne vois pas Elke en train de se décomposer. Je tourne légèrement la tête pour l'interroger. Je n'ai pas besoin de lui poser de questions. Elle est blanche, livide, une main sur la bouche. Sans me regarder elle appelle ou plutôt elle crie :

— Fabien, viens vite voir, dépêche-toi ! !

Je n'ai pas le temps de prononcer un mot. Fab sort en quatrième vitesse des toilettes, la braguette encore à moitié ouverte. En temps normal j'en aurais rigolé, mais à cet instant je suis au plus mal.

Fab me prend le smartphone des mains, pour regarder à son tour.

— Oh Bordel ! ! J'y crois pas ! !

Je me hasarde enfin mi-inquiète, mi-étonnée :

— Mais vous le connaissez ? ?

— Oui on le connait… et c'était un bon copain. Tu m'étonnes que l'on n'ait plus de ses nouvelles…

Il regarde l'écran abasourdi une fois de plus. Le violeur a vieilli un peu.

— C'est Rico. Il était avec nous à l'enterrement de vie de garçon et de jeune fille de Lorant et de ma sœur Chouchou.

Le jour de son accident... Tu l'as croisé une fois, en 2015... À la fête où tu as rencontré Lorant.

Il secoue la tête et fronce les sourcils.

— Putain mais quel enfoiré ! !

Rico... Il y avait tellement de monde à cette fête. J'avais beau être avec Fab depuis pas mal de temps, à chaque fête il y avait de nouvelles têtes. La preuve, je ne connaissais même pas Lorant qui à l'époque était encore « Le meilleur pote ».

Mais avec Fab c'était souvent comme ça. Il invitait les copains, qui en invitaient d'autres, etc... Généralement tout se passait plutôt bien, loin des « apéros Facebook » où la moitié de la Terre s'invitait aux dix-huit ans d'une jeune fille dans sa maison de lotissement désertée par ses parents pour l'occasion.

Rico immergé au milieu de la foule d'invités, se fondait dans un décor mouvant que j'avais déjà du mal à distinguer. Une seule chose me titillait dans cette histoire.

Je m'en ouvre à Fab, Elke et Lucas de l'autre côté de son écran.

— Pendant qu'il me violait, cet enfoiré m'a traité de...

Je baisse les yeux soudain honteuse de répéter les paroles impures de cette ordure :

— Sale pute de prof... Ça m'avait marquée car je me demandais bien comment il le savait.

— Il savait que tu étais prof ? ? s'enquiert Fab

— Oui, mais bon, comme tu le connaissais, tu aurais pu lui dire.

— Effectivement. Mais je ne vois pas pourquoi on en aurait parlé. Rico n'est pas vraiment quelqu'un qui s'intéresse aux autres. Il a toujours été solitaire, célibataire et à moitié alcoolo... Mais oui, le sujet aurait très bien pu venir sur le tapis.

De l'autre côté de l'écran Lucas réfléchit.

— Fabien, vous nous avez dit que le « bourreau des cœurs Romantique12 » – il souriait à l'évocation de ce sobriquet ridicule – connaissait l'existence de ce fameux « gîte/studio de cinéma » aux alentours de Vallon-Pont d'Arc non ?

— Bah oui, c'est ce que j'ai compris.

— Très bien. Le Mas était apparemment bien connu des gens du « milieu », mais pouvait également se louer à des personnes qui connaissaient partiellement ou même pas du tout l'existence de caméras les filmant à leur insu, c'est bien cela ?

Fab hoche la tête. Lucas reprend :

— Raphaëlle, vous disiez que c'est Lorant qui avait loué le gîte en guise de cadeau de « réconciliation » ?

Je commence malheureusement à comprendre où Lucas veut en venir.

— Oui, oui, c'est lui qui s'en est occupé.

— Comment était-il ces derniers temps ?

Je repense au brusque revirement de situation. Lorant a toujours été lunatique. Sa décision d'aller dans ce gîte de l'enfer s'était présentée comme la seule véritable « accalmie ». Il avait été un réel agneau jusqu'au viol. Véritable déclencheur, ma plainte en gendarmerie l'avait renvoyé dans ses retranchements. Ça avait duré jusqu'à la fête de la montgolfière. En rentrant, il m'avait fait une scène. Il n'avait pas supporté que je lui fasse faux bond pour la remise des prix. Le lendemain il était parti très tôt pour son séminaire, ne m'avait pas appelée, pas laissé de message. Il n'avait aucune idée de ma tentative de suicide, ni de mon séjour dans cet hôpital, ni bien sûr des hypothèses hasardeuses que nous étions en train d'élaborer. Je réponds :

— Lorant était comme à l'accoutumée : soupe au lait, distant, voire méfiant.

Je leur explique ensuite le flot de pensées qui vient de me traverser l'esprit.

– Est-ce que vous savez quand il doit rentrer de son séminaire ?

– Il doit rentrer mercredi et récupérer Alexandre et Léonie jeudi. Il est parti en train avec plusieurs de ses collègues de l'agence.

Lucas conclut :

– Très bien, j'irai l'attendre à la sortie du train. Je n'ai aucun ordre de mission, mais bien des fois, la simple vue d'un flingue et d'une carte de police délie les langues tout en muselant les mauvaises initiatives. Si on ne se revoit pas, ne retournez surtout pas chez vous. Fabien auriez-vous un canapé bien confortable ?

– J'allais justement le proposer.

– Très bien, je m'occupe du reste et je vous tiens au courant dans les meilleurs délais.

XXXII
Fête de la Gravière
Lorant
- 2015 -

Lorant était arrivé le jour même à l'aéroport. C'était Math, un de leurs amis, qui était venu le chercher.

— Laisse tomber le taxi, je passerai te chercher et on en profitera pour prendre les autres au passage, c'est sur la route.

Il n'avait même pas prévenu Elke et les enfants qu'il était arrivé à bon port. Il n'avait pas envie. Désormais le simple fait de voir sa tête de blondasse lui sortait par les yeux.

Lui, il voulait de la « chair fraîche », un fac-similé de l'ogre du Petit Poucet mis en appétit par les filles. Il avait déjà fait cocue Elke une paire de fois. Oh, rien d'intentionnel, c'est la situation qui tombait comme ça. Les meufs le chauffaient au bar, en boîte, dans les concerts, dans les soirées à n'en plus finir, dans les quartiers branchés de Berlin et surtout au boulot, alors pourquoi résister ?

Lui, ne savait pas dire non. Après tout, pourquoi dirait-il non ? Pour la forme ? Parce que c'est comme ça ? Parce que quand on est avec quelqu'un on lui doit la vérité, fidélité ? Mais c'est quoi ces conneries ? On se croirait à la messe. Avec Elke, ils n'étaient pas mariés. Tant mieux, ça ferait ça de papier en moins quand il la larguerait.

Alexandre et Léonie étaient grands maintenant ; plus besoin de leur torcher le cul, de leur donner à manger ou de les occuper avec des jeux à la con. Ils se débrouillaient très bien avec leur smartphone et leur ordinateur dans leur chambre et quand ils devenaient casse-pieds, il sortait son mot magique : « Mc Do ». Après il avait la paix pour un bon moment. Pour lui « tranquillité » était synonyme « d'obésité ».

Facile d'élever des gosses finalement. Il suffit de dire « Amen » pour avoir la paix et « Stop » quand ils dépassent les bornes. Il leur avait filé à chacun une bonne torgnole à une époque et depuis ils connaissaient les limites à ne plus dépasser... Du moins en sa présence.

« L'élevage des gosses manu-militari » n'avait jamais été au goût d'Elke, même pour une « Gretchen » ; mais elle avait bien compris avec sa cervelle de poule que les limites étaient les mêmes pour tous... Surtout pour elle.

De toute façon ils avaient vécu au moins treize ans ensemble, ce qui était déjà un score de nos jours et un record pour lui... Et il ne supportait plus qu'elle ramène Chouchou encore et toujours sur le tapis : « Avec Chouchou ci, avec Chouchou ça, Chouchou aurait fait comme ça, et bla bla et cui cui ». Il n'en pouvait plus.

Il lui fallait de l'air ; se mettre au vert. Alors quand cette conne lui avait fait une scène parce qu'elle ne voulait pas qu'il vienne à la bringue de Fab, il avait vu rouge... et pas rouge pink... Rouge blood.

Le coffre de la vieille Golf IV bleue marine vomissait de packs de bière, de bouteilles de pinard et de biscuits apéro. La gravière patientait sereinement au bout d'un chemin de terre chaotique sous les amortisseurs fatigués de la Volkswagen.

Malgré l'interdiction, les gens venaient se baigner ici tout l'été. La municipalité n'aimait pas ça. Ces vieilles carrières pouvaient se révéler très dangereuses. Le fond atteignait déjà les quinze ou vingt mètres à seulement quelques mètres du bord. Les accotements pas très stables pouvaient se dérober et emmener les baigneurs dans un effet d'aspiration. Mais c'était surtout les risques d'hydrocution avec les eaux très froides en profondeur et les eaux stagnantes pas très saines qui posaient problème.

Malgré cela, l'endroit était propice aux fêtes en tout genre. L'éloignement des habitations, les plages assez spacieuses et la proximité d'endroits cachés par la végétation pour satisfaire les besoins urgents... dans tous les sens du terme. Il n'était pas rare de voir des couples se former sur ce genre de soirée et consommer rapidement.

Fab avait encore bien fait les choses, personne ne pouvait le nier. Il pourrait organiser des raves à lui seul ; des teufs comme on disait maintenant, mais bon, il restait encore réfractaire aux pilules « magiques ».

Lorant déplorait ce côté un peu vieille France de Fab, et pourtant il n'avait pas tout à fait tort. À Berlin, il avait vu tout un tas de jeunes se gaver de MDMA en faisant passer la pilule – c'est le cas de le dire – avec un verre de bière. Leur sourire finissait par se dégrader, leurs dents pourrissant les unes après les autres de l'intérieur leur laissant un émail à mi-chemin entre le jaune et le noir.

Math a garé la Golf à deux pas du feu géant qui ronflait, lançant des flammes à plusieurs mètres de haut. Il faisait déjà nuit noire quand ils sont arrivés... « Se faire attendre, c'est se faire désirer » pour plagier Anne Parillaud donnant la réplique à la divine Jeanne Moreau dans Nikita de Luc Besson. Les cinq se sont extirpés de la voiture, puis se sont dirigés directement vers la jarre de punch.

Beaucoup de monde était attelé autour du bar de fortune sous le barnum. Fab, en les voyant arriver s'est jeté au cou de Lorant, déployant une fois de plus son énergie communicative.

Dès leur arrivée, un des convives s'est brusquement retiré de la vue de tous pour rester dans la pénombre aux abords du barnum, loin du feu et à l'abri des arbres pour voir sans être vu.

Fab ne tarissait pas d'éloges sur Lorant même si depuis la mort de sa sœur Chouchou son pote de toujours avait changé radicalement. Il n'éclatait plus de rire, il souriait ; il ne buvait plus, il dégustait ; il était devenu susceptible ; ses remarques étaient bien souvent blessantes et son humour fourbe et tordu, mais Fab ne pouvait se résoudre à le remettre en place, tant la mort de Chouchou les avait affectés l'un comme l'autre.

Retrouvailles faites, Fab s'était écarté pour laisser la place à une brune diaphane au chignon légèrement défait laissant osciller quelques mèches rebelles qui descendaient le long de son visage gracieux. Elle portait une robe cintrée à fleurs, un magnifique arbre mort tatoué à la base de son cou, un écarteur à l'oreille gauche et un anneau d'argent dans le nez.

Lorant est resté un temps béat, avant que Fab ne fasse les présentations.

— Lorant je te présente Raphaëlle – Raph – avec qui je vais partager ma vie. Raph je te présente Lorant, mon meilleur pote... Bon, ça c'est fait. Maintenant place aux choses sérieuses !

Pendant que Fab se dirigeait vers la jarre en les invitant à le suivre, Lorant fixait Raph avec une avidité effrayante ou plutôt il la déshabillait. Une espèce de scanner qui traversait ses vêtements. Elle avait détourné les yeux non parce qu'elle était mal à l'aise mais plutôt parce que ce genre de comportement la soûlait.

Habitué à tous les cas de figure, Lorant s'était placé non loin d'elle, prenant soin de mettre de côté ses airs de beau gosse, en lui posant quelques questions d'usage afin qu'elle se détende.

Il était courtois, intéressant, cultivé et à mille lieues de la lourdeur de Fab quand il avait bu un verre de trop. Lorant le connaissait par cœur et n'hésitait pas à lui remplir le verre « en souvenir du bon vieux temps » et du « ça me fait tellement plaisir d'être là ».

Malgré sa longueur d'avance, Fab n'était pas dupe sur les manœuvres mesquines de Lorant visant à le faire boire. Mais il s'en moquait. Il avait une confiance sans faille en Raph et se contentait de se faire remplir son verre en enchaînant les bons mots pour amuser la galerie... sans se douter une seule seconde que le vent était en train de tourner pour lui.

Raph n'avait pas bougé d'un iota et commençait d'être séduite par la ruse de Lorant. Elle voyait bien le manège qui se tramait mais laissait faire. Ce flirt la distrayait finalement au milieu de la beuverie. Elle se contenterait en fin de soirée de ramener une fois de plus un Fab comateux avant qu'il ne s'écroule sur le lit en ronflant au bout de quelques secondes seulement.

Même si Raph restait distante, ils ne s'étaient pas quittés de la soirée. Lorant avait beau déployer ses tactiques, il y avait toujours un frein entre eux... Et ce frein s'appelait Fab, naturellement.

Lorant s'était éloigné du barnum pour aller uriner au milieu des arbres, profitant que Raph soit partie danser.

En revenant vers la fête, une main l'avait alpagué par l'épaule. Décontenancé, il s'était dégagé d'un vaste coup d'épaule de la main qui l'empoignait, comme si on avait porté atteinte à son égo démesuré.

En se retournant, Rico le dévisageait de son regard à moitié fou en s'exprimant d'une voix caverneuse et ironique :

— Alors l'allemand, on ne dit plus bonjour à ses vieux amis ?

— Qu'est-ce que tu fais là ? a lâché Lorant subitement sur la défensive.

– C'est plutôt à moi de te poser cette question l'allemand. Je n'ai jamais quitté la France pour perdre de vue mes anciens copains.

– Je t'avais dit qu'il ne fallait plus qu'on se revoie, pour ta sécurité comme pour la mienne.

– Pour la tienne l'allemand. Tu t'es toujours foutu comme de l'an quarante de mes états d'âme. Tu t'es barré pour ne plus croiser ma route, hein. Tu n'as plus jamais pris aucune nouvelle, hein l'allemand.

– Et tu n'as jamais eu d'emmerdes depuis et tout ceci grâce à moi.

– Grâce à toi ? ? Quelle blague l'allemand !

– Tu n'as pas craché sur le fric que je t'ai proposé à une époque hein. Au lieu de tout le craquer en jeux et en picole, tu aurais pu te trouver un appart sympa et...

– Tss, Tss, on ne se refait pas l'allemand. Mais tu vois je me dis que ce que j'endure au quotidien n'avait finalement pas été très bien payé à l'époque. Tu ne crois pas non ? J'ai même franchement l'impression de m'être bien fait baiser.

– Un contrat signé, on ne revient pas dessus. Tu as accepté les clauses, alors maintenant tu arrêtes avec ton chantage.

Rico a dodeliné de la tête.

– Voyons l'allemand ne fais pas ta forte tête. T'es pas en position de dire quoi que ce soit, on est bien d'accord ?

Rico était sournois et mauvais. Il faisait peur à voir. Lorant s'était écrasé.

– Je ne vais pas y aller par quatre chemins l'allemand. Tu connais mon addiction non ? Tous les soirs je me dis que cette fois c'est fini, mais le lendemain dès l'ouverture je suis aux portes du casino. Tout ça pour quoi ? Le fric, toujours le fric. Alors comme je ne savais pas où tu étais passé, j'en ai emprunté... À d'autres. Mais qui dit emprunt dit remboursement et c'est là que ça coince, tu me comprends l'allemand... Les gens à qui je dois des ronds ne sont pas trop versés dans la blagounette si tu vois ce que je veux dire. C'est un équilibre quelque part, toi tu fabriques du fric, et moi je le claque.

Rico a ricané dans sa barbe.

– Quelle ironie quand même... Mais ne t'inquiète pas, j'ai trouvé un plan pour faire du blé... Et il va être juteux... C'est le cas de le dire.

Fiévreux, il a rigolé une fois de plus sinistrement. Lorant ne comprenait pas un traître mot de ce qu'il racontait.

– Tu sais l'allemand, pour ma prochaine entreprise, j'aurais besoin de toi... Mais pas pour ton fric cette fois... Oh non... Tu verras en temps voulu. D'accord l'allemand ?

Lorant n'avait pas répondu. Il le faisait flipper avec sa tête de dingue. Rico avait fini par se retourner pour rejoindre la masse sombre à la fois rassurante et angoissante des saules et des trembles, au grand soulagement de Lorant. Mais avant de partir, il avait sifflé :

– Ah, j'oubliais... Je te retrouverai toujours... Donc pas de faux bond hein l'allemand. Tu sais avec qui je traite... Pas des rigolos hein ?

Rico a montré sa main gauche amputée de l'auriculaire et de l'annulaire. Tout ça pour du fric... Tu te rends compte l'allemand, pour du fric. Il a posé sa main sur la joue de Lorant :

– T'as bien compris, hein ? Pas de faux bond l'allemand !

Rico s'était ensuite retiré, laissant Lorant blême et perplexe

Pour la première fois de sa vie, Lorant avait eu peur, très peur. Il avait toujours craint Rico et son côté pince sans rire. Fab continuait apparemment à l'inviter régulièrement sans s'apercevoir que son pote était devenu un véritable psychopathe.

XXXIII
Gare de Saint-Sauvage
Lucas
- 2018 -

Lucas se dirigeait vers la gare pour surprendre Lorant à la descente du train. Il n'aimait pas trop utiliser cette technique digne d'un mauvais téléfilm, mais une ou deux fois dans sa carrière, il l'avait appliquée. Choper l'homme à part, sans témoin, tout en lui faisant bien comprendre qu'il valait mieux qu'il collabore. Méthode certes mesquine et contraire aux lois mais qui restait d'une redoutable efficacité avec les gens qui justement n'avaient jamais eu aucun souci avec la loi, tout en économisant une somme astronomique de temps, d'argent et de paperasse administrative.

Lucas a franchi le bâtiment de la gare pour rejoindre le quai après s'être garé en vrac sur le parking complètement bondé.

Sur place, il a eu la désagréable surprise de tomber nez à nez avec plusieurs gendarmes et policiers facilement reconnaissables à leur brassard orange avec écrit « police » dessus.

Il ne s'attendait pas vraiment à cette déconvenue. Il n'avait pas envie que tout foire à cause de cette mascarade. Et surtout, que faisaient-ils ici ? Peut-être le moment de jouer la carte de la maison.

Un des gendarmes lui a barré le passage. Comme lui, les voyageurs présents sur le quai étaient « parqués » sur une extrémité pendant que gendarmes et policiers bloquaient l'autre portion.

L'un d'eux s'est approché :

— Restez à l'écart s'il vous plaît monsieur.

Lucas a regretté à ce moment-là, de ne pas avoir pris le matin même au commissariat du cinquième, un brassard orange pour se fondre dans la masse des policiers présents. Les gendarmes semblaient avoir juste une simple fonction de circulation. Visiblement c'était la police qui était en charge de l'enquête.

Mais que cherchaient-ils ?

Un capitaine s'est approché du brigadier en faction à l'entrée du site pour lui parler. Lucas les regardait tous les deux, un œil posé sur la bande patronymique de l'officier : Capitaine Laurent Mangein. Il a souri… le hasard faisait parfois bien les choses.

Les échanges avec son adjoint lui ont traversé l'esprit :

« Mon cousin est capitaine à la gendarmerie de Saint-Sauvage ; Police, gendarmerie… ça doit être la fête chez vous pour les repas de famille ! »

Lucas avait déjà son portable en main, le numéro de son adjoint en caractères gras sur l'écran :

— Mangein, C'est Lucas Marivaux. Dis-moi vite s'il te plait, ton cousin ne s'appellerait pas Laurent par hasard ?

— Si, mais comment tu le sais ? T'es en cabane à Saint-Sauvage ? a ajouté l'adjoint en riant.

Lucas lui a résumé la situation en deux mots.

— Passe le moi s'il te plaît. Je lui explique et dans trente secondes tu es dans les murs.

Lucas s'est alors adressé au gradé :

— Capitaine Mangein, téléphone pour vous !

Le visage du capitaine s'est fermé soudain. Ce n'était vraiment pas le moment de jouer aux farces et attrapes. Lucas est resté sérieux tout en lui présentant sa carte de police.

— Ce n'est pas des blagues capitaine.

Laurent Mangein s'est saisi du portable de mauvaise grâce. Lucas l'avait appelé par son grade et par son nom. Il y avait mis les formes.

— Capitaine Mangein à qui ai-je l'honneur ?

Lucas regardait les traits du capitaine se détendre à vue d'œil. Il a même rigolé. Son adjoint faisait du bon boulot une fois de plus. Il a raccroché.

— Suivez-moi lieutenant Marivaux ! lui a dit le capitaine avec le sourire cette fois.

Le capitaine Mangein lui a expliqué la situation.

— Une fois de plus, la gendarmerie doit retourner dans ses retranchements militaires… « Tu nous laisses faire et surtout tu fermes ta gueule ». Je ne comprends pas qu'à notre époque, il y ait encore la guerre des polices. Serrons-nous les coudes nom de Dieu, c'est déjà assez compliqué comme ça ! Tout ça parce que le procureur à une préférence pour la police, non mais franchement !

Le capitaine avait le même côté un peu rustre et emprunté que son cousin et c'est ce que Lucas a apprécié chez lui. Il a continué :

— En plus s'il y a ce pataquès à la gare aujourd'hui, c'est à cause de nous… Ou plutôt grâce à nous. Étienne Ventura, commandant de gendarmerie de la brigade de Mende, a découvert le corps d'un de ses amis dans un congélateur à Ondres, dans les landes. Les gendarmes locaux se sont rendus sur place pour constater le décès. Mais au vu des circonstances il ne s'agit pas d'un suicide, l'homme y a été placé. Ça faisait seize ans ! Seize ans, vous vous rendez compte que l'homme y était ! Ce qui a mis la puce à l'oreille du commandant Ventura, c'est que toutes les taxes et les charges étaient payées rubis sur l'ongle par un type depuis toutes ces années. Et ce type, c'est le directeur de la banque de Saint-Sauvage : Lorant Duval.

— Et il doit arriver aujourd'hui par le train d'11h38 ?

– Oui. Nous avons mis la PJ au courant et depuis ce sont eux qui sont en charge de l'enquête et se servent de nous comme pantins... Mais lieutenant, j'y pense, vous n'avez aucun lien avec la police du secteur ?

– Non.

–Alors pouvez-vous m'expliquer ce qui amène la BAC de Lyon à plus de cent-cinquante kilomètres de chez elle ?

Lucas a réfléchi. Le capitaine l'avait mis dans la confidence sans aucun problème. Il n'était pas missionné pour cette enquête, donc il marchait sur des œufs et la moindre incartade pouvait lui coûter cher. Quant aux gendarmes, s'il leur donnait les éléments qu'il avait et l'histoire du viol là-dessus, ils auraient un os à ronger.

Il s'est donc décidé à lui raconter toute l'histoire dans son jus, du ballon d'hélium à la tentative de suicide de Raphaëlle, en passant bien entendu par Rico/Lorant, le viol et la vidéo. Ils attendaient tous désormais le train avec impatience.

Les voyageurs sont descendus à quai. Le capitaine Mangein a reconnu plusieurs employés de la banque où il avait ses habitudes avant d'apercevoir Lorant débarquant le dernier, fier comme un paon.

Sur le quai infesté de gendarmes et de policiers, les voyageurs impressionnés suspectaient davantage terrorisme ou colis piégé que l'arrestation d'un voyageur lambda.

– Lorant Duval, vous êtes en état d'arrestation.

Deux des policiers ont saisi Lorant chacun par un bras. Il s'est débattu pour la forme derrière sa fierté qui ne quittait jamais son visage ; ses cheveux en désordre et ses yeux fous mutaient son apparence d'habitude gracieuse en un rictus venimeux. Quant à son cerveau, il calculait à une vitesse inimaginable la façon de se sortir de ce guêpier tout en faisant bonne figure devant ses collègues de travail.

Lucas observait le regard malade de ce fameux Lorant enfin matérialisé à quelques pas de lui. Son visage lui faisait penser au personnage de Caledon Hockley dans le « Titanic » de James Cameron lorsqu'il décide de tuer littéralement Rose et Jack, les deux héros du film.

Le gradé de la PJ passait à proximité de Lucas lorsque son téléphone a sonné. C'était Fab. Il était affolé.

— Lucas, c'est Fabien… Vous êtes avec Lorant ?

— Oui, mais il est entre de bonnes mains, impossible de l'interroger !

— Pas besoin… il faut que je vous passe quelqu'un au téléphone, c'est capital.

Lucas a alors entendu la voie d'une femme un peu geignarde.

— Bonjour Monsieur, je suis une amie de Fabien et de Lorant… Je vais aller droit au but…L'homme que vous avez arrêté est bien un criminel… Mais ce n'est pas Lorant Duval. J'en ai la preuve formelle. Je peux tout vous expliquer.

— Puis-je vous demander votre nom ?

— Je m'appelle Marie-Agnès.

XXXIV
Saint-Sauvage
Lorant
- Avril 2018 -

Son smartphone a sonné.

D'habitude, il se méfiait toujours des numéros étrangers à ses contacts. Mais là c'était quelque peu différent. Il avait embauché à l'agence : Anaïs, une nouvelle stagiaire fraîchement sortie de l'école, vingt-deux ans, tout pour elle et surtout l'imparable d'une fonction relationnelle : le sourire.

Elle lui avait tapé dans l'œil et Lorant ne s'était montré ni trop pressé, ni trop encombrant. Il rêvait d'un équilibre qui lui correspondait mieux et cette petite arrivait à point nommé entre Raph et l'autre simplette.

Elle s'était donc présentée devant Lorant pour son entretien d'embauche avec tout un tas de recommandations enseignées dans les écoles pour faire bonne impression.

Lorant a écouté Anaïs d'une oreille en souriant vaguement.

De toute façon, elle aurait pu lui raconter qu'elle se défonçait au LSD ou à l'héro' à longueur de journée, il l'aurait prise quand même… Ne serait-ce que pour changer un peu le décor « vieillissant » de l'agence.

Pendant l'entretien, ils avaient discuté de choses et d'autres et Lorant avait étudié avec attention les cases détentes/loisirs de son CV. Ils avaient une passion commune pour le trail. Ni l'un ni l'autre n'avaient encore franchi les barrières insurmontables de l'Ultra-trail, avec ses kilomètres et ses dénivelés à la limite de la résistance humaine, mais il lui avait demandé si le dimanche matin suivant elle voulait bien l'accompagner dans les Monts du Beaujolais pour courir une vingtaine de kilomètres.

– Il faut que je voie avec mon copain, mais oui, ça me dirait bien... De toute façon, copain ou pas... Il pourra jouer un peu plus à la console ! Je vous le confirme dans la semaine.

Elle avait fixé Lorant. Il ne lui en fallait pas plus.

Lorant avait donc veillé son smartphone jusqu'à ce qu'il sonne enfin. Il lui avait donné bien entendu son numéro de portable personnel... Raph n'était pas du genre à venir fouiner dans les affaires qui n'étaient pas les siennes. Un bon point pour elle.

Il a donc fait glisser son index sur la petite icône verte de son smartphone en lançant un joyeux :

– Oui, bonjour ! !

– Alors l'allemand, on est de retour sur le plancher des vaches ?

C'était la voix caverneuse et menaçante de Rico.

Rico... Trois ans qu'il n'avait pas eu de ses nouvelles, depuis la fête de la gravière. Le ton euphorique de Lorant est devenu glacial.

– Qu'est-ce que tu veux ? Je t'avais dit de ne plus m'appeler.

– Oui, oui, je suis désolé, tu le sais bien ? a-t-il dit d'un ton narquois.

– Comment m'as-tu retrouvé ?

– Mais tu es tellement prévisible l'allemand... Chaque semaine sur Facebook et Insta' des nouvelles photos de ton agence, du personnel, de la déco, de tes virées sportives, de tes bouffes au resto, de tes scores au bowling... Tout un tas d'images et de nouvelles destinées à montrer la teneur de ton égocentrisme et de ton narcissisme à la face du monde entier. Tu ne veux pas être pisté et tu es pourtant le premier à lancer des fusées de détresse.

— Tu veux quoi encore ? Du fric pour éponger tes dettes de jeux ? Tu veux encore me faire chanter ?

— Mais non... Qu'est-ce que tu vas chercher l'allemand... Je me suis lassé de tout ça. Et maintenant pour le fric je me débrouille ! Plutôt une bonne nouvelle non ?

— Bah qu'est-ce que tu veux alors ?

Lorant criait presque dans le portable. Il savait que Rico le tenait par les couilles... Et surtout, il en avait peur.

— Je t'avais dit le dernier coup que j'aurais besoin de toi pour mon projet. Tu te souviens l'allemand. Alors ce que je veux ? Si ce n'est pas du blé, c'est quoi à ton avis ? Réfléchis un peu mon lapin...

— ...

— Hum, pas très fute-fute à ce que je vois. Alors je vais te donner un indice. C'était la meuf de Fab et elle a un arbre mort de tatoué dans le cou...

— Raphaëlle ? ?

— Ah ! Tu m'as l'air moins con que tu en as l'air ! Mais te connaissant, ne me dis pas qu'il n'y a qu'elle ? Tu es sans doute la plus grande braguette que je connaisse. Raphaëlle ne doit plus t'être d'une grande utilité, non ? Du point de vue sexuel j'entends !

Lorant ne répondait pas. C'était comme s'il lisait dans ses pensées... Mais livrer Raph... Et pour en faire quoi ?

En même temps ça faisait bientôt vingt ans que Rico le faisait chanter. Son commerce était juteux. Il y avait laissé déjà une bonne partie de son compte en banque. Mais si Raph était la dernière des conditions, la fin du chantage, il fallait négocier. Après tout il avait peut-être plus à gagner qu'à perdre...

— Qu'est-ce que tu proposes ?

XXXV
Saint-Sauvage
Raphaëlle
- 2018 - Après le jour noir

Je regarde par la fenêtre. Le vent souffle sur les arbres du parc voisin faisant voler les feuilles déjà partiellement sèches des énormes chênes et des marronniers centenaires.

Fab avait trouvé ce logement à louer en périphérie de Saint-Sauvage sur un ancien domaine jouxtant une énorme maison de maître encore habitée par les propriétaires en retraite. C'était un couple d'anciens qui avaient vécu de labeur et de commerce à l'export toute leur vie. Après avoir parcouru le monde de long en large, ils s'étaient posés enfin dans cette résidence. C'était un vieux manoir de famille qu'ils avaient entretenu chaque fois qu'ils venaient en vacances. Pour les locaux, c'était un vrai sketch de les voir s'acharner à décaper et à repeindre le nombre impressionnant de volets à persienne dans un mouvement presque perpétuel. Bien que de fil en aiguille, la presque totalité de leurs économies avait été engloutie par les réfections du toit et des façades, ils avaient rendu à cette demeure sa grandeur d'antan. Le propriétaire disait souvent : « On passe une vie à retaper une maison et lorsque l'on a terminé... On s'y emmerde ! ». Ils s'étaient donc attelés à rénover la petite maison attenante à la demeure qui servait à l'époque à loger les domestiques du domaine.

Fab s'y était donc installé à son arrivée à Saint-Sauvage. C'était une petite bicoque simple et pleine de charme qui donnait sur le parc du manoir. Il y avait largement assez de place pour loger Elke et moi pendant ma convalescence.

Je me retourne et je les observe tous. Fab et Lucas sont perchés sur des tabourets de bar munis d'un verre de Morgon qu'avait débouché Fab. Lucas les sens en éveil sur le cru, respire à plein nez le fruité du gamay, cépage qui s'exprime si bien sur les terroirs du Beaujolais.

Assise devant sur le vieux canapé marronnasse mais diablement confortable, Elke porte également son verre à la bouche. Du blanc cette fois, un Viré-Clessé vinifié sur la commune de Quintaine. C'est Lucas qui a apporté cette bouteille. Le chardonnay y exprime toute sa rigueur, le vigneron ayant laissé volontairement quelques sucres résiduels qui contrastent et apportent un équilibre parfait à la tension exercée par une acidité assez soutenue.

À l'opposé du canapé, assise bien droite dans un tailleur strict, refaite des pieds à la tête, les traits tirés au maximum, se trouve Marie-Agnès. Lorant avait raison en disant qu'elle risquait de se déchirer si elle pétait…

Et pourtant il n'a pas craché dans la soupe. Ça faisait un moment qu'elle n'était pas revenue prendre l'apéritif à la maison avec son mari et pour cause…

Je m'assois à nouveau dans le fauteuil qui leur fait face. Je bois une gorgée du Viré-Clessé, douce, sirupeuse loin du flot de merde que Marie-Agnès est en train de déverser dans mes chastes oreilles.

« Grâce » à elle, je commence à voir plus clair dans toute cette histoire malsaine. Je comprends enfin la notion de « dommage collatéral ». Je n'avais rien demandé. J'ai commis une erreur, une seule : celle de quitter Fab pour ce monstre de Lorant.

Les paroles d'Amani me reviennent alors en tête :

« Confrontez-vous aux hommes, aux femmes et à leur misère ». « Les monstres il faut les oublier ». « Ces yeux cachent quelque chose inavouable ».

Toutes ces phrases énigmatiques prenaient tout leur sens aujourd'hui. Amani... Mon élève, mon devin, mon ange gardien.

Marie-Agnès m'avait appelée sur mon smartphone à l'hôpital à l'instant où nous nous apprêtions à mettre les voiles.

— Raphaëlle, c'est Marie-Agnès... Mon mari m'a mis au courant de ta situation... Comment te dire ?... Je suis au plus mal et j'aimerais être franche avec toi. Ça ne peut plus durer.

— Qu'est-ce qui ne peut plus durer ?

— Pas au téléphone... J'ai besoin de tout te raconter en face. On peut se voir ?

Marie-Agnès nous a donc rejoints dans la petite maison chaleureuse de Fab. C'était la première fois qu'elle lui reparlait depuis ce fameux été de leur adolescence où elle avait eu le tort de succomber à ses avances. Si Marie-Agnès avait toujours pensé à lui, Fab n'en avait qu'une vague ébauche de souvenir pas très nette entre deux conquêtes éphémères. Lucas est arrivé dans la foulée, suite au coup de téléphone de Fab.

Marie-Agnès ne semble pas très à l'aise devant toute l'assemblée accrochée à ses lèvres.

— Raph, je ne suis pas très fière de ce que j'ai à te dire, mais si tu veux croire à ce que je vais te raconter par la suite, je dois en passer par là.

Elle boit une gorgée de vin blanc avant de continuer.

— Je suis la maîtresse de Lorant.

Son entrée en matière me choque, mais je ne montre rien. Ça y est je connais enfin « miss nœud de cravate foireux ».

Bien assise en face d'elle, je la dévisage. Mes yeux tels des foreuses peuvent aller chercher son cœur au milieu de sa poitrine. J'ai juste envie de vomir. J'ai payé plus qu'il ne le fallait. Le sort s'acharne encore une fois sur moi. Pourquoi devrais-je subir encore et encore tous ces seaux de purin que l'on prenait un malin plaisir à me déverser dessus. Il fallait être solide !

– Si tu es venue pour ça, j'apprécie ta franchise, mais je ne suis pas sûre que je sois psychologiquement assez solide pour supporter cela en ce moment.

Marie-Agnès reste de marbre.

– Je n'ai pas été très fine sur ce coup-là certes. Mais ce que je veux que tu comprennes c'est que j'ai toujours été la maîtresse de Lorant et ce, bien avant toi… et bien avant Chouchou également…

Fab a dressé ses oreilles au nom de sa sœur.

– En clair, j'ai servi toute ma vie de défouloir sexuel à Lorant. Prenez-moi pour une pute, pour ce que vous voulez, je m'en moque. Je le connaissais bien avant vous tous… Nous devions passer notre vie ensemble… À la vie à la mort.

Elle lève sa main gauche et nous montre les restes d'une cicatrice qui lui traverse toute la paume.

– A dix ans, j'ai fait un pacte avec Lorant. Nous avons mélangé nos sangs en unissant nos mains à la vie à la mort. C'était une promesse de gosses, un rêve d'enfants, de deux amis qui passaient leur temps libre au travers des dunes de sable et des forêts de pins bordant l'Atlantique. Oh, vous pouvez rigoler, j'ai ma conscience pour moi. Nous nous aimions avec Lorant, bien plus que vos amourettes et vos mariages foireux. C'était l'amour ; le vrai ; loin des performances sexuelles et des problèmes de gestion dans les foyers. Lorant était l'homme le plus doux et le plus simple que je connaissais. Quelqu'un d'humain, à l'écoute de l'autre et d'une diplomatie rare.

Un sanglot. C'est Fab. Les paroles de Marie-Agnès le percent à vif. Il retrouve les réels traits de son ami de toujours, celui qu'il a perdu au décès de sa sœur. Le Lorant drôle, sympathique et souriant, le Lorant de Marie-Agnès.

Elle reprend :

— Nous étions inséparables. Au lycée nos chemins ont divergé. Il est parti pour Bayonne où il a rencontré Fabien tout frais descendu de sa ville rose natale.

Fab a acquiescé.

— Nous avons vécu chacun de notre côté découvrant ainsi les chemins du sexe et des amourettes à répétition. Fabien m'avait remplacée auprès de Lorant. Ils se voyaient même pendant les vacances scolaires. Lorsque je redescendais à Ondres c'était pour les trouver accolés l'un à l'autre. C'était dur mais je n'ai jamais rien montré de mes émotions.

— Pourtant, chaque année pour les vacances, en couple ou pas nous prenions toujours un moment pour faire l'amour avec Lorant... Et chaque fois c'était magique... Peut-être simplement l'interdit, peut-être simplement le respect de notre pacte de jeunesse. Malgré cela, Lorant s'éloignait de plus en plus et c'est lorsque Fab lui a présenté sa sœur Chouchou que je l'ai définitivement perdu. Même si nous continuions d'honorer notre pacte, quelque chose s'était brisé en lui. Il se moquait pas mal des autres filles avec qui il traînait, mais pas de Chouchou. Il m'a dit un jour qu'il fallait que nous cessions et qu'il était temps de penser à nos vies respectives. Il ne voulait plus faire de tort à Chouchou. Il s'est éloigné... volontairement. Il est parti avec Fab à Dijon et Chouchou à Berlin avec Elke.

Les mains sur les genoux, toujours digne, elle baisse les yeux. Je la trouve belle dans cette position beaucoup moins arrogante et mélancolique.

— Je suis revenue à Ondres. J'y ai trouvé du travail et j'ai continué à m'enfermer avant de trouver mon futur mari. Ondres était devenu triste sans Lorant... Heureusement qu'il y avait Lénaïc et Élodie avec qui nous nous voyions souvent.

Je ne saisis pas sa dernière phrase. Je l'interpelle soudain :

— Mais de qui tu parles ? ? C'est qui Lénaïc et Élodie ? ?

— C'est le frère de Lorant et sa femme ! répond Fab.

— Lorant a un frère ? ?

Marie-Agnès reprend la parole :

— Oui, ils étaient tous les deux orphelins, leurs parents se sont tués dans un accident de voiture. Lorsque Lorant descendait nous voir, il logeait dans la maison de ses parents. Lénaïc s'était retapé quant à lui, un bungalow de son côté avec Élodie.

— Mais qu'est-il devenu ?

— Il est parti aux USA à la mort d'Élodie.

— Ses parents, sa femme… Il est verni celui-là.

— On peut dire ça comme ça… mais ce que tu ne sais pas, c'est que c'est Lorant qui a tué Élodie.

— Quoi ? ? Mais co… comment ?

— Un accident de moto.

J'en tombe des nues. Fab et Elke aussi. Ils ne savaient pas que Lorant était responsable de la mort d'Élodie et Lénaïc ne donnait plus de nouvelles depuis un bail. Il avait disparu de la circulation.

— Lorant passait régulièrement à Ondres mais Lénaïc ne voulait plus le voir depuis ce jour… logique. Personne ne sait s'ils se sont revus depuis l'accident en 2001. Jusqu'à la semaine passée je ne savais même pas si Lénaïc était au courant de la mort de Chouchou.

— Pourquoi jusqu'à la semaine passée ? demande Lucas l'oreille à l'affût, prêt à restituer les faits que lui avait racontés le capitaine Mangein à la gare.

— Parce que j'ai eu un coup de téléphone d'un ami que côtoyait Lénaïc. Il s'appelle Étienne Ventura, c'est un gendarme et…

— Encore un flic, ben décidément…

Fab met sa main sur sa bouche en regardant Lucas, il a encore parlé trop vite.

— Pardon Lucas ! !

Le silence règne. Lucas réfléchit à voix haute :

— Ça fait quand même deux fois que j'entends parler d'Étienne Ventura en quelques heures, par deux personnes différentes. Pouvez-vous nous expliquer Marie-Agnès pourquoi Lorant a été arrêté sur les recommandations de ce fameux Étienne Ventura et que vous soyez également au courant en même temps que les forces de l'ordre ?

Marie-Agnès s'explique :

— J'ai croisé Étienne quelques fois avec Lénaïc... Je crois qu'il m'aimait bien. C'est l'un des deux gendarmes qui s'est rendu sur les lieux de l'accident de moto d'Élodie et de Lorant. Si Lorant en est sorti indemne, Élodie est morte sur le coup, décapitée par une barrière de « sécurité ». Lorant leur a certifié que c'était elle qui conduisait sa moto. Mais Étienne n'y croyait pas. Il n'a pas lâché le morceau et un an plus tard, après des études poussées des trajectoires et de la vitesse de la moto, il en a déduit qu'il était impossible qu'Élodie ait été la pilote ce soir tragique.

Marie-Agnès me fixe, mais ses yeux ne sont pas là. Elle est partie loin dans ses souvenirs et cherche visiblement une façon de nous les restituer de la meilleure façon.

— Lorsque Lénaïc a rejoint Lorant sur les lieux de l'accident il a fait une crise de nerf. Les pompiers ont dû lui administrer un sédatif. Lorant les a accompagné à l'hôpital. Comme il n'avait absolument rien hormis quelques contusions, il est rentré à Ondres. C'était le monde à l'envers ! L'accidenté qui sort le premier ! Il a ensuite pris le train le lendemain pour rejoindre Chouchou, laissant seulement un vague mot à Lénaïc en lui promettant de l'appeler. Il a préféré la fuite. Lénaïc est resté seul avec sa peine. Il ne dormait plus ou mal. Lorant est revenu le voir… Plus tard… Toujours en évitant le sujet d'Élodie, mais Lénaïc ne lui accordait qu'un minimum de temps. Il ressassait sans cesse que s'ils n'avaient pas pris la moto ce soir-là, Élodie serait encore de ce monde. Il est devenu distant.

– Étienne et Lénaïc continuaient à se voir ?

– Un petit peu, mais Étienne a été amené à beaucoup bouger pour son travail. Il a été muté un peu partout en France. Il souhaitait gravir les échelons, il a fallu qu'il bouge, mais il gardait des liens assez étroits avec Lénaïc. Après l'accident d'Élodie, il a toujours été présent, dès le début. Son opiniâtreté et son amitié l'ont conduit à lui faire part de ses déductions. Mais lorsque Lénaïc a su que c'était Lorant qui conduisait la moto, leurs liens se sont tendus. Un peu comme si Lénaïc reportait également la faute sur Étienne. Ces révélations ont signé le déclin de leur entente. Le téléphone sonnait régulièrement dans le vide et Étienne a commencé à douter de leur amitié profonde. Il m'exprimait souvent ses difficultés à lier profession et affection. « CRS avant la famille » comme dit le dicton.

Je regarde Lucas. Nos regards se croisent. Je pense qu'il doit avoir le même problème relationnel dans son métier. J'ai l'impression qu'il espère que notre récente rencontre ne soit pas affligée par des pensées aussi médiocres, qui refusent de voir l'humain par-delà son activité ou ses choix profonds.

– Il faut se rendre à l'évidence, Lénaïc ne voulait plus qu'on le joigne. Il ne répondait plus au téléphone. Il voulait rompre je pense avec le passé. Je n'étais déjà plus dans la région, mon mari avait demandé sa mutation. Je n'ai reçu qu'une simple carte de sa part. Il partait s'installer aux USA sans plus de précision. Il ne m'a laissé aucune adresse. Personne ne devait être au courant, Étienne compris. Je suis donc restée muette jusqu'à aujourd'hui.

— Pour déballer ton sac ainsi, tu as donc eu des nouvelles.

Ce n'était pas une question. Marie-Agnès m'intriguait avec son histoire à dormir debout. Elle continue :

— Oui, j'en ai eu... Étienne a découvert Lénaïc dans son propre congélateur... Ça fait seize ans qu'il était transformé en glaçon. Son exil au USA s'est soldé par un suicide.

Lénaïc le frère « caché » de Lorant, est mort avant même que je ne fasse sa connaissance. Mes yeux désertent le visage de la traîtresse pour regarder les autres. La stupeur se lit sur leur visage sauf Lucas qui semble en savoir beaucoup plus que les autres.

Il reste absorbé par ses pensées. Il souhaitait interroger Lorant « à sa façon » pour un viol et il se retrouve avec une suspicion de meurtre.

Combien y avait-il de chances, de probabilités plutôt, de se retrouver avec une telle coïncidence ?

À sa manière cartésienne, Lucas synthétise tous les faits après leur avoir exposé son entrevue avec le capitaine Mangein à la gare.

— Donc, récapitulons pour y voir un peu plus clair. Vous m'arrêtez Marie-Agnès si je me trompe.

Marie-Agnès incline la tête.

— Lorant est le frère de Lénaïc. Ils passent leur enfance à Ondres, au bord de l'océan. Marie-Agnès a grandi à leur côté. À l'époque du lycée, leurs chemins se séparent. Marie-Agnès va étudier à Bordeaux avec Lénaïc, tandis que Lorant va étudier à Bayonne où il fait la connaissance de Fabien. Les deux inséparables compères continuent leurs études en Bourgogne à Dijon. De leur côté, Marie-Agnès et Lénaïc sont restés à Ondres. Les parents des deux frères se tuent dans un accident de la route. Très lié à ce qui lui reste de famille, Lorant revient régulièrement voir son frère Lénaïc et sa compagne Élodie mais loge dans leur maison d'enfance. Un soir de 2001, Élodie et Lorant, passablement avinés, ont un accident de moto. Élodie est tuée sur le coup, mais Lorant s'en sort sans aucune égratignure. Dépêché sur les lieux, le gendarme Étienne Ventura constate l'accident. Pour sauver sa peau, Lorant accuse alors Élodie d'avoir piloté son propre bolide. L'affaire en reste là. La tension monte entre les deux frères. De son côté, Étienne Ventura, persuadé du faux témoignage de Lorant analyse et décrypte l'accident de moto pour déduire un an plus tard en 2002 que c'est Lorant qui conduisait la moto le soir du décès d'Élodie. Il en informe Lénaïc. Cette révélation déstabilise Lénaïc qui disparait périodiquement, ne répond plus au téléphone et pour finir s'expatrie aux USA. Il est désormais aux abonnés absents… Jusqu'à la semaine passée où Étienne Ventura découvre qu'il n'a jamais franchi la frontière du pays de « l'Oncle Sam » car il reposait « tranquillement », entre guillemets, dans son congélateur. Suicide ? Difficile de le croire avec son bungalow fermé de l'extérieur. Entre déductions et coups de téléphone, sa piste le conduit à un certain Lorant Duval résidant à Saint-Sauvage, qui s'acquitte de toutes les factures du bungalow d'Ondres. Étienne contacte le capitaine Laurent Mangein à la gendarmerie de Saint-Sauvage qui, après avoir tracé les dernières heures de Lorant, se rend à la gare avec la police pour le cueillir à sa sortie du train. Vous me suivez jusque-là ?

Nous sommes tous pendus à ses lèvres, même Fab…

— Bon je continue. Ça c'est ce qui s'est passé du côté de Marie-Agnès. Parlons de Raphaëlle maintenant.

J'acquiesce.

— Raphaëlle est professeur d'histoire-géographie au collège de Saint-Sauvage. Elle vit depuis 2015 avec Lorant. Leur relation n'est pas au beau fixe et Lorant l'intimide avec des réactions agressives et imprévisibles. Elke nous a confié avoir eu le même ressenti lorsqu'elle vivait avec. D'une personne douce, sympathique, bienveillante, affectueuse et respectée par ses amis d'enfance, Lorant est devenu hautain, faux, mauvais et n'hésitant pas à utiliser la violence verbale et psychologique avec ses proches. Il a de fréquents coups de sang, méprise les autres et use régulièrement de remarques acerbes. Dans le courant du printemps il change subitement du tout au tout, bien décidé à recoller les morceaux de plus en plus éparpillés de sa vie de couple avec Raphaëlle. Elle y croit plus ou moins et décide de lui laisser une dernière chance. Ils s'isolent quelques jours dans un gîte en Ardèche. Raphaëlle y est victime d'un viol. Si Lorant est attentif les premiers instants, il redevient distant suite à la plainte que porte Raphaëlle en gendarmerie. Deux semaines plus tard, Raphaëlle découvre dans sa boîte mail une vidéo du viol visiblement accessible sur internet sur des sites spécialisés et payants ; le violeur a le visage floutté. Fortement choquée par son agression et dégoutée par le manque de compassion et l'attitude de Lorant, elle tente de mettre fin à ses jours...

Lucas cesse de parler un instant en me regardant plein de bienveillance. Sans lui je ne serais certainement plus de ce monde. Il reprend :

— En décryptant le floutage de la vidéo, Elke et Fab reconnaissent immédiatement Rico, une ancienne connaissance et ami de leur petit groupe. Rico et Lorant se connaissaient... Et de longue date. On peut donc immédiatement faire le lien entre Rico, Lorant et la location de ce « gîte/studio ». Je souhaitais donc aller cueillir Lorant ce matin à la gare pour lui poser quelques questions mais il était déjà en état d'arrestation non pas pour complicité de viol mais pour meurtre cette fois-ci. Et c'est là qu'on bloque maintenant. Marie-Agnès, vous me disiez au téléphone que vous aviez une preuve...

Marie-Agnès se retourne vers Fab.

— Fabien aurais-tu le film de l'enterrement de vie de jeune fille de Chouchou s'il te plait ?

— Je vais te le chercher.

Fab revient avec son ordinateur portable et une clé USB.

— J'ai fait une copie du DVD original sur cette clé. Dès que j'ai un coup de blues je regarde le visage de ma sœur, j'écoute sa voix... C'était une de mes thérapies pour surmonter le deuil... Le meilleur moyen d'atténuer les maux d'une gueule de bois, c'est de reprendre un verre en se levant... Encore faut-il en être capable. Bref... Comme le DVD finissait par donner des signes de faiblesse, j'en ai fait une sauvegarde. J'ai dû le regarder une centaine de fois et...

— Et tu n'as rien remarqué ?

C'est Marie-Agnès qui vient de faire la remarque. Elle poursuit devant le regard interrogateur de Fab :

— Mes liens avec Lorant à l'époque étaient encore très forts. Ce mariage était pour moi un réel coup de poignard. Je ne souhaitais pas y aller et j'avais dit à Fab qui organisait ce week-end surprise que je ne viendrais pas suite à un empêchement de dernière minute. Minie et Clément, les deux derniers de notre bande se sont donc rendus tous deux en Bourgogne. Lorant m'a envoyé par la suite une copie de la vidéo... À ma demande. C'était une façon comme une autre de partager ensemble sa douleur.

— Est-ce que Lénaïc a été filmé ?

Fab me répond à la place de Marie-Agnès.

— Lénaïc n'y était pas, j'avais essayé de le contacter mais je me suis heurté à un mur comme Marie-Agnès et Étienne visiblement. Je lui ai simplement laissé un message en lui expliquant le programme détaillé de la bringue. Il ne m'a jamais répondu, ni donné signe de vie.

Marie-Agnès poursuit :

— J'avais regardé la vidéo avec angoisse connaissant le triste épilogue, un peu comme lorsqu'on regarde un film d'horreur et que l'on s'attend à chaque instant à voir surgir un screamer. Je connaissais assez peu Chouchou finalement. Même à Ondres je la fuyais pour aller traîner avec d'autres personnes et éviter d'avoir trop mal en la voyant en couple avec Lorant.

Elle boit une gorgée de son vin blanc.

– Pourquoi ai-je gardé précieusement cette vidéo ? Je n'en sais rien. Il faut croire qu'elle allait me resservir un jour, un peu comme un carnet de dessin de maternelle que l'on montre plus tard à ses propres enfants.

Un court silence s'écoule encore. Des larmes glissent le long des joues creuses de Marie-Agnès. Malgré ces révélations j'ai envie de la prendre dans mes bras. Elle continue :

– Depuis mon arrivée dans votre région, on se voyait régulièrement à l'hôtel avec Lorant. Il se servait de moi... Mal... Il cherchait à me faire mal. Il ne me faisait pas l'amour, il me baisait avec violence, sans aucune douceur ni envie de partager quoi que ce soit. Le Lorant que j'ai connu n'était pas comme ça. C'était même tout à fait l'inverse. Un soir, seule chez moi, j'ai regardé à nouveau la vidéo de son enterrement de vie de garçon, pour retrouver le Lorant de notre jeunesse que j'avais toujours connu et je suis tombée sur un détail d'une importance capitale. Lorsque j'ai revu Lorant à l'hôtel, j'ai voulu lui demander des comptes, mais en l'observant en détail j'ai su pourquoi il était devenu si mauvais... J'ai compris et j'ai eu peur... très peur... Fabien peux-tu nous diffuser la vidéo et la faire défiler jusqu'à la onzième minute s'il te plaît ?

Fab s'exécute, je me demande bien, tout comme l'assemblée, où Marie-Agnès voulait nous amener, tout en m'interrogeant sur la vraie nature de Lorant.

La vidéo débute. Même en accéléré, on peut distinguer les visages de Lorant et de Chouchou avec seize années de moins entourés de tous leurs amis.

À la onzième minute, Fab enclenche la lecture et les dialogues reprennent. On distingue toute l'assemblée réunie autour de Chouchou et Lorant harnachés pour sauter à l'élastique, prêts pour un cliché d'anthologie. Mais derrière on distingue quelqu'un avec un genou à terre :

— Allez les amis, tout le monde devant la caméra et souriez s'il vous plait… Même toi Lorant.

— Mais il est où encore… Rico tu te bouges ?

— J'arrive, je finis mon lacet.

— Mets l'image en pause… dit Marie-Agnès.

Tout le monde fixe l'écran d'ordinateur à la recherche d'un détail mystère caché, un peu comme on scrute une image d'Épinal. Marie-Agnès reprend.

— Regardez bien Rico.

Fab qui filmait à l'époque, plisse les yeux sur l'écran et fixe Rico de dos, avec son genou à terre. Il baisse les yeux au niveau de ses mains… Mais il n'est pas en train de faire son lacet…

— Mais ce n'est pas ses lacets qu'il a dans ses mains !

— Non c'est un des mousquetons de l'élastique qu'il est en train de desserrer.

Je sursaute. Fab vient de lâcher son verre de vin rouge qui a explosé sur le sol de tomettes. Il n'en croit pas ses yeux.

— Putain mais c'est pas vrai ! ! C'est Rico qui a trafiqué les mousquetons… C'est ce bâtard qui l'a tuée ! ! Sans lui… Putain, sans lui… Chouchou…

Il ne termine pas sa phrase et baisse la tête complètement abattu. Des années que sa famille et lui attendaient l'épilogue de cette affaire classée sans suite.

La stupéfaction se lit sur tous les visages. Je dois avoir une mine aussi défaite que Fab lorsque je prends conscience que Lorant et Rico étaient complices. Mais pourquoi en sont-ils venus à me violer et à tuer deux autres personnes. On ne tue quand même pas pour un simple plaisir... Du moins je l'espère ! Lucas prend le relais.

— Je suis désolé Fabien de vous faire remuer toute cette lie, mais il s'agit de faire vite si ce taré est encore dans la nature. Lorant est déjà entre de bonnes mains. Marie-Agnès vous allez me suivre. Nous allons voir le capitaine Mangein à la gendarmerie, lui exposer vos faits et lui montrer la vidéo du saut à l'élastique.

*

Voilà où nous en étions à cet instant-là, mais l'épilogue de cette histoire compliquée a fini de nous stupéfier pour de bon. Lorant nous a trompés pendant seize années, pas loin du triste score de Jean-Claude Romand, cet homme qui avait menti pendant dix-huit ans à sa famille, ne trouvant comme solution que le meurtre de ses parents, de son épouse et de ses enfants pour se sortir de sa lâcheté.

La seule différence avec Jean-Claude Romand c'était que Lorant n'était pas réellement lui-même... On pourrait parler de schizophrénie ou de bipolarité... Mais non... pas besoin de Carl Gustav Jung pour analyser tout cela.

XXXVI
Crémation III – Sud-Ouest
Lorant
- 2002 -

— T'es pas mieux comme ça chéri ? T'inquiète pas pour le nœud, je le referai...

« Refaire mon nœud de cravate... mais quelle tâche ce n'est pas possible. »

Lorant pensait à ce qu'elle venait de lui dire. Il conduisait l'Audi TT, qui filait à grande vitesse sur la route de campagne. Son cerveau tournait à plein régime. Il jetait fréquemment des regards en coin à Marie-Agnès, assise sur le siège passager de sa propre voiture. Elle souriait et avait l'air d'être heureuse. Elle devait se réjouir intérieurement de la mort de Chouchou en voyant le seul obstacle à leur amour désormais éliminé. En l'observant, il pensait que finalement, elle n'était peut-être pas aussi futée qu'elle y paraissait. Elle ne se doutait peut-être de rien. Il allait falloir jouer fin.

En repensant à la crémation, avec les hommages et les condoléances qui tombaient de toutes parts, personne n'avait l'air de se douter de la supercherie. Tant mieux... Mais pour combien de temps.

De toute manière c'était trop tard maintenant. Il s'était pris au jeu et le poisson avait l'air de mordre. S'il se faisait gauler il en aurait profité ; un peu comme le ticket de métro que l'on ne prend jamais jusqu'au jour du contrôle inopiné...

La voiture dépassait les 140 km/h et Lorant continuait d'accélérer sur les lignes droites malgré la réglementation en vigueur. Il échafaudait son plan pour les années à venir...

Tout d'abord faire croire à Marie-Agnès qu'elle était l'unique mais qu'il devait tout d'abord solder son travail et sa vie en Allemagne avant de venir la retrouver. Ensuite, il allait courtiser Elke. Mais ça, ce ne serait pas un problème, c'était déjà gagné d'avance. Il en avait déjà profité en Allemagne ce fameux Noël où Chouchou était chez ses parents et rien que tout à l'heure en la regardant à la cérémonie il avait su que c'était gagné.

Ensuite, ensuite… Il aviserait.

XXXVII
Hôtel Go d Night
Marie-Agnès
- 2018 -

Elle sort tranquillement de la salle de bain habillée, pomponnée, prête à aller rejoindre son mari à la maison. Elle prend machinalement son smartphone resté en silencieux pendant leurs ébats pour regarder l'heure.

Il y a un SMS en attente… Lorant. Il n'a pas traîné. Huit mots seulement – C'est fini, je ne veux plus te voir –.

Même pas signé, même pas de vive voix alors qu'il venait de la quitter… Mais quel faux-cul !

Marie-Agnès sourit amèrement… Il l'aura voulu, ce sera le passage du Gémeaux.

— Dommage pour toi, tu t'es trahi mon ami. Désormais tout le monde va savoir…

XXXVIII
Lieu-dit « Sur Vintabran »
Raphaëlle
1 an plus tard
- 2019 -

Fab et Célian se font des passes au ballon pendant que Stéphanie les prend en photo sous toutes les coutures.

Célian est aux anges d'avoir un compagnon de jeu prof de sport et aussi mature qu'un gosse. Quelques instants plus tôt, il a scotché tout le monde en frappant le ballon de foot tout en faisant en même temps un salto arrière, sous les sifflements admiratifs de Stéphanie et de Célian.

Je le regarde en souriant. Lucas assis dans le fauteuil à côté de moi a la même réaction.

— Dès qu'il y a une belle femme, c'est parti pour le festival « Kéké des plages ». Il ne peut pas s'en empêcher.

Lucas sourit à ma remarque.

Quelques mois plus tôt, Lucas nous avait conviés dans le gîte d'un petit village du Bugey pour le pont de l'ascension. Le temps était magnifique et les températures de saison, même si elles avaient tendance à descendre un peu la nuit. Le gérant du gîte, un agriculteur, nous avait mis à disposition un de ses champs sur le sommet de la montagne qu'il avait préalablement fauché.

Nous sommes venus avec le VW de Fab où nous avons entassé les fauteuils du salon de jardin du gîte pour nous faire un pique-nique amélioré.

Nous nous sommes installés à l'ombre d'un gros chêne avec une vue magnifique sur toute la plaine de l'Ain, sa rivière, ses champs de couleurs multiples et les coteaux de vigne en nombre dans la région.

— Avec ce ciel bleu et cette lumière, on se croirait dans un tableau de Van Gogh.

La vaste vue s'étend des monts du Mâconnais et du Beaujolais sur la droite jusqu'au mont Pilat sur la gauche. Un voile brumeux, sans doute de pollution, nous laisse deviner l'emplacement de la ville de Lyon.

Un monceau de victuailles orne la table pliante apportée pour l'occasion, pendant qu'un Condrieu patiente sagement dans la glacière attendant l'heure et le moment de laisser échapper les arômes de violette propres au cépage Viognier. Le Collioure, quant à lui, prend déjà un peu l'air afin de s'ouvrir un peu avant d'enchanter les palais. Pour l'apéritif Lucas a acheté une bouteille du cru, un Cerdon bien frais. Sa bulle fine et sa couleur d'un rose soutenu aguichent les papilles avant de se matérialiser par ses arômes de framboises, de cerises et de bonbons.

Nous nous regardons avec Lucas.

Stéphanie était finalement revenue. Son amant Alain Prudent s'était révélé être un parfait égoïste, possessif et jaloux. Après plusieurs mois de vie commune, Stéph avait compris ses erreurs, réalisé que sa vie avec Lucas n'était finalement pas si triste, et surtout... Que Célian avait le sourire dès qu'il revenait ou partait chez son père. Elle était venue avec le petit sonner à la porte de l'appartement de Lucas un soir humide de décembre. Lucas les avait reçus les bras ouverts sans rancœur ni rancune, leur laissant son lit. Le sol était inconfortable mais les bases du foyer s'élevaient à nouveau pour son plus grand bonheur. Les habitudes étaient revenues, les rites, les câlins et surtout la complicité qui reste le ciment du couple.

Quant à moi, je vivais à nouveau avec Fab. Notre relation avait repris doucement, simplement et dans l'ordre des choses. Malgré ses excentricités, Fab savait rester discret et d'une gentillesse extrême avec moi. Durant ma convalescence, j'habitais chez lui à l'abri du monde extérieur. Son accueil avait grandement contribué à mon rétablissement physique et psychologique. Fab m'avait également laissé son lit et occupait le vieux clic-clac de la chambre d'amis. Nous avions commencé à vivre comme les « vieux potes » que nous étions, comme des colocataires. Fab n'a jamais tenté quoi que ce soit pour m'attirer dans ses bras. Il a laissé faire le temps calmement. Je pleurais tous les soirs une fois seule sous mes draps. Tout me revenait en tête : Lorant, Rico, le viol, les meurtres. C'était abominable. Je voyais une psy régulièrement, mais c'est sans doute le soutien sans faille de mon fleuriste favori qui m'a le plus aidée.

Un soir les larmes ont cessé. Les réserves étaient sèches. La dépression m'a quittée comme elle était venue. J'étais dans un état de grâce et de plénitude inhabituel. C'était fini. C'était le moment.

Je me suis levée pour rejoindre Fab dans la chambre d'amis. J'ai déboutonné lentement ma longue chemise pourpre qui me servait la nuit, pour faire apparaitre mes seins lourds et dévoiler mon pubis épilé surmonté d'une fine bande de toison brune. Les yeux de Fab brillaient dans le noir grâce au rayon de lumière laissé par la pleine lune. Son corps chaud m'attendait.

Nous avons fait l'amour doucement, calmement, tendrement loin des coups de boutoir que j'avais reçus pendant toutes ces années.

Elke était retournée en Allemagne désormais accompagnée de ses enfants qui avaient été également les miens à une époque maintenant révolue. Alexandre et Léonie sont venus me trouver plusieurs fois. Cette histoire nous dépassait. Leur père en prison et leur mère qu'ils connaissaient à peine les avait beaucoup transformés. Nos liens s'étaient ressoudés. Comme pour beaucoup d'ados,

Alexandre et Léonie étaient capables de regarder « Le projet blair-witch », « Conjuring » ou « La maison du diable » mais ne pouvaient pas s'endormir sans doudou. Nous craignions avec Elke leur retour à Berlin et pourtant c'est sans doute l'éloignement qui les a sauvés d'une perte certaine. Nous prenions de nos nouvelles respectives régulièrement et multipliions régulièrement les visios… Car quoi qu'on en dise, même si j'avais parfois envie de leur tordre le cou, leur départ avait laissé un grand vide dans ma sombre existence.

Lucas a également été très présent. C'était devenu un ami, un vrai, celui sur lequel on peut compter n'importe quand et qui n'hésite pas une seule seconde à lâcher ce qu'il fait pour vous venir en aide. Je l'adore. Nous aussi nous sommes complices.

Il m'a accompagnée chaque jour du procès, d'une part pour me soutenir et d'autre part pour comprendre comme moi qui était réellement Lorant…

Lorant et Lénaïc…

Des jumeaux… De vrais jumeaux, indissociables de même facture, d'une ressemblance telle que même leurs parents les confondaient parfois. Pourtant un détail physique les différenciait : une cicatrice au creux de la main gauche. Seule Marie-Agnès connaissait ce détail, celui qui a finalement confondu Lénaïc.

Si leurs physiques étaient purement identiques et il n'en était pas de même pour leur façon d'être.

Lorant, gentil, doux, affectueux et sympathique était l'antithèse de Lénaïc, fourbe, machiavélique, calculateur et dérangé.

Les deux jumeaux se sont suivis de près. S'ils étaient inséparables enfants, Lénaïc, toujours plus en avance pour enchaîner conneries et incivilités avait le chic pour rester puni quand Lorant pouvait aller jouer. Marie-Agnès les aimait tous les deux à leur façon, mais avait décelé chez Lorant sa douceur innée.

Ce fameux jour de 1990 où ils avaient scellé « le pacte », du haut de ses dix ans elle leur avait écrit à chacun une lettre d'amour en tous mots identiques, comme leur ressemblance, en faisant confiance au destin. Le premier arrivé serait l'élu. Si Lénaïc restait le plus sportif et le meilleur compétiteur, Lorant possédait la sagesse. Lorsque leur père les avait convoqués pour ranger le garage ce jour-là, c'était bien évidemment Lénaïc qui avait écopé de la corvée après avoir avoué la démolition en règle à coups de cailloux des vitres de la villa d'une famille parisienne pas très appréciée des locaux. Il croyait bien faire. Lorsqu'il les avait rejoints dans la pinède, c'était trop tard. Lorant et Marie-Agnès étaient liés par le sang, ils s'étaient signés. Lorant avait été le plus rapide.

Ils ont grandi et suivi exactement le même parcours scolaire. De par leur mère allemande ils étaient tous les deux bilingues. Mais si Lorant gardait une confiance énorme en son jumeau, Lénaïc était oxydé par une jalousie dévastatrice. Ce n'était donc pas un choix délibéré de suivre Marie-Agnès dans un lycée de Bordeaux plutôt que d'accompagner son frère à Bayonne. Lénaïc voulait Marie-Agnès… et pour lui seul.

Restait Rico, le cavalier noir.

Quelle était sa place au centre d'une histoire qui semblait pourtant ne concerner que les deux jumeaux ?

Il s'était fait épingler par la police dans un deux pièces sous les toits d'un immeuble défraîchi des pentes de la Croix-Rousse à Lyon. Plusieurs centaines de vidéos pornographiques avaient été saisies chez lui. Il vivait visiblement en rentier du chantage qu'il exerçait sur ses proies.

La justice avait eu également beaucoup de mal à décrypter les tenants et aboutissants de tous les faits, car Rico était avant tout un ami de Fab et de Lorant, étudiant également à l'université de Bourgogne. Par un jeu de questions pernicieuses, juge, procureur, avocats et bien sûr police avaient réussi à rassembler toutes les pièces du puzzle.

C'était un concours de circonstances qui avait mis en relation Rico et Lénaïc.

Bien qu'étudiant à Bordeaux après le décès de leurs parents, Lénaïc venait régulièrement voir son frère et Fab à Dijon, profitant ainsi des fêtes et de l'hébergement. Très vite Lénaïc avait trouvé en Rico le complice parfait pour enchaîner les frasques, ce dernier ayant déjà un penchant bien prononcé pour la picole et un goût démesuré pour le jeu. Les deux compères prenaient souvent la tangente lorsqu'il s'agissait de terminer les soirées autour d'un mug de thé.

Si Lénaïc excellait pour faire de l'argent notamment sur quelques actions remarquables en bourse, Rico s'enfonçait de plus en plus dans les arcanes du jeu et de la dette.

En 2001, suite au décès d'Élodie, Lénaïc a développé une espèce de bipolarité. Une réaction qui selon certains médecins pouvait être une réponse à un grave traumatisme psychologique. Il alternait entre phases euphoriques et dépressions profondes.

Il voulait se venger de son jumeau, il lui en voulait à mort. Leurs relations étaient tendues. Et les conclusions d'Étienne Ventura sur la responsabilité de Lorant dans l'accident de moto n'avaient fait que conforter Lénaïc dans ses choix. Il avait vu rouge.

Rouge, c'était également la couleur du compte en banque de Rico. Habitué aux crédits sans intérêts de Lénaïc, c'était donc naturellement qu'il est venu le trouver pour l'aider à combler son déficit très supérieur cette fois-ci à la moyenne habituelle.

Lénaïc avait payé sans broncher mais en échange cette fois-ci, d'une petite manipulation de rien du tout... Dévisser les sécurités des mousquetons qui arrimeraient l'élastique de Chouchou.

Œil pour œil, dent pour dent, la loi du Talion. Élodie contre Chouchou.

S'il était venu à l'enterrement de vie de garçon de Lorant, il aurait poussé lui-même Chouchou dans le vide. Trop dangereux. Mais tirer les ficelles à distance n'avait été pour lui qu'un jeu d'enfant. Rico voyait sa dette épongée tout en faisant la sale besogne.

Officiellement maintenant, Rico était donc responsable de la mort de Chouchou dans ce meurtre prémédité par Lénaïc.

Mais ça ne lui suffisait pas. Pour étancher sa soif de hargne, Lénaïc voulait également la peau de Lorant. Il fallait qu'il paye... Pour Élodie... Pour son pacte avec Marie-Agnès.

L'occasion s'était présentée sur un plateau peu après la tragédie. Ignorant bien entendu les manœuvres occultes de son jumeau pour occire Chouchou, Lorant s'était jeté dans la gueule du loup en venant se mettre au vert dans la maison de ses parents à Ondres quelques jours avant la crémation. Lénaïc avait feint la tristesse et l'empathie prétextant que le moment pour se retrouver était arrivé et qu'il fallait enterrer la hache de guerre.

L'aubaine de combler le grand fossé qui se creusait avec ce qui lui restait de famille était trop belle pour Lorant. Il avait besoin de ce temps pour resserrer les liens avec son frère avant les funérailles de Chouchou. Il avait déjà trop perdu.

Au cours du procès, Lénaïc a expliqué avec une précision d'horloger toutes les étapes de sa préméditation sans aucun remords. Il en voulait encore trop à ce jumeau qui lui avait volé sa vie, un peu comme cette variante de la vie de Jésus dans le génial scénario de Didier Convard de la bande dessinée : Le Triangle Secret.

En huis-clos, avec sang-froid et minutie, Lénaïc avait purement et simplement rayé de la carte son frère jumeau Lorant. Il avait tout d'abord glissé dans les verres de Lorant une somme considérable de somnifères avant de le placer dans son congélateur préalablement vidé.

Il avait ensuite organisé son hypothétique départ aux USA. Lénaïc, comme Lorant, travaillait dans le milieu bancaire, ce qui a énormément facilité les choses par la suite. Il a démissionné de son agence, résilié tous ses propres contrats et fait une croix sur le peu d'amis qu'il avait avant de se glisser tel un caméléon maléfique dans la vie de Lorant.

Le changement s'était opéré en douceur pour tous les proches de Lorant, notamment Fab et sa famille, qui avaient mis sur le compte du désastre sentimental suite à la mort de Chouchou, le brusque revirement d'humeur de Lorant/Lénaïc.

Lénaïc avait joué à la perfection le veuf éploré à la crémation de Chouchou.

Prétextant le besoin de calme et de solitude, il s'était enfermé ensuite dans l'appartement de Chouchou et de Lorant à Berlin pendant plusieurs jours, en profitant pour explorer en détail le quotidien de Lorant, ses habitudes, son quartier et surtout son travail. Il avait fouillé de long en large son ordinateur faisant sauter les verrous et les passwords avec l'agilité d'un hacker.

Il avait démissionné très vite de la banque où travaillait Lorant depuis plusieurs années avant de postuler chez la concurrence faisant ainsi place nette, reprenant tout à zéro tout en profitant du CV de Lorant. Une fois ancré et stable dans sa nouvelle entreprise, il avait renoué contact avec Elke. La suite nous la connaissions tous.

Lénaïc s'était tellement fondu dans son rôle qu'il avait oublié jusqu'à son propre prénom, mais pas Rico... Lui savait très bien à qui il avait affaire.

Ils s'étaient revus à la fameuse fête de Fab à la gravière.

Rico avait compris d'emblée qu'il y avait un loup quelque part en voyant Lorant faux et le regard fuyant. Les jumeaux étant réputés pour leur franchise, leur regard clair et direct des gens qui n'ont rien à se reprocher. Rico connaissait très bien Lorant et Lénaïc. Le vrai Lorant lui aurait sauté dans les bras quand Lénaïc l'ignorait comme quelqu'un qui se reprochait quelque chose.

Rico était avant tout un « loser ». Il était incapable de garder un travail ou d'y trouver un quelconque intérêt.

Oui, c'était un « loser »... Mais ce n'était pas un assassin.

Il l'était devenu grâce ou plutôt à cause de Lénaïc. Il ne s'était jamais remis du « meurtre » qu'il avait commis. Depuis le jour du saut à l'élastique, le sommeil lui avait faussé compagnie. Ces nuits étaient hantées de cauchemars. Il n'y avait qu'en s'assommant à la boisson, qu'il pouvait se reposer enfin.

Pour cela, il avait décidé de faire payer Lénaïc sous peine de le balancer quitte à tomber avec lui. Mais dans l'esprit de tous, Lénaïc s'était exilé aux USA et « le faux Lorant » du coup, en Allemagne.

Face à une certaine précarité, Rico avait emprunté de l'argent à des gens peu fiables et dangereux. Dans l'incapacité de les rembourser rapidement, ils avaient commencé par lui sectionner l'annulaire et l'auriculaire en guise d'avertissement.

L'aubaine de retrouver Lénaïc à cette fête lui avait donc permis de se refaire une « santé » financière et de vivre quelque temps aux frais de la princesse.

Comme dit le dicton : « Oisiveté, mère de tous les vices ».

Rico avait renoué une fois de plus avec ses vieux démons. De débiteur auprès de ses créanciers véreux, il était devenu associé en les convainquant d'investir dans cette idée de « temple de la luxure » dans un vieux gîte en Ardèche. Rico se chargeait ensuite de toute la diffusion et de la gestion du site sur le web de toutes les vidéos filmées par les multiples caméras dans le mas.

Son « commerce » était devenu juteux. Les demandes croissantes dépassaient le simple voyeurisme. Les « clients » du site étaient capables de dépenser des sommes folles pour accéder à des vidéos de plus en plus glauques.

Mais l'afflux d'argent facile n'avait pas pour autant ôter le vice de Rico. Seul le chantage envers Lénaïc lui permettait de transformer ses fantasmes en réalité. Et le fantasme de Rico, c'était la propre femme de Lénaïc, en l'occurrence moi-même : Raphaëlle.

Je suis devenue un simple objet de transaction et Lénaïc n'a pas hésité longtemps à me donner en pâture à cet infâme Rico et à toute sa clique de pervers, pour faire cesser le chantage et trouver pensait-il, une certaine paix.

Lorant/Lénaïc m'a donc traînée dans ce gîte malodorant sous couvert de réconciliation. Après le viol, gagnant sur les deux tableaux, Rico a immédiatement mis la vidéo en ligne tombant ainsi sous les yeux – par la plus grande des coïncidences – de Christian « Romantique 12 ».

Je comprenais mieux pourquoi Lénaïc refusait que je porte plainte, il se savait impliqué et complice malgré lui. Il risquait gros.

Il n'est guère prudent de serrer la main du fourbe. À sa décharge, Lénaïc n'avait pas compris les réelles motivations de Rico. Il avait simplement « prêté » sa femme pour chasser l'épée de Damoclès qui pointait sur sa tête. Une forme de Candaulisme pensait-il, rien de plus. Il n'avait saisi à aucun instant que Rico se servirait d'une vidéo pour son commerce sordide.

Lénaïc s'est fait dépasser par les évènements et sa façade d'homme très sûr de lui s'est craquelée dès son premier interrogatoire au commissariat. C'était Lucas qui m'avait raconté cela. Il avait été « convié » pour assister à l'entrevue.

Lénaïc pensait qu'il était juste impliqué dans la complicité de viol. Il a sorti son grand jeu d'acteur leur répondant audacieusement qu'il m'avait trouvée ce jour-là complètement abattue et que l'épreuve l'avait beaucoup secoué aussi.

Le fond était en partie véridique. Même s'il savait ce que j'allais subir, même s'il n'était jamais parti en vélo ce jour-là – raison pour laquelle il n'était pas transpirant malgré la chaleur torride –, il ne pensait pas me récupérer dans cet état-là. Pour lui je n'allais endurer qu'une « petite pénétration ». « Une de plus » a-t-il ajouté aux flics en souriant pensant se les mettre dans la poche entre hommes… Dommage pour lui, ça n'a fait marrer personne !

Mais lorsque l'inspecteur en charge de l'enquête lui a balancé sous le nez les photos de Lorant congelé ; lorsque le meurtre de Chouchou est venu sur le tapis, il s'est décomposé. Rico avait également parlé de son côté et l'avait chargé.

Mis devant le fait accompli, Lénaïc a reconnu l'intégralité des faits en espérant une peine moins lourde.

On peut dire ironiquement que ça a bien servi… Ils ont pris vingt ans ferme tous les deux.

À l'issue du verdict, Lénaïc/Lorant comme je l'appelais maintenant pour conjurer le fait que j'avais passé trois ans de ma vie avec un dingue, ne s'est pas effondré. Il est resté bien droit et a reçu en pleine face sa condamnation avec sa dignité de directeur d'agence bancaire cintré dans sa chemise en Oxford.

Lorsque les gendarmes lui ont demandé de les suivre, il s'est retourné pour revoir une dernière fois Alexandre, Léonie et Elke. Pour finir il a braqué sur moi un regard qui en disait long sur son état d'esprit.

Il y avait la fierté d'avoir vengé Élodie.

Il y avait la douleur de ne plus voir ses enfants.

Il y avait le doute que doivent connaître tous les nouveaux condamnés devant l'inconnu de l'univers carcéral.

Il y avait la haine de me voir de l'autre côté du miroir.

Mais il y avait malgré tout, sur ses rétines, une toute petite lueur qui continue de me hanter encore aujourd'hui. Une lueur de tristesse, une lueur enfantine, celle de l'abandon de tous, celle de l'enfant trahi par son double, par son amie d'enfance, par ses parents décédés, par tous les repères qui sont si importants dans nos questionnements d'adolescents face à l'inconnu de la vie.

J'avais finalement l'impression qu'il quémandait malgré tout mon pardon comme on implore silencieusement nos parents de ne pas nous laisser seuls face aux responsabilités de la vie.

Les larmes me sont montées une dernière fois. C'était Lorant qui me fixait de ce regard implorant. Le vrai Lorant, celui que j'aurais dû connaître, celui avec qui j'aurais dû finir ma vie, celui avec qui on aurait traversé toutes les épreuves main dans la main, pour le meilleur et pour le pire, pour plagier les textes religieux. Et ce Lorant-là, je souhaitais le laisser aller en paix, loin du « Mister Hyde » que représentait Lénaïc.

Je l'ai fixé une dernière fois au travers de mes yeux embués en remontant légèrement le coin de mes lèvres.

Avant de tourner la tête vers son avenir, il a incliné lentement le visage en signe d'assentiment avec un sourire triste.

C'est la dernière fois que j'ai vu Lénaïc/Lorant. Les gardiens de la maison d'arrêt l'ont retrouvé pendu dans sa cellule le lendemain de son incarcération.

Il n'y avait qu'un mot à mon intention :

« Pardon ».

*

La musique du requiem pour le père Kolbe du génial compositeur Wojciech Kilar me traverse l'esprit au même moment. Si Lénaïc a pris la vie de son jumeau Lorant, le père Kolbe lui, a donné la sienne pour prendre la place d'un père de famille Polonais à Auschwitz… L'humain reste surprenant, capable du pire comme du meilleur.

Mes yeux se lèvent et regardent au loin, par-delà les monts du Beaujolais. Le grand chêne nous protège des rayons du soleil. Son ombre dessine des arabesques sur mes jambes comme mon sang dans la salle de bain un an plus tôt.

Instinctivement je porte à mon cou, sur mon arbre mort tatoué, la cicatrice de mon poignet gauche où dans mes veines la vie circule de nouveau. Un peu comme si mon sang devenait la sève de mon arbre fétiche, donnant des feuilles et des fruits à mon tatouage. Une manière symbolique de célébrer mon retour chez les vivants.

Mes yeux s'abreuvent de cette campagne magique. Une simple vue, gratuite et magnifique. Ma main glisse de mon cou pour rejoindre mon ventre rebondi au sein duquel un être se profile, prêt à défier les joies et les malheurs de la vie.

Lucas m'observe, je vois sur les traits détendus de son visage l'entente silencieuse de nos esprits connectés par-delà le physique et par-delà le temps.

Merci.

ÉPILOGUE

Kagâtar – Mauritanie
- 2039 -

Cléo m'attend dans le hall du terminal de l'aéroport de Nouakchott - Oumtounsy.

Elle est solaire, vêtu d'un sarouel jaune paille et d'un grand foulard bariolé qui couvre ses cheveux bruns ne laissant percer que ses beaux yeux verts. C'est la première fois que je la rejoins dans son pays d'adoption.

Elle était partie deux ans plus tôt, peu après ses dix-huit ans, pour travailler dans l'humanitaire. Elle a eu très tôt un goût prononcé pour les voyages. Elle a toujours eu une soif intense de découvertes et passait tous ses temps libres le nez scotché aux guides de voyages. Elle était fascinée par l'Afrique en particulier. Une espèce d'instinct de protection la poussait à venir en aide à tous ces gens qui vivaient dans des lieux hostiles où l'eau ne coulait pas en se servant d'un simple robinet et où il ne suffisait pas d'ouvrir une porte de frigo pour trouver tout le nécessaire pour se sustenter. Elle avait fait ses armes dans les rues de Lyon où elle portait assistance aux plus démunis se heurtant bien souvent à des gens qui préféraient de loin de l'argent pour se payer une ou plusieurs doses de leur came favorite plutôt qu'un peu de nourriture ou de réconfort. Des gens trahis, des gens sans confiance. Devant cette ingratitude grandissante elle avait voulu lier son goût pour les voyages avec son empathie congénitale. C'était ainsi qu'elle a embarqué pour la Mauritanie un matin de décembre 2037.

J'avais renoncé à la suivre. Peur de l'inconnu, peur de l'autre et peur de la chaleur. Je préférais de loin ma petite maison de Saint-Sauvage.

Nous l'avions achetée et retapée avec Fab à l'époque, peu après la naissance de Cléo. Ça avait été une sacrée entreprise, car pour limiter les frais nous habitions au milieu des travaux, entre escabeau et lit parapluie, entre pinceaux et couches culottes.

C'était le bon temps, nous nous aimions et avions remisé dans un coin profond de nos têtes les jours sombres de notre propre histoire.

Nous y avions regardé grandir Cléo au centre de notre simple foyer entre les fous rires et les crises de larmes. Elle était devenue la « petite chérie » de Célian dès qu'il venait à la maison avec ses parents.

Puis encore une fois le temps a lessivé un peu tout cela.

Lucas et Stéphanie sont partis habiter sur la côte bretonne entre Cancale et Saint-Malo. Nous nous voyions moins souvent et Lucas me manquait terriblement. Il avait quitté la police pour se mettre au dessin. Il avait de l'or dans les doigts. Il avait raison et je l'ai toujours encouragé dans ce sens. L'histoire d'Élodie et de sa BD inachevée l'avaient sans doute marqué profondément.

Je sors de l'aéroport en suivant Cléo visiblement à l'aise dans ce pays. La température avoisine les 42°C à l'ombre… En saison soi-disant « fraîche ». Une vieille Peugeot 504 Break encore debout patiente à l'ombre pâle d'un palmier. Elle affiche un compteur de 506 325 kilomètres. Je désigne la voiture :

– Tu es sûre que l'on va arriver à bon port ?

– Avec la 504 ? ? Mais c'est increvable !

La voiture s'engage sur des routes en plus ou moins bien entretenues avant de rejoindre des pistes noyées par le sable et balayées par des vents violents. Le trajet dure et me pèse mais je ne dis rien face à la joie incommensurable de Cléo. Elle parle de l'évolution de la Mauritanie, du choc des cultures, et de la rage des hommes. L'effet escompté par les intégristes Islamiques n'avait pas duré. Même ses propres membres s'étaient lassés des discours virulents de certains imams. Ils souhaitaient désormais vivre simplement leur religion et leur dévotion au Prophète comme ils le souhaitaient, dans le respect du Coran et des croyances de l'autre.

— C'est bien que tu sois là aujourd'hui, car il s'est passé une chose incroyable à Kagâtar. On appelle ça « le renouveau ».

Cléo continue de causer sans discontinuer, tellement heureuse que je sois venue la rejoindre dans ce vaste inconnu. C'est la première fois que je m'éloigne de l'Europe. Peut-être la dernière, qui sait ? Plus rien ne m'attache à mon pays d'origine hormis la nostalgie du passé et des jours heureux.

J'aurais bien aimé que Fab m'accompagne, mais encore une fois, dans une vie la roue tourne et nous ne maîtrisons rien du tout.

Il est parti à l'automne 2036. C'est lui qui m'a quittée cette fois. Il a été happé par quelqu'un d'autre dont je ne voulais plus entendre parler.

Lorsque Cléo m'a fait part de son désir de me quitter également, j'ai pris une claque. Et pourtant, il fallait bien qu'elle vole de ses propres ailes. J'ai passé ma vie d'enseignante à pousser les élèves sur ce chemin-là. Un chemin incertain certes, mais un chemin de confiance en soi, d'audace et de lumière.

La voiture cahote au gré de la piste. Je regarde par la fenêtre le défilé du Sahara. Quoiqu'on en dise, on ne peut pas parler d'un désert sans l'avoir vu de ses propres yeux. Le défilé de ces dunes jaunes et ocres, aussi hautes que nos montagnes distille curieusement en moi un sentiment de respect. Un respect pour la nature si souvent malmenée par l'humain dont il est pourtant issu. Cette nature qui partout où on la laisse tranquille, reprend ses droits sans se soucier du mal qu'on lui a fait. Elle se reconstruit lentement avec les bases saines qu'elle a toujours connues... Ce concept que j'ai toujours essayé d'appliquer, faisant fi de la vengeance, de l'injustice et du dégoût.

Nous arrivons enfin à Kagâtar... Du moins ce qu'il en reste : un amas de ruines imposantes dissimulées derrière de vastes murailles de terre. Les dunes du désert avaient ensablé une bonne partie des anciennes habitations. Il y a pourtant quelque chose de magique au milieu de cette ville fantôme. Un énorme campement de tentes multicolores a élu domicile au beau milieu de ces murs oubliés.

Cléo gare la voiture à quelques pas d'un attroupement de chameaux indifférents au bruit du moteur. Je m'attendais à une chaleur démentielle et c'est pourtant une température plutôt clémente qui me cueille.

– Il ne fait pas si chaud que ça non ?

– Non, maman. Personne ne comprend pourquoi. Si en France les étés caniculaires sont devenus légion, ici le climat se radoucit. Le Sahel a l'air de reprendre ses droits et les gens qui peuplent ces déserts ont toujours vécu chichement, sans consommation, ni besoins démesurés. Viens avec moi, je vais te montrer où tu vas loger.

Nous entrons sous une immense tente où je suis presque saisie par la fraîcheur du lieu. L'intérieur est magnifique, bariolé, avec au sol une multitude de tapis de couleur.

Cléo me mène vers une couche où je pose mes maigres bagages avant de m'allonger un moment.

– Je te laisse te reposer maman. Viens me retrouver lorsque que tu seras en forme.

Je me suis assoupie, longtemps... Et j'ai rêvé. Un très beau rêve.

Nous étions dans le désert avec Fab et tous nos amis. C'était le crépuscule et un grand feu ronflait au cœur de cette immensité. Ils étaient tous là. Fab, Lucas, Stéph, Célian, mon fleuriste, et les autres. Nathalie jouait de la guitare en chantant, pendant que Guillaume faisait du Land Art, avec tout un attroupement d'enfants du pays. Nous étions jeunes, pleins de vie et d'espoir, nous étions bien.

J'ouvre difficilement les paupières et m'assoie sur le bord de la couche, un peu sonnée, mais bien reposée. C'est le moment. Je me lève et je récupère ma boîte dans mes affaires.

Je sors de la tente où comme dans mon rêve le crépuscule s'installe rapidement. La fraîcheur est là désormais.

Cléo m'attend en donnant la main à un grand et bel autochtone chaussé de sandales de cuir, vêtu d'un sarouel blanc et coiffé d'un turban bleu marine qui ne laisse apparaître que ses beaux yeux. Derrière eux, toute l'assemblée se tient debout dans un silence de plomb.

Ils s'approchent de moi. Ma fille me donne la main pendant que l'homme demande plusieurs choses en arabe à ses acolytes. Les autres obtempèrent sans rechigner avec un respect certain pour ce jeune homme.

Il vient et s'adresse à moi dans un français parfait :

— C'est avec une joie immense que je vous accueille chez moi Raphaëlle. Vous êtes mon hôte et je suis votre éternel débiteur.

Il s'incline avec respect avant de se relever. Me voyant interloquée, il baisse simplement son turban pour dévoiler son beau visage. Je reconnais mon élève et mon guide : Amani.

Je le serre fort dans mes bras comme l'aurait fait n'importe quelle mère avec son propre fils.

Ils me prennent chacun par la main pour me guider vers le centre de la ville sous les applaudissements et les hurlements de tous les gens présents.

Nous arrivons aux abords de la grande place recouverte

de sable. On devine une ombre en son centre.

Amani prend la parole.

– C'est sur cette place que ma maman a été lapidée lorsque j'avais cinq ans parce qu'elle aimait un autre homme que le mari qui lui avait été dévolu et parce que c'était la mère du dernier des Bamwolkés. Quelqu'un m'a sauvé. Il s'appelait Tomé Bassoua. C'est lui qui a tout fait pour que je vienne en France et que je sois ainsi protégé pour revenir un jour en adulte et retrouver les gens de ma tribu. Tous ces gens ont du sang Bamwolké et nous pouvons vivre ensemble désormais dans cette communauté.

Il me conduit sur la place. Un arbuste pousse en son centre.

– Raphaëlle, voici ce que l'on nomme ici le renouveau. Là où à une époque cruelle cette place était le théâtre de meurtres pousse désormais un arbre. Il a su trouver au cœur de cette terre aride une veine d'eau. Après des siècles d'aridité, l'eau et la clémence des températures sont de retour, car nous avons fait amende honorable à cette terre que nous aimons tellement.

En relevant la tête, mes yeux tombent sur le sommet de la dune la plus proche. D'instinct, j'en prends la direction, suivie de Cléo et d'Amani. Le reste de la tribu emboîte nos pas silencieusement jusqu'au sommet.

Dans un silence de mort, sous le soleil presque caché maintenant, j'ouvre la boîte que je tenais serré contre mon cœur.

Je pense à Fab qui devrait se trouver à mes côtés. C'était mon équilibre, mon alter-égo, parti non pas pour une femme… ou un homme. J'aurais préféré, non…

Le cancer s'est chargé de le ramener à bon port. Pancréas. Le ballon d'or des cancers ; vainqueur toutes catégories confondues. En six mois la page était tournée.

La perte de mon pilier a été abominable, me laissant après toutes les épreuves que j'avais subies, dans une espèce de non-monde, un néant blafard où je ne me trouvais plus à ma place.

J'ouvre la boîte et je laisse s'épandre dans le vent les cendres de Fab.

« All we are is dust in the wind » chantait en 1978 le groupe de rock progressif Kansas... : « Nous ne sommes que de la poussière dans le vent ».

En me retournant je croise les yeux verts de Cléo mouillés par les larmes. Amani, dans toute sa resplendissante autorité de chef de clan m'enlace en me citant les paroles qu'il avait prononcées bien des années auparavant :

– Confrontez-vous aux hommes, aux femmes et à leur misère... Vous êtes venue Raphaëlle... Et maintenant vous savez.

FIN

Remerciements

Si vous arrivez à cet ultime paragraphe, c'est que vous avez parcouru ces quelques lignes avec, je l'espère, l'envie dévorante de tourner les pages pour connaître enfin le dénouement de cette sombre histoire.

Sombre, c'est le cas... Du moins pour moi. J'espère que les inconditionnels du « Cinquième Sens » ont pris plaisir à avancer avec Raphaëlle, Fab et Lorant, dans une nouvelle histoire résolument différente et plus noire, sans regretter les moments plus lisses du Cinquième Sens.

On m'a déjà fait la remarque sur mes compositions musicales qui pouvaient être hilarantes ou dramatiques.

Deux faces aussi... Un peu comme le Gémeaux... Ça ne vous rappelle rien ?

Bon, je ne peux pas vous quitter sans remercier quelques personnes chères.

Pour commencer je voudrais dire mille mercis à mon amie Corinne Rollet. spécialiste de la bande dessinée et une des rares libraires à avoir cru à mon premier roman « Le Cinquième Sens ».

Merci Corinne, pour tes conseils, ta discrétion, tes messages et surtout ton enthousiasme. Tout cela sans compter ma culture BD que tu as su développer en fonction de mes goûts pour m'ouvrir à d'autres planches que je n'aurais même pas eu l'idée de regarder. Une libraire, une vraie !

Un clin d'œil toujours à mon ami Cyprien Arlaud. Pour les vins sensationnels que tu me fais goûter et pour cette énergie motivante héritée du temps où tu étais capitaine du XV de Nuits-St-Georges. Cette énergie que tu m'insuffles pour que je ne baisse pas les bras et que je garde la tête haute. Merci.

Un immense merci à mes correctrices :

Pat Chanel toujours... Tu as moins noté de problèmes de ponctuation, il y a du progrès ! Comme toi avec le saxophone ténor ;)

Aurélie Chichery, véritable machine de guerre de l'orthographe comme dirait ton frère. Heureux d'avoir fait ta connaissance... Et dans ma cave en plus !

Et comme toujours mon amie et voisine adorée Cathy Bolliet. Dernier parcours de mots en cadeau empoisonné pour les premiers jours de ta retraite. Merci pour ce « scanner » du « Passage du Gémeaux » et merci Jean-Louis pour les canons de blanc au passage ;)

Quant à Marion Foieri-Zede et ma Fred Guillon, je vous ai fait grâce de cette corvée cette fois-ci pour que vous puissiez apprécier pleinement l'ouvrage terminé.

Un clin d'œil à Nath Petit pour m'avoir prêté ton prénom pour la musicienne de ce roman. Toi qui as toujours rêvé de connaître le langage des notes, c'est chose faite. Ton âme perchée m'a beaucoup inspiré. Ne change rien on t'adore ;)

Un grand merci à ma Myriam chérie à qui ce roman est dédié. Tu as patienté tranquillement pour lire l'ouvrage complet et non pas page par page. Merci pour tes retours et quelle joie de te voir attaquer un nouveau chapitre au lieu d'éteindre ta lampe de chevet... Pour un écrivain c'est gagné. Je pouvais dormir tranquille... Euh... et toi moins du coup ;)

Merci à toute l'équipe de Librinova – Madeline et Andrea notamment que j'ai le plus sollicitées -, sans qui ce projet n'existerait pas. Merci pour votre professionnalisme et vos retours rapides.

Pour terminer je voudrais vous remercier vous tous. Tous les lecteurs du Cinquième Sens et tous ceux du Passage du Gémeaux désormais. Merci pour vos retours constructifs, vos encouragements, pour vos louanges et vos compliments et surtout merci d'avoir fait confiance à mon écriture. Une grosse bise à Coco, Maf et Yves au passage pour avoir offert des Cinquième Sens en pagaille et Flap pour la promo à Oyonnax !

Une petite pensée supplémentaire à mon père Philippe qui a rendu les clés en ce début d'année. D'où tu es, je pense que tu auras retrouvé la vue pour lire mes deux romans. J'espère que tu dépasseras la page 44 cette fois-ci ;)

Et enfin, ce livre rend hommage à Sandra Dumas, copine d'école primaire à Poncin. Partie trop vite elle aussi ; partie avant mes mots. Bon vent…

vincenc.belledame.auteur@orange.fr

Table des matières

Dépôt légal octobre 2023

Librinova

www.librinova.com

Imprimé en France
FRHW010228271123
37168FR00004B/51

9 791040 537571